KB076280

가지 못한 길은 꿈이 되고

가지 못한 길은 꿈이 되고

나를 찾아 음악을 따라 떠난 월드 트래블 스폿 17

장시우 지음

책엔

작 가 의 말

가끔 꿈을 꾼다. 꿈속에서 나는 눈앞에서 비행기를 놓치고 발을 동동 구르거나 아무리 기다려도 수하물 찾는 곳에 내 가방이 없거나 오지 않는 일행을 하염없이 기다린다. 꿈을 꾸고 일어나면 나는 길고도 힘든 여행을 다녀온 기분이 된다. 그럼에도 불구하고 나는 늘 가방을 꾸리고 싶어 한다. 이 계절, 이 느낌에 어울리는 나라는? 도시는? 지금 당장 갈 수 있는 나라는 어디일까? 나는 어느새 지도를 펼치고 지구를 배회한다. 항공권을 싸게 살 수 있는 사이트와 호텔을 검색하고 있다가 텅 빈 통장과 훅 치고 들어오는 일상에 주춤하기도 하지만 나의 여행은 또 시작된다.

여행은 신기하게도 사람을 추동하는 힘이 있다. 긴 여정에 지쳐 돌아오는 길에도 다음엔 어디로 가지? 하며 지도를 펼친다. 나는 왜 여행을 떠나는 걸까? 자문해보지만 딱히 답이 떠오르지 않는다. 그저 좋아서라고 말할 밖에…. 여행을 떠나기 전의 설렘부터 여행지에서 마주치는 사소한 모든 것과 낯선 것에 대한 기대와 두려움, 여행에서 돌아오는 길 그 피로감과 안도감까지 다 좋아한다고 말할 수 있을 것 같다.

이 글은 그동안 내가 다녀온 여행지를 되짚으며 썼다. 최근 기억은 비교적 선명하지만 오래 묵은 기억은 희미하다. 내가 희미한 기억을 불러내는 스위치는 음악과 사진이다. 사진은 그때 기억을 불러내어 그때 그 장소와 그 분위기를 떠올리게 하고 음악은 감정에 딸칵! 불을 켜

그때 그 기분이나 느낌과 함께 그 장소에서 겪은 이야기를 떠올리게 한다. 나는 어느 곳을 여행하건 늘 음악과 함께였다. 휴대폰에 저장하여 즐겨듣는 음악도 있고 여행지에서 처음 들었던 음악도, 거리의 악사들이 들려준 음악도 있었다. 내 스위치는 어느 장소에서 우연히 들었던 음악을 어디선가 다시 들을 때 켜지는 경우가 많다. 어쩌다 여행지에서 내가 만났던 음악을 듣게 되면 그 음악이 나를 그 기억 속으로 데려간다. 이것이 내 여행 이야기에 음악이 더해진 이유다.

팬데믹으로 한동안 여행에서 멀어졌다. 길 위에 떠도는 시간을 좋아하는 나에겐 견디기 힘든 요즘이다. 그런데 이 글을 쓰면서 많은 위안을 받았다. 이 글 쓰는 내내 그동안의 여행을 복기하는 기분이었다. 오래된 기억은 희미한 부분이 많아 기억을 떠올리면서도 그 기억을 확신하지 못할 때도 있다. 누군가 기억은 믿을 것이 못 된다고 이야기했다. 기억은 사실보다 자신에게 유리한 쪽으로 왜곡되기 쉬운 것이라 했다. 그렇더라도 내 기억 속의 도시는, 사람들은 내 기억보다 더 아름답기를, 더 따뜻하기를 바란다.

토지문화관에서, 글을 낳는 집에서 이 글을 정리하면서 창밖의 나무와 많은 교감을 했다. 바람이 불면 부드럽게 몸을 흔드는 그 유연함과 끊임없이 찾아드는 새들에게 좋은 쉼터가 되어주는 넉넉한 마음이, 씀씀이가 그저 보고만 있어도 위로가 된다. 여행길에서 내가 만난 사람들은 대부분 그런 사람들이었다. 나는 이 글을 쓰면서 내가 그릇이 작아 넘치도록 받고도 감사를 모르는 사람이었음을 새삼 깨달았다. 그간 내 여행길에서 좋은 동행이 되어준 사람들에게 감사를 전한다. 그리고 길 위에서 만난 모든 사람의 영혼이 내내 따스하기를 바라는 마음을 바람에 실어 보낸다. 부디 내가 보낸 바람의 노래가 그들에게 닿기를!

2023년 1월

장시우

Contents

Norwegian Wood,

가지 못한 길은

다시 꿈이 되고

1

비가 내린다. 집 안팎은 물기를 가득 머금었다. 여름 같은 날씨가 이어지는 난감한 이 가을, 이 비가 여름이라는 긴 문장의 마침표였으면 좋겠다. 그칠 듯 이어지는 비가 베르겐의 시간을 불러냈다.

이른 아침 세룰리안 블루를 펴 바른 듯 한없이 푸르고 투명한 스톡홀름 하늘을 뒤로하고 베르겐으로 향했다. 베르겐 공항에 가까워질수록 하늘이 짙은 회색으로 낯빛이 바뀌는가 싶더니 비가 쏟아졌다. 세찬 비에도 택시 기사는 대수롭지 않은 듯 무표정한 얼굴로 트렁크에 가방을 실었다. 베르겐은 연중 200일 넘게 비가 내린다는 이야기가 생각났다. 그렇게 비는 베르겐을 떠나는 날까지 철부지처럼 칭얼거렸다. 서늘한 데다 수시로 비가 내려 베르겐의 8월은 가을에서 겨울 사이쯤에 있는 것 같았다. 추웠다!

숙소는 호수를 끼고 있는 베르겐국립미술관 근처에 있는 호텔이어서 시내는 물론 베르겐 중앙역까지 걸어갈 수 있는 거리였다. 짐을 풀고 점심도 먹을 겸해서 비 오는 거리를 나섰다. 도심에 호수가 있는 것은 축복이다. 호수는 빼곡하게 들어선 회색 건물들 사이에서 비와 물, 바람이 어우러진 다양한 표정과 풍경을 보여주었다. 호수 건너편 산자락에서 집들도 저마다 다른 표정으로 얼굴을 내밀었다. 베르겐에서 가장 번화가인 토르겔메닝겐 거리를 걸어 항구로 들어섰다. 여름 베르겐 항구에는 페리와 크고 작은 요트들이 정박해 있었고 휴가철을 맞아 먼 나라에서 온 사람들로 북적거렸다.

베르겐은 12세기부터 200년간 노르웨이의 수도였고 오슬로로 수도를 옮긴 후에는 한자동맹을 통해 19세기까지 북해와 발트해를 주름잡았던 무역의 중심지였다. 베르겐은 아름다운 풍광과 중세의 흔적들을 볼 수 있어 관광객들의 발길이 끊이지 않는다. 그리고 300년이라는 긴 역사를 간직한 어시장은 연어를 비롯한 생선과 해산물은 물론이고 순록고기 등으로 만든 다양한 가공품을 맛보고 살 수 있어 베르겐을 찾는 여행자들의 필수 코스다.

어디선가 풍겨오는 해산물 굽는 냄새가 배고픈 여행자를 유혹했다. 냄새에 끌려 한 노천식당에 들어갔다. 우리를 맞은 가게 직원이 어디서 왔는지 묻더니 다른 직원을 불렀다. 뜻밖에도 그녀는 유창한 한국말로 인사를 했고 주문을 받았다. 호기심에 물어보니 아버지가 한국인이고 어머니가 폴란드인이라며 방학 동안 아르바이트를 하러 왔다고 했다. 그녀는 몇 달간 이곳에서 일하고 폴란드로 돌아갈 거라고 말했다. 웃는 모습이 예쁜 그녀와 열심히 아르바이트 중일 아들 모습이 겹쳐 보여 가슴에 잔물결이 일었다. 어떤 꿈이 그녀를 이국땅으로 이끌었을까? 부디 이곳에서 많은 것을 얻어가기를…. 점심을 먹고 나오는데 그녀가 환하게 웃으며 배웅했다. 그 후로도 몇 번 그 길을 오가며 마주쳤고 그때마다 우리는 반갑게 인사를 나눴다.

브뤼겐으로 향했다. 브뤼겐은 항구를 뜻하는 말로 13세기 이후 상인들이 이 목조건물을 지어 주택과 창고로 사용했다고 한다. 13세기 베르겐 사람들의 일상을 엿볼 수 있는 이 건물은 1702년 대화재로 소실되어 재건했고 1990년 유네스코 문화유산으로 지정되었다. 이곳은 한때 'Let It Go'로 전 세계 아이들을 사로잡았던 애니메이션 〈겨울왕국〉의 배경인 아렌델 왕국의 모델로 알려져 있다.

비 젖은 브뤼겐에서 나는 노래를 흥얼거렸다. 'Let It Go'가 아닌 비틀스의 'Norwegian Wood'를…. 노래는 내게 기억을 불러내는 스위치 같은 것이어서 노래를 떠올리면 그 노래에 얽힌 풍경이 눈 앞에 펼쳐진다. 스무 살 언저리 비틀스의 노래를 들으며 상상했던, 어딘가 너무 먼 곳에 있어 현실적으로 와 닿지 않았던 노르웨이에 내가 와 있다. 'Norwegian Wood'가 노르웨이 숲인지 노르웨이 가구인지는 중요하지 않았다. 무라카미 하루키가 이 노래를 들으면서 느꼈다던 춥고 쓸쓸한 숲의 느낌이어도 괜찮았다. 나는 충분히 춥고 쓸쓸했으니까.

노르웨이에서 오슬로보다 베르겐을 먼저 찾은 것은 피오르fjord를 보기 위해서였다. 피오르는 약 6천 년 전 빙하기에 생성되었다. 여러 번의 빙하기와 간빙기를 거치면서 빙하가 이동하고 육지가 침식되면서 U자형의 복잡한 해안선과 빙하지형이 만들어진 것이다. 송네, 하르댕에르, 게이랑에르, 뤼세 피오르가 4대 피오르로 유명한데 나는 가장 긴 송네피오르를 따라가기로 했다.

송네피오르로 가기 위해 새벽부터 부산을 떨었다. 뮈르달로 가는 6시 30분 기차를 타기 위해 서둘러 베르겐 중앙역으로 향했다. 기차는 2시간 남짓 달려 뮈르달에 도착했고 이곳에서 플롬으로 가는 관광열차인 플롬바나로 갈아탔다. 플롬바나는 뮈르달과 플롬 20km 구간을 오가는 관광열차인데 차창 밖 풍경을 즐길 수 있도록 40km를 유지하며 레일을 달렸다. 차창으로 비가 오고 흐렸다가 개는 변화무쌍한 날씨와 함께 낯설지만 익숙한 풍경이 끝없이 이어졌다. 자작나무 숲이 펼쳐지는가 하면 푸르른 언덕이, 산자락이, 시원스레 떨어지는 폭포가 있어 매 순간 눈길을 뗄 수 없게 만들었다.

플롬에 도착했다. 작고 예쁜 건물들이 풀밭 사이에 흩어져 있었다. 하늘이 맑았다. 그 하늘 아래 사람들은 느긋했다. 후두둑 비가 떨어져도 뛰는 법 없이 그 비를 맞으며 즐겼다. 우산을 꺼내 들고 호들갑을 떠는 건 나 같은 이방인들뿐이었다. 그 여유에 나도 어느새 동화되어 느긋하게 풀밭에서 빵과 커피로 점심을 먹고 천천히 플롬을 걸었다. 아직 페리를 탈 시간까지 몇 시간 여유가 있었다. 그래서 스테가스타인 전망대에 올라가 보기로 했다. 투어버스를 타고 산정에 있는 전망대까지 갔다. 전망대에선 또 다른 눈높이에서 송네피오르를 볼 수 있었다. 길은 외길이라 아슬했다. 내려가는 길에 어떤 문제가 생겼는지 양방향에서 차들이 꼬리를 물고 서 있었다. 의도하지 않은 지체에도 젊은 기사는 느긋했다. 조급해진 나와는 달리 다들 버스에서 내려 풍경을 눈에 담았다. 그리고 버스가 다시 시동을 걸자 다들 아무 일도 없었다는 듯 버스에 올랐다.

나는 이 일을 겪으며 여유에 대해서 생각했다. 아무래도 나는, 그리고 우리는 살아내기 위해서 뒤를 돌아볼 틈도, 깊이 생각할 틈 없이 매일 전쟁을 치르듯 바삐 살아왔다. 그것이 습관이 혹은 천성이 되어 버린 것 같다. 그렇기에 속도를 늦추고 느긋하고 여유 있게 살아가기 위해서는 아무래도 속도를 의식하고 늦추는 연습이 필요할 것 같다. 느긋하게 생각하고 살아가기 위하여 한 박자 쉬어가야겠다는 머리와는 달리 버스로 향하는 내 발걸음은 점점 빨라지고 있었다.

하루에 한 번, 3시 30분에 출발하는 페리를 타면 송네피오르 큰 지류 전 구간을 둘러볼 수 있다. 전망대에서, 기차에서 보았던 피오르가 눈앞에서 펼쳐졌다. 다양한 눈높이에서 본 피오르는 다채롭고도 장엄한 교향곡으로 다가왔다. 수천 년의 시간과 자연이 빚어낸 대자연의 경이로운 장관 앞에서 나는 빗방울처럼 가볍게 흔들렸다. 때로 묵직하게 때로 장엄하게 다가오는 풍광, 날씨는 변덕스러워서 낮빛을 수시로 달리하며 보여주는 대자연의 파노라마 앞에 선 사람들은 분주하게 셔터를 눌러댔다.

맑은 공기 때문일까 내 생애 동안 봤던 것보다 더 많은 무지개를 본 날이었다. 심지어 쌍무지개까지…. 나는 아직 잡지 못한 어떤 무지개를 찾아 이곳에 온 것일까? 다섯 시간이 넘는 긴 시간 동안 지루할 틈 없이 풍경은 시시각각 변했다. 하늘과 물과 계곡이 그려낸 대자연의 장엄한 아름다움 앞에서 나는 숭고라는 단어를 떠올렸다. 저녁 늦게 비 내리는 베르겐항구에 도착했다. 그날 밤 나는 밤새 낯선 숲길을 걷는 꿈을 꾸었다.

다음 날은 느긋하게 일어나 플뢰옌산 전망대로 향했다. 베르겐 시내를 한눈에 볼 수 있다는 전망대 입구에는 날씨가 흐렸음에도 많은 사람들로 붐볐다. 케이블카로 10분가량 올라 전망대에 다다랐다. 흐리고 안개 낀 날씨라 전경이 희미하게 보였다. 수묵화를 보는 듯 흐릿했던 풍경이 안개가 걷히면서 순식간에 색채가 더해졌다. 채 5분이 되지 않은 시간 동안 벌어진 마법 같은 풍경에 사람들은 일제히 감탄사를 쏟아냈다. 모습을 드러낸 작고 예쁜 항구와 올망졸망 예쁜 집들이 동화 속 삽화 같았다.

전망대에서 내려와 거리 구경에 나섰다. 세상에서 가장 예쁜 맥도널드라는 하얀 건물을 돌아서 골목을 걸었다. 골목길을 기웃거리며 상점 구경에 빠져 있는데 또 비가 내렸다. 비 내리는 날엔 미술관만 한 곳이 없다. 베르겐국립미술관을 둘러보기로 했다. 티켓 한 장으로 이틀 동안 자유롭게 4개의 전시관을 드나들 수 있다고 했다. KODE 1, 2, 3, 4로 불리는 네 동의 전시관에서 각각 다른 분위기의 전시가 있었는데 아쉽게도 KODE 1은 리모델링 중이라 입장할 수 없었다. KODE 3은 〈절규〉로 잘 알려진 노르웨이를 대표하는 화가 뭉크 작품이 많아 가장 인기 있는 전시관이다. 뭉크 작품은 이곳과 뭉크미술관, 오슬로국립미술관에 골고루 전시되어 노르웨이를 여행하는 내내 뭉크와 만날 수 있었다.

뭉크의 그림은 어둡고 우울하고 아프다. 그래서 보는 사람이 불편하다. 왜 그런 그림을 그렸는지, 뭉크뿐 아니라 대체로 무겁고 암울해 보이는 그림이 많았는데 왜 그런지 그 이유를 알 것도 같았다. 긴 겨울과 짧은 여름, 춥고 어두운 날들이 그린 그림이므로….

떠나야 할 시간이 다가왔다. 다시 베르겐 중앙역으로 향했다. 오슬로로 향하는 기차를 탔다. 7시간의 긴 여정, 기차는 달렸고 차창은 수시로 풍경을 바꿨다. 몇 번인가 차창에 무지개도 걸어주었다. 길은 그렇게 이어졌다. 단단히 채비한 사람들 무리가 핀세역에서 내렸다. 이제부터 이 풍경을 따라 걸어가려는 사람들이었다.

석 달간의 짧은 여름, 그 여름이 아까운 사람들이 트레킹에 나서 풍경 속을 걷는다. 푸릇푸릇한 풀들 사이 듬성듬성 만년설이 보이고 빗속을 걷는 사람들은 옷깃을 여몄다. 8월의 전경이라고 믿기지 않는 이 풍경을 어쩌면 좋은가. 짧은 여정만 아니라면, 아니 모든 것을 버리고 기차에서 내려 따라 걷고 싶었다. 그렇게 걷지 못한 길은 또 다른 꿈이 되었다.

나는 노래를 흥얼거렸다. 'And when I awoke I was alone, this bird had flown….(눈을 떴을 때 나는 혼자였고 새는 날아가 버렸지….)' 비가 그쳤다. 나는 아직 스위치를 끄고 싶지 않다. 나는 아직 비 내리는 베르겐을 배회한다. 노천식당의 그녀는 폴란드로 돌아갔을까?

스톡홀름,

오지 않는 보트

그리고

Big Bad World

2

헬싱키에서 스톡홀름까지 실자라인으로 이동했다. 실자라인의 심포니는 헬싱키와 스톡홀름 구간을 왕복하는 6만 톤급 크루즈다. 배의 길이가 203m, 속도는 21노트이고 수용할 수 있는 승객 수가 최대 2,800명이다. 심포니는 총 12층으로 8~11층이 객실로 사용되는데 객실 수가 986개 정도다. 6, 7층에는 면세점, 식당가, 카지노, 공연장 같은 편의시설이 있어 승객들이 이동하는 동안 취향에 맞는 시설을 즐길 수 있다. 이 배는 오후 5시 헬싱키에서 출발해서 다음 날 아침 9시경 스톡홀름에 승객들을 내려준다. 승객들이 밤새 즐기며 시간을 보내거나 잠자고 일어나면 목적지에 도착해 있는 것이다. 그래서 이 크루즈를 북유럽 여행의 꽃이라고 한다. 심포니는 실자라인 포트에서 승선할 수 있는데 배가 출항하는 5시가 가까워지면 몹시 붐빈다. 번잡한 게 싫다면 조금 일찍 도착하여 승선 수속을 마치는 것이 좋다.

택시를 타고 실자라인 포트에 도착하니 3시가 조금 지난 시간이었다. 아직 이른 시간이라 여객터미널은 여유로웠고 한산했다. 승선을 기다리며 앉아 있는데 한 아기가 아장아장 걸어왔다. 까르르 잘 웃는 사랑스러운 아기는 낯가림도 없이 사람들 사이를 걸어 다니며 처음 보는 사람들에게도 잘 웃어준다. 분위기를 바꾸는 데 아기 웃음보다 좋은 게 있을까? 아기가 노는 모습에 푹 빠져 시간 가는 줄 모르고 있었는데 승선 수속이 시작된다는 안내방송이 들렸다. 데스크에 꽁지머리가 잘 어울리는 멋진 동양인 남자 직원이 있어 저절로 눈길이 갔는데 놀랍게도 우리말로 인사를 했다. 자신도 이 배에 승선할 거라며 궁금한 것이나 불편한 점이 있으면 언제든 자신을 찾아오라고 했다. 여행하다 보면 기대하지 않았던 곳에서 열심히 일하는 우리 청년을 만난다. 그런 청년을 보면 대견하기도 하고 반갑고 고마웠다. 그곳이 어디든 무슨 일이든 좋아하는 일을 찾아 떠나고 즐기며 그 일을 할 수 있는 용기와 그렇게 뜨겁게 부딪힐 수 있는 젊은 에너지가 대견하고 부러웠다.

이번 여행은 작은 몇 그룹이 이동과 숙박은 함께하고 여행지에서 일정은 본인이 선택하여 동행들과 혹은 취향에 맞는 사람들과 코스를 정하고 함께 다니는 형태였다. 혼자 떠난 나는 이번 여행에서 처음 만나 룸메이트가 된 한 선생과 어울려 다녔다. 우리는 예약한 2인실을 찾아가 가방을 내려놓고 크루즈 내부 구경에 나섰다. 카페와 작은 바, 식당, 놀이터, 면세점 같은 시설과 클럽과 수영장을 차근차근 탐험하듯 둘러보았다. 배가 출항하자 로비에서는 흥겨운 음악과 함께 웰컴 공연이 펼쳐졌다. 사람들은 이 음악에 맞춰 몸을 흔들었고 손뼉을 치며 호응했다. 구경거리가 많은 이 배의 이곳저곳을 기웃거리다 갑판으로 올라가니 제법 바람이 불었다. 갑판 위에는 많은 사람이 모여 있었고 악기를 조율하는 소리가 들렸다. 잠시 후에 공연이 있을 거라고 했다. 알고 보니 실자라인에서 준비한 공연은 아니었고 올스타즈라는 아마추어 연주팀이 여행 중에 펼친 공연이었는데 이 팀의 구성원이 다양했다. 연령대도 10대부터 70대까지 다양했고 악기 구성 또한 기타, 바이올린 같은 악기와 플루트, 클라리넷 같은 목관 악기, 심지어 손뼉을 악기 삼아 연주하는 사람도 있었다. 악기를 연주할 수 있든 노래를 잘하든 아니든 음악을 좋아하는 사람이라면 누구든 이 팀의 일원이 될 수 있는 것 같았다. 다음 달에 공연이 있다며 관심 가져달라던 이 팀은 흥겹고 유쾌한 공연을 펼쳤고 갑판에 있던 사람들은 그 분위기에 이끌려 공연을 즐겼다. 경쾌한 민요 몇 곡을 연주하고 관객들의 앙코르에 두 곡을 더 불렀던가? 그들의 연주가 뛰어나다고 할 순 없었지만 그들과 관객은 모두 즐거웠고 그들은 즐기면서 연주했고 그들의 표정은 무척 행복해 보였다. 심포니는 음악과 함께 들뜬 사람들을 태우고 잔잔한 바다를 가르며 나아갔다.

아침이 되자 입항을 앞둔 부산함이 전달되는지 일없이 들떴다. 간단한 입항 절차를 밟고 택시를 타고 예약한 호텔로 갔다. 호텔로 가는 길, 거리는 온통 무지개 물결이었다. 스톡홀름은 레인보우 페스티벌 기간이었다. 호텔 입구에 무지갯빛 풍선 아치가 세워져 있었고 직원들은 귀여운 헤어밴드를 하고 손님들을 맞았다. 이곳 스톡홀름 레인보우 축제는 소수의 축제가 아니라 모두의 축제처럼 보였다.

리셉션에는 사람들이 제각기 일을 보려고 기다리는 줄이 길었다. 호텔 로비에서 앉아 쉬려는데 라운지체어가 눈에 들어왔다. 북유럽 가구 디자이너들, 특히 의자 디자이너로 유명한 아르네 야콥센, 베르너 팬톤, 한스 베그너, 핀 율의 라운지체어와 소파들이 무심하게 놓여 있었다. 라운지체어의 명품이라는, 하나쯤 거실에 두고 싶었으나 너무 비싸서 엄두가 나지 않았던 의자들, 한 번쯤 앉아 보고 싶었던 의자들이 이렇게 한자리에 모여 있다니…. 북유럽에 왔음을 새삼 실감했다. 체면 불구하고 이 의자 저 소파로 옮겨 다니며 호기심을 충족했다. 몸에 착 붙는 느낌, 역시 편했다. 북유럽은 봄, 여름, 가을이 짧고 겨울이 길다. 춥고 눈도 많이 내린다. 그래서 바깥보다 집 안에 머무는 시간이 길어 집안을 편안하고 화사하게 꾸민다고 한다. 그래서 북유럽 특유의 밝고 경쾌한 색감의 디자인이 탄생했고 그 편안함과 안락함, 그리고 심플한 디자인이 부각되면서 북유럽 디자인이 인기를 끌고 있다.

체크인하기엔 이른 시간이라 가방을 맡기고 스톡홀름 시내로 나섰다. 스톡홀름은 스칸디나비아반도 동남쪽 발트해와 내륙으로부터 동서로 길게 퍼진 몰라렌호lake malaren가 만나는 곳에 떠 있는 14개의 섬으로 이루어졌다. 그러나 지하철, 버스 등 교통망이 완벽해서 섬이라는 사실을 잊게 된다. 스톡홀름은 어디서나 푸른 바다를 볼 수 있는 매력적인 도시로 북구의 베네치아라 불린다.

붉은 벽돌과 초록빛 나무들, 하늘, 구름, 바다가 어우러져 세상에서 가장 아름다운 시청이라는 스톡홀름 시청사를 돌아보았다. 바다가 보이는 아름다운 시청사에서는 한 커플이 웨딩 촬영을 하고 있었다. 시청에서 웨딩 촬영은 낯설고도 아름다운 풍경이었다. 다시 지하철을 타고 감라스탄으로 향했다. 나는 스톡홀름에 머무는 동안 감라스탄 주변을 많이 돌아다녔다. 나무 그늘이 좋은 레스토랑 야외에서 가볍게 점심을 먹고 노벨 박물관을 비롯하여 한 사람이 겨우 지나갈 수 있는 세상에서 가장 좁은 골목길이라는 골목도 걸어보고 스톡홀름 옛 정취를 느낄 수 있는 구시가지인 감라스탄을 느긋하게 둘러보았다. 꽤 오랜 시간 동안 감라스탄 여기저기를 돌아다니다가 저물녘이 되어서야 호텔로 돌아갔다. 이틀째 되는 날도 지하철을 타고 감라스탄으로 이동했다. 왕궁을 둘러보고 해양박물관인 바사 박물관Vasa Museum으로 가기로 했는데 유럽 도시마다 있는 hop-on hop-off를 이용하기로 했다. 스톡홀름은 크고 작은 섬으로 이어진 도시답게 hop-on hop-off가 버스가 아닌 보트인 점이 특이했다. 이 보트를 이동 수단으로 삼아 다녀보기로 하고 티켓을 사서 보트에 올랐다.

바사 박물관으로 가는 길에 사진박물관Fotografiska Museet이 눈에 들어왔다. 한 선생과 나는 동시에 '앗! 저기!'라고 소리쳤다. 평소 사진을 좋아하기도 하거니와 사진박물관은 외관만으로 눈길을 끌었다. 바사 박물관을 둘러보고 나온 나와 한 선생은 의기투합해서 사진박물관으로 가기로 하고 다시 보트에 올랐다. 사진박물관에는 좀처럼 보기 힘든 작품과 독특한 사진 작품이 많아 사진에 관심이 있는 사람들은 스톡홀름에서 반드시 들러야 할 장소로 꼽는다. 사진작가인 한 선생에게는 반드시 꼭 가야 할 장소임이 분명했고 나 역시 눈길이 저절로 향했던 곳이다.

비사 박물관을 둘러보고 나온 시간이 점심시간을 훌쩍 넘긴 시간이어서 배가 고팠다. 사진박물관 뜰에 있는 레스토랑에서 간단한 점심을 먹기로 했는데 런치타임이 다 끝나가는 시간이라 서둘러야 했다. 물가 비싼 북유럽에선 먹는 것에 크게 비중을 두지 않았으므로 그저 허기만 가시면 되는 거였다. 런치 메뉴 구성은 소시지와 콩, 해시포테이토와 빵 한 조각이었고 맥주 한 잔을 더해 맛있게 먹었다.

허기가 가시자 사진박물관의 전경이 더 선명해졌다. 사진박물관은 기대를 저버리지 않았다. 전시 구성이 다양했고 눈길을 사로잡는 전시가 많았다. 기획 전시인 스웨덴 출신 여배우 그레타 가르보 특별전이 눈에 들어왔다. 그레타 가르보가 출연했던 흑백영화가 벽면을 스크린 삼아 펼쳐졌다. 스크린 속에서 그레타 가르보는 차갑지만 우아하고 관능미 넘치는 아름다움으로 사람들 눈길을 사로잡았다. 중년 부부 한

쌍이 파우치에 앉아 서로의 팔을 쓰다듬으며 영화에 푹 빠져 있는 모습이 인상적이었다. 에이미 와인하우스, 모니카 벨루치, 앤젤리나 졸리 같은 눈에 익은 스타들의 사진, 사람과 동물의 모습이 어우러진 어느 작가의 전시와 사람과 건축, 창조와 파괴를 담은 이름이 낯선 작가의 기획전도 있었다. 사진박물관이 10시까지 개관한다는 사실을 알게 된 우리는 먼저 스톡홀름 현대미술관을 갔다가 다시 이곳에 와서 한 번 더 둘러보기로 하고 다시 보트에 올랐다.

현대미술관 근처에선 록 페스티벌이 열리고 있었다. 야외공연장 입구에선 줄이 길게 이어져 있었고 검색대에서 신중하게 소지품을 검색하고 있었다. 우리는 잠시 어리둥절했으나 그 줄의 끝이 현대미술관 입구가 아님을 깨닫고 그곳을 지나쳤다. 미술관 안내판을 따라가니 알록달록한 장난감이 연상되는 원색이 선명한 니키 드 생팔의 설치 미술 작품이 한눈에 들어왔다. 상처와 응어리를 예술로 극복한 작가인 그녀, 그녀의 작품은 보는 것만으로 행복하고 기분이 좋아진다. 사람들이 한눈에 알아볼 수 있는 시그니처를 가진 작가는 행복하다. 사람들이 누구의 작품이라 인정하는 독특한 자신만의 작품세계를 구축했다는 것을 의미하니까. 야외에 설치된 작품들을 뒤로하고 독특한 브라운색 긴 상자 모양 외관을 한 현대미술관으로 들어갔다.

스톡홀름 현대미술관의 컬렉션은 기대 이상이었다. 미술사의 흐름에 따라 시기별로 구성된 전시실은 감탄사가 저절로 나왔다. 피카소,

세잔, 마티스, 르네 마그리트. 달리, 뭉크, 잭슨 폴락, 뒤샹 등등. 전시된 작품에 놀라고 이 모든 전시를 무료로 관람할 수 있다는 데 또 놀랐다. 한쪽에서는 일본 여성 작가인 쿠사마 야요이 특별전이 기획 전시로 진행되고 있었다. 쿠사마 야요이의 작품을 어떻게 구성했을까 잠깐 망설였으나 상설전시 작품을 감상하기에도 시간이 빠듯할 것 같아 그냥 지나쳤다. 여행길에선 늘 다음에, 나중에라고 미루다가 지나고 나면 후회스러운 일들이 많았는데 야요이 전시도 그랬다. 무리해서라도 볼 걸 그랬다는 아쉬움이 오래도록 남았다.

볼거리가 많은 만큼 전시장을 둘러보느라 시간 가는 줄 몰랐다. 6시가 되자 야외공연장에서 들리는 음악 소리를 뒤로하고 미술관을 빠져나왔다. 다시 둘러보기로 했던 사진박물관으로 가기 위해 선착장으로 향했다. 그런데 아무리 기다려도 hop-on hop-off 보트가 오지 않았다. 그 사이 덩치가 큰 페리만 몇 차례 오고 가고…. 지나가던 한 청년에게 물어보니 그 보트는 6시까지만 운행된다고 알려주었다. 당황한 우리는 지하철이나 버스 탈 수 있는 곳을 물었고 그는 버스 정류장의 위치를 알려주었다. 버스 정류장에서 한참 기다리니 버스가 왔다. 그런데 아뿔싸! 스웨덴에서는 현금으로 버스를 이용하는 것이 불가능했다. 핀코드가 없으면 카드도 쓸 수 없다는 거다. 버스 기사에게 통사정해도 단호하게 No! 우리가 이동할 수 있는 유일한 수단은 페리였다. 몇 번을 시도하다가 포기하고 있던 차에 마침 페리에서 내리는 한 여학생의 도움을 받아 어렵사리 표를 사서 페리에 탈 수 있었다. 그 사이 몇 시간이 흘렀고 몸도 마음도 파김치가 되어버릴 만큼 지친 우리는 사진박물관을 눈앞에 두고 눈물을 머금고 서둘러 숙소로 돌아와야 했다.

이 모든 것이 보트 이용 가능 시간을 미리 확인하지 않은, 아주 단순한 실수로 벌어진 일이었다. 정보의 소중함을 다시 한번 되새기게 된 날이었다. 기운도 없고 입맛도 잃은 우리는 전날 마트에서 사서 먹다 남은 음식으로 간단하게 요기를 하고 잠자리에 들었다. 내일은 노르웨이 항공으로 베르겐으로 떠나는 날이라 새벽 일찍 길을 나서야 하는데 마음 졸인 시간이 길어서였을까? 또 잠이 오지 않았다.

나는 보통 잠이 오지 않을 땐 들릴 듯 말 듯 볼륨을 낮추고 음악을 듣는다. 그 낮은 음악에 귀를 기울이다 보면 어느새 잠이 든다. 이날은 혼자 자는 게 아니었으므로 이어폰을 꽂고 노래를 들었다. 몸과 마음이 처져 있을 때 들으면 기운 차리게 하는 곡을 playlist에서 찾았다. 평소에 좋아하는 스웨덴 출신의 아카펠라 그룹 the real group의 휘파람 소리가 경쾌한 아카펠라 곡, 'Big Bad World'가 눈에 들어왔다. 그래 이 곡이다! 앞으로도 별일을 다 겪을 거지만 그건 별거 아니야, 라며 나를 격려하는 것 같은 기분이 들었다. 그래, 쫄지 말자!

Who's afraid of the big bad world

Nobody loves a chicken

Who's afraid of the big bad world

The big bad world the big bad world

Who's afraid of the big bad world

Get some guts and feel no fear

Play it safe play it safe

Life is truly wonderful but slippery when wet

Stay inside, stay and hide

Life can give you everything….

누가 이 거대하고 사악한 세상이 두렵대요?

아무도 겁쟁이를 좋아하지 않아요

누가 이 거대하고 사악한 세상이 두렵대요?

이 거대하고 사악한 세상이 거대하고 사악한 세상

이 거대하고 사악한 세상이 두려워요?

배짱을 가지세요. 용감해지세요

단순하게 해도 돼요. 안전하게 하세요

삶은 우울할 때조차 아름다워요

안에 들어가 숨어 있어도

삶은 당신에게 모든 것을 전해 줄 거예요….

남은 여행에 대한 기대감과 두려움이 뒤섞여 도무지 잠을 이루지 못하다가 새벽에 간신히 선잠이 들었는데 꿈속에서 나는 기차를 놓치고 가야 할 길을 가지 못하고 길 위에서 서성이고 있었다.

블레드와 류블랴나,

비 때때로 맑음

그리고

그녀의 스캣 송

3

여정은 계속 이어졌다. 아름다운 호수 마을 할슈타트에서 다시 기차를 타고 잘츠부르크로 돌아갔다. 잘츠부르크음악제의 마지막 날인 그날은 전통의상을 입은 사람들이 간간이 눈에 뜨였다. 성당 부속 음악원 기숙사 일부를 호스텔로 운영하는 숙소에서 하룻밤을 더 묵고 다음 날 아침에 잘츠부르크역에서 기차를 타고 슬로베니아 블레드로 갔다.

유럽에서 국경을 넘는다는 것은 도시에서 다른 도시로 넘어가는 것만큼 간단한 일이었다. 까다로운 입국 절차를 거쳐 국경을 넘은 경험을 많이 한 나로선 무척 신기한 일이었다. 슬로베니아라는 나라에 대해 잘 몰랐던 나는 후배가 블레드 섬과 류블랴나를 가자고 했을 때 생소한 나라라는 점에서 선뜻 동의는 했지만 그런 나라도 있구나, 정도였고 큰 기대를 하지 않았다. 비행기나 기차로 이동하면서 가이드북에 소개된 내용을 읽고 얻은 정보가 전부였다. 아무런 선입견 없이 한 나라를 만날 수 있는 경험을 할 수 있으니 나쁘지는 않겠다는 생각도 있었다.

블레드역에 내리자 비가 내리기 시작했다. 서둘러 버스를 타고 예약한 숙소로 향했다. 버스에서 내려 숙소를 찾았으나 좀처럼 찾을 수 없었다. 조금씩 내리던 비는 본격적으로 내릴 기미가 보이더니 우리가 헤매는 동안 비는 걷잡을 수 없이 쏟아졌다. 비는 내리고 배는 고프고….

우리는 일단 하나는 해결하자며 헤매면서 눈여겨본 식당으로 향했다. 우리가 주문한 음식은 해물 리조또와 오스트리아와 주변국에서 흔하게 먹을 수 있는 슈니첼이었다. 슈니첼은 소스 없는 돈가스 같은 것이라고 하면 될까? 해물 리조또를 한 입 먹는 순간, 우리는 눈이 커지면서 감탄사가 절로 나왔다. 그 맛은 해물탕 국물에 밥을 말아 먹을 때 그 맛이었다. 우리는 해물 리조또를 담은 그릇 바닥이 보이도록 먹었다. 따뜻한 해물 리조또를 먹으니 그동안 쌓였던 노독이 모두 풀리는 것 같은 기분이었다. 우리에게 익숙한 그 맛과 따뜻함으로 몸도 마음도 녹이고 나니 그제야 주변 풍경이 눈에 들어왔다. 비가 세차게 내리는 창밖에는 막을 한 겹 덧씌운 듯한 낯선 풍경이 펼쳐졌다.

식사가 끝나도 빗줄기는 잦아들지 않았고 뭔가 결단이 필요했다. 우린 계산을 하면서 식당 주인에게 택시를 불러 달라고 부탁했다. 이 지역에서는 좀처럼 보기 힘든 동양 여자 둘이 해물 리조또를 맛있게 싹싹 비우는 모습을 흐뭇하게 지켜보던 주인은 기꺼이 택시를 불러주었다. 숙소는 생각보다 가까운 거리에 있었다. 다음날 블레드 섬을 산책하면서 보니 우리가 어제 같은 지역을 계속 빙빙 돌았다는 사실을 알게 되었다.

우리 숙소인 백커스는 1층은 바bar로, 2층은 게스트하우스로 운영하는 곳이었는데 조금 허름했지만 생기가 넘치는 곳이었다. 그 생기는 뜨거운 청춘들, 그리고 레게풍의 음악, 그리고 떠들썩한 분위기가 한몫했다. 백커스에서는 도미토리룸에 묵었는데 그 방은 남녀 구분 없이 방을 쓰는 믹스룸이었다. 2층 침대 3개가 놓인 침대가 있는 방에 들어갔을 땐 이미 한 커플이 2층 침대에서 맥주를 마시며 이야기 중이었다. 그냥 느낌으로 그들은 여행 중에 만난 커플로 보였다.

마침 비가 그쳤고 우리는 가방을 던져놓고 블레드 호수로 가기로 했다. 숙소에서 블레드 호수는 걸어서 갈 수 있는 가까운 거리였고 호수를 따라 무작정 걸었다. 비는 그사이에도 오락가락했고 멀리 보이는 블레드 섬은 비로 인해 더 몽환적으로 보였다. 어디선가 종소리가 들렸다. 수시로 들리던 그 종소리는 나중에 알고 보니 블레드 섬 성모승천성당에서 누군가 간절한 소원을 담아 울리는 종소리였다.

전설처럼 아름다운 성모승천성당을 가기 위해선 플라트나라 불리는 뱃사공이 노를 젓는 배를 타거나 보트를 빌려 노를 저어가야 한다. 블레드는 알프스의 보석이라 불리는 이 아름다운 호수를 보존하기 위해 철저하게 관리하는데 플라트나는 블레드 섬에서 대대로 뱃사공을 해온 네 가문만 운행할 수 있다고 한다.

비는 여전히 오락가락하여 갈피를 못 잡게 했지만 우리는 블레드 섬으로 가보기로 했다. 우리 두 사람과 한 가족이 일행이 되어 플레트나에 올랐다. 우리가 탄 플레트나 주인은 제멋대로인 아들을 잘 구슬려 배를 젓게 하고는 아들이 하는 모습을 계속 지켜보았다. 아들은 큰 덩치에 걸맞게 힘이 좋은지 수월하게 노를 저었다. 10분 정도 노를 저어 블레드 섬에 도착했다.

섬에는 성모승천성당뿐이었다. 성모승천성당은 유럽인들이 결혼식을 올리고 싶은 성당으로 손꼽는다고 한다. 이 성당은 그림처럼 아름다운 데다 99개의 계단을 신랑이 신부를 안고 오르면 백년해로한다는 전설까지 있다. 단, 신부는 그동안 말을 한마디도 하지 말아야 한다. 결혼 생활 동안 어떤 힘든 상황에서도 서로 참고 인내하며 처음 그 마음이 변치 않는다면 백년해로는 꿈같은 이야기는 아닐 거라는 생각이 들었다. 그런데 그게 말이 쉽지….

우리도 성당으로 들어가 그 종을 울리기로 했다. 작은 성당의 이곳 저곳을 둘러보고 성당으로 들어가 종을 세 번 쳤다. 나는 어떤 소원을 간절하게 빌었던가? 그 소원이 이루어졌던가? 내가 어떤 소원을 빌었는지 기억은 희미해졌지만 아름다운 성당은 오래도록 기억에 남아 있다. 40분이 지난 후 다시 플레트나를 타러 갔다. 다시 빗줄기가 굵어졌다. 노를 젓는 젊은 사공의 손길이 바빠졌다.

자꾸 굵어지는 비의 등쌀에 서둘러 숙소로 돌아왔다. 음악 소리는 여전했고 방으로 올라간 우리는 오늘 밤 한방을 써야 하는 사람들이 그 커플과 우리, 그렇게 넷이란 것을 알게 되었다. 피곤이 수면제였는지 꿈도 없이 푹 자고 아침에 일어나니 햇살은 화사했고 눈에 보이는 모든 풍경이 세수를 마친 아이처럼 맑았고 상쾌했다.

아침을 먹기 위해 근처 식당으로 갔다. 가볍게 아침을 먹고 산책하다가 숙소로 돌아와 별생각 없이 방문을 열었다. 아차차! 이를 어쩌나 19금의 서로 민망한 상황에 맞닥뜨렸다. 다시 문을 닫고 얼른 밖으로 나왔다. 실수였다! 평소의 나라면 노크를 했을 텐데 그날따라 아무 생각 없이 벌컥 문을 열어버렸으니…. 얼마나 놀랐을까? 그 친구들은…. 얼른 문을 닫고 나와서 한 30분 정도 동네를 서성이다 들어가니 상황 끝! 서로 sorry! 사과하고 쿨하게 상황 종료!

가방을 싸서 리셉션에 맡기고 블레드호수 주변을 걸었다. 호수를 한 바퀴 돌았는데 햇살 아래 맑은 호수가 투명하게 일렁거렸다. 호수에는 백조 몇 마리가 느긋하게 떠 있었다. 어린 시절 푹 빠져 읽었던 동화책의 영향인지 백조는 내게 동화 속에서나 볼 수 있는 특별한 존재로 각인되어 있었다. 그런 백조가 눈앞에서 유유히 떠다니는 풍경에 탄성을 지를 수밖에…. 백조와 오리, 그 밖에도 여러 종류의 새들이 호수 가장자리에 떠다녔고 저보다 어린 동생에게 낚시를 가르치는 작은 여자아이도 있었다. 걷다 보니 발길이 어제 올라가지 못했던 블레드 성으로 향했다. 올려다보는 블레드 성과 블레드 성에서 내려다보는 블레드 풍경은 둘 다 너무 아름다워서 솜씨 좋은 델프트 화가의 풍경화 같았다. 별 기대 없이 찾았던 아름다운 블레드 섬은 오래도록 내 기억에 각인되어 있을 것 같다는 생각이 들었다.

숙소에 맡겨둔 가방을 찾아 류블랴나로 가기 위해 시외버스 정류장으로 향했다. 그전에 그 지역에서 유명하다는 토속 음식점에서 점심을 먹기로 했다. 근처 어디서나 빠지지 않는 거위 고기로 만든 슈니첼과 겉보기엔 만두 비슷하지만 속에 치즈가 들어있는 음식을 주문했다. 슈니첼은 조금 퍽퍽했지만 맛있었고 만두 같은 음식은 한 번쯤 먹겠지만, 연거푸 두 번 먹으라면 정중하게 사양할 음식이었다. 점심을 먹고 류블랴나로 가기 위해 버스를 탔다. 여기서 또 특별한 경험을 했는데, 이 지역과 유럽의 몇몇 지역에서는 시외버스를 타면 운임과는 별도로 배낭 하나에 1유로 정도를 짐값으로 내야 했다. 새삼 교통비도 싸고 짐값도 받지 않는 교통 인심이 넉넉한 우리나라가 그리웠다.

류블랴나에 도착하니 또 비가 내렸다. 택시를 타고 숙소로 향했다. 택시 기사는 시내 어느 지점엔가 차를 세우더니 더는 차가 다닐 수 없다고 했다. 이 길로 조금만 걸어가면 숙소가 나올 거라고 했다. 류블랴나는 보행자 우선 정책을 시행하는 도시라 시내 중심가에는 도보로만 이동할 수 있다고 한다.

비 내리는 낯선 도시에서 캐리어를 끌고 걷는 일은 좀 서글펐다. 다시 주소를 확인해가며 숙소 앞에 도착하니 입구가 굳게 잠겨 있다. 벨을 누르고 몇 마디가 오가자 견고했던 문이 열렸다. 오늘 묵을 방은 출입구와는 달리 모던하고 감각적인 디자인이 인상적이었다. 밝고 깔끔한 도회지 분위기여서 어제 게스트하우스와는 여러모로 정반대였다. 하얗고 뽀송뽀송한 시트를 보는 순간 조금은 우울했던 마음이 스르륵 녹았다. 바깥에선 비가 줄기차게 내리거나 말거나….

숙소에서 나와 비 내리는 류블랴나 거리를 걸었다. 숙소는 프레세렌 광장 가까이에 있었으므로 독특하게 코랄핑크로 페인팅한 성 프란체스카 성당, 세 쌍의 다리, 시장 등이 있는 구시가를 걸어서 다니기 좋은 위치에 있었다. 슬로베니아 국민 시인으로 불리는 프란츠 프레세렌을 기려 만든 프레세렌 광장에는 프레세렌 동상이 중심에 있다. 프레세렌은 슬로베니아에서 가장 존경받고 사랑받는 시인으로 그의 시에 곡을 붙인 '축배'가 슬로베니아 국가라고 한다. 프레세렌 동상 시선 끝이 닿는 건물 모서리에는 그가 짝사랑한, 혹은 그를 짝사랑한 여인 율리아의 상반신 부조가 있어 로맨틱한 상상을 하게 했다.

세 쌍의 다리 중 가장 인기가 있는 용의 다리 근처에는 시장이 있어 류블랴나 사람들뿐 아니라 여행자들의 발길을 끌어모은다. 걸어서 혹은 푸니쿨라를 타고 류블랴나 성으로 가서 한눈에 펼쳐지는 류블랴나의 풍경을 보는 것도 멋진 일이겠지만 하염없이 내리는 비는 나의 발길을 주저하게 했다. 비에 젖은 구시가지 골목 구경을 다니다 보니 어느새 비가 그쳤다.

하늘이 발그레해졌다. 한 번도 본 적 없는 신비롭고 묘한 코랄빛 하늘이라니…. 나는 어느새 성 프란체스코 성당의 코랄핑크빛 페인팅을 납득하게 되었다. 어디선가 거리의 악사들이 하나둘 모여들었다. 다들 구역이 정해졌는지 바이올린, 아코디언, 기타…. 저마다 악기를 들고 연주를 이어갔다. 다채로운 음악이 섞여 불협화음인 것 같지만 묘하게 어우러지는 음들…. 귀는 황홀했고 가슴은 촉촉해졌다.

어디선가 아름다운 목소리가 들렸다. 소리에 끌려간 곳은 거리 초입 상점가 앞이었다. 저음인 콘트라베이스, 날아갈 듯 가벼운 바이올린, 벤조 같은 악기와 어우러진 여성 보컬의 스캣은 더없이 매력적이었고 고급스러웠다. 넋을 잃고 그 소리에 빠져들었다. 그동안 여행길에서 수도 없이 들었던 거리공연 중에서 가장 인상적이고 가장 매력적인 연주를 꼽으라면 단연, 이 버스킹이었다. 시간이 가는 줄 모르고 음악에 빠져 있다가 시간의 재촉에 못 이겨 발길을 옮기는 그 순간이 얼마나 아쉬웠는지 모른다. 등 뒤로 흐르는 음악이 그렇게 매혹적으로 들렸던 것도 처음이었다.

다음날도 비는 오락가락했다. 일찍 류블랴나 메텔코바 예술촌으로 갔다. 메텔코바 예술촌은 주택가를 거쳐 갔는데 걷다가 만나는 골목길에서 류블랴나의 뒷모습을 발견한 느낌이었다. 사람 사는 풍경은 어디나 비슷하다. 특히 뒷골목의 정서는 너무 닮아있다. 허술하고 낡고, 방치되어 쌓여 있는 것들이 그려내는 쓸쓸하고 우울한 홍콩 영화의 한 장면 같은, 쓸쓸하고 무미건조한, 아니면 반대로 무거운 기운이었을까….

숙소에서 걸어서 30분 조금 더 걸었을까? 농구코트와 함께 요란한 그래피티가 눈에 들어왔다. 메텔코바 예술촌은 과거에 유고슬라비아 군부대가 막사로 사용했던 곳을 예술가들이 기발하고 재기발랄하게 꾸민 공간으로 갤러리, 클럽, 바, 호스텔까지 있다. 예술촌은 발랄하다 못해 기괴한 느낌이었고 오전 시간이라 그런지 조용했다. 이곳저곳을 기웃거리다가 아차! 싶었다. 이 시간, 예술가는 대부분 비몽사몽일 거란 생각을 놓쳐버렸다. 예술가 대부분은 밤낮이 바뀐 생활을 한다. 애초에 예술가의 감각 자체가 밤에 더 반짝이는 그런 묘한 것일 수 있겠고 뮤즈가 밤늦은 시간과 새벽까지 예술가들을 자극하다가 어디론가 떠나버리고 에오스가 잠의 신 휘프노스를 대동하고 나타나 예술가들을 잠재운 것일 수도 있다.

깊이 잠이 든 그들을 깨울 수 없어 메텔코바 예술촌에서 겉모습만 가만히 살펴보고 여행자는 아쉬움을 뒤로하고 돌아 나왔다. 발걸음을 류블랴나 구시가지로 돌렸다. 다시 비가 내렸다. 세차게 내리는 비는 여행자의 발걸음을 묶는다. 여행자는 어디든 비 피할 곳을, 그렇지만 볼거리가 있는 곳을 찾는다. 생각난 곳이 미술관이었다. 발걸음은 자연스럽게 류블랴나 현대미술관으로 향했다. 현대미술관은 생각보다 규모가 크지 않아 천천히 그리고 꼼꼼하게 둘러보았는데 기획전과 함께 구 사회주의 국가의 흔적을 여지없이 보여주는 프로파간다 포스터풍의 그림들이 있어 인상적이었다.

전시실을 둘러보다가 어디서 본 듯한 젊은 여성이 눈에 띄었다. 류블랴나에서? 만난 적 있는 젊은 백인 여성이라니? 나는 잠깐 고개를 갸우뚱했다. '아, 어제 그 스캣 송을 하던 재즈팀의 보컬! 아, 이 사람들도 비가 많이 내리면 공연을 못 하겠구나. 어쩌면 이 사람도 나와 같은 여행자가 아닐까 거리에서 공연하고 그렇게 번 돈으로 여행을 하는….' 그런 생각을 하니 반가운 마음이 들었다. 인사라도 건넬까 하다가 그의 흐름을 깨는 것 같아 발걸음을 이어갔다. 그리고 다른 전시실에서 그 팀의 연주자들을 차례차례 만났다. 예술가들은 같은 장르 안에서 교류하기도 하지만 장르 밖에서 만나는 사람, 작품들로 자극을 받는다. 그래서 다른 장르를 자주 기웃거리기도 한다. 나 또한 생경한 풍경, 사람, 예술품들을 만나 자극받는다. 그녀와 묘한 동질감을 느끼며 발걸음을 옮겼다.

미술관을 빠져나오자 어느새 비가 그쳤다. 비가 그친 류블랴나 거리는 아름다웠다. 촉촉하게 젖은 거리 풍경은 독특한 정취를 자아냈고 그 낯설음이 나를 사로잡았다. 나는 저물도록 구시가지를 돌아다녔다. 어느새 또 거리의 악사들이 하나둘 프레세렌 광장으로 모여들었다. 다시 일정한 거리를 두고 다양한 음들이 거리를 날아다녔다. 어제 그 재즈텀을 찾아 두리번거렸으나 보이지 않았다.

실망감인지 아쉬움인지 모를 묘한 감정을 안고 저녁을 먹기 위해 낮에 눈여겨 봐둔 멕시칸 식당으로 향했다. 경쾌한 원색과 남미 스타일의 인테리어도 인상적이었지만 많은 사람이 끊임없이 자리를 채우고 있었으니 동네 맛집이 분명할 거라는 생각이었다. 우리 생각은 빗나가지 않았고 맛있고 푸짐한 저녁을 즐길 수 있었다. 저녁을 먹은 뒤 앞쪽 바에 앉아 모히토를 주문했다. 류블랴나에서 모히토를? 그런데 그날 마신 모히토가 어느 나라 어느 도시에서 마신 모히토보다 강렬해서 이후 어딜 가나 모히토를 주문해 마셨는데 그 맛을 넘어서는 모히토를 찾지 못했다. 심지어 쿠바에서 마신 모히토도 그 맛을 넘지 못했다. 분위기 탓이었을까? 발그레해진 얼굴로 별을 머리에 이고 숙소로 돌아오는 걸음이 약간 비틀거렸으려나….

숙소로 가는 거리 초입에는 한 젊은 여성이 바이올린을 연주하고 있었다. 드보르자크의 '달에게 바치는 노래'인가? 이 시간 이 장소에 딱 어울리는 선곡이라 생각했다. 바이올린 선율을 뒤에 두고 돌아가는 그 시간, 그 거리가 꿈길을 걷는 듯 황홀했다. 류블랴나는 아름다운 도시이고 구시가지로 들어오는 길에는 모든 차량을 통제하여 보행자가 안심하고 걸을 수 있는 곳이다. 그리고 보행자들을 더 행복하게 하는 것은 거리를 가득 채운 거리 악사들이 연주하는 음악이었다. 어느 도시든 외형적으로 보이는 것도 중요하지만 외형에 걸맞은 내용이 있는가 질문해보곤 한다. 류블랴나는 거리의 악사들과 그들이 들려주는 음악들, 그리고 그 음악을 즐길 줄 아는 사람들로 채워져 도시가 더 풍요롭게 느껴졌다.

이런저런 생각이 많아서였을까? 좀처럼 잠이 오지 않았다. 내일 아침에는 버스로 크로아티아 자그레브로 이동할 예정이었다. 크로아티아에서 나는 또 어떤 풍경과 마주치게 될까? 아직은 피로감보다 기대감이 더 큰 걸 보니 남은 여정이 더 긴 모양이다. 그녀의 스캣 송이 계속 머리를 맴돌았다. 다시 들을 순 없겠지….

그녀를 떠올리며 신들린 스캣이라 불리는 Ella Fitzgerald의 'One Note Samba'를 듣는다. 이름 모를 그녀가 엘라 피츠제랄드를 능가할 수 없겠지만 나에게 각인된 건 어찌 된 셈인지 그녀의 날아갈 가벼운 종달새를 연상하게 한 스캣이었다. 다음 날 아침 나는 의미 모를 음절을 흥얼거리고 있었다. 이게 다 엘라 때문일까? 그녀 때문일까?

자다르,

태양에게 바치는 인사 그리고 바다 오르간

자그레브 시외버스 터미널에서 버스를 타고 플리트비체로 갔다. 버스가 두 시간 반 남짓 달렸을까? 버스는 나를 요정의 골짜기라고 불리는 플리트비체 입구에 내려놓았다. 매표소 앞에선 후배와 나는 잠시 어느 코스로 가야 할지 고민했다. 짧은 고민 끝에 아기자기하고 아름다워서 많은 사람이 선호한다는 H코스로 결정했다. 플리트비체를 볼 수 있는 코스는 다양하다. 걷는 시간이며 어느 지점을 집중해서 걸을 것인지 생각해서 결정하면 된다. 시간 여유가 있다면 플리트비체 국립공원 내에 있는 호텔에서 하루 묵으면서 천천히 둘러보는 쪽을 선택했을 텐데 어쩌다 보니 일정이 빠듯해서 4~6시간 소요된다는 보편적인 H코스로 결정한 것이다.

플리트비체는 자그레브와 자다르 두 도시 중간쯤에 있고 19.5헥타르에 달하는 숲으로 이루어져 있다. 청록색 물빛이 아름다운 16개의 호수가 크고 작은 폭포로 연결되어 있고 그곳을 데크로 이어 길을 만들어 사람들이 요정의 골짜기를 거닐어 볼 수 있게 했다. 플리트비체는 1979년 유네스코 문화유산으로 지정되었으며 크로아티아는 이 계곡의 아름다움을 보존하기 위해 큰 노력을 기울이고 있다. 플리트비체 공원 내 모든 동력은 전기를 사용하고 수영, 취사, 낚시, 채집을 금지하고 있고 심지어 사람들이 물에 발을 담그는 것조차 못 하게 한다. 여름이 되면 플리트비체는 우거진 푸른 숲과 청록색 혹은 에메랄드빛으로 반짝이는 맑은 물, 풍부한 수량으로 우렁우렁 소리를 내는 폭포들로 그 매력이 한층 더해진다.

우리가 폴리트비체를 찾은 전날 비가 많이 내렸다고 한다. 그래서인지 플리트비체의 크고 작은 폭포에서는 시원하다 못해 장엄한 물줄기가 쏟아졌다. 이 물소리만으로 한여름 무더위를 잊을 수 있을 것 같았다. 산책로는 나무 데크가 이어지다 흙길로 바뀌었는데 전날 내린 비로 물이 불어나 흙길이 물에 잠겼다. 처음엔 신발을 벗고 걷다가 크고 작은 돌들이 발바닥을 찌르는 통에 신발이 젖어 질척일 걸 각오하고 신발을 신고 걸었다. 누구도 발조차 담글 수 없다는 플리트비체의 물에 발을 담글 수 있는 이런 행운을 아무나 가질 수 있는 게 아니라고 나를 다독이면서….

그렇게 길을 따라 아름다운 풍경을 걷다가 다시 배를 타고 이동하고 다시 걷다 보니 플리트비체가 왜 요정의 계곡이라 불리는지 알 것 같았다. 현실감이 느껴지지 않을 정도로 신비롭고 아름다운 물빛이 눈을 사로잡는다. 청록에서 에메랄드, 터키블루…. 세상의 어떤 푸른빛 물감이 이처럼 아름다울까? 맑다 못해 물속이 투명하게 비치는 호수, 나무가 쓰러져 그대로 물속에 잠겨 있는 풍경도 그사이를 헤엄치는 물고기도, 그대로 눈부시게 아름다웠다.

플리트비체에 며칠 머물면서 구석구석 걸어보고 싶은 마음이 간절해졌다. 그러나 이어지는 일정이 그 바람을 그저 희망 사항으로 만들었다. 아쉬움은 다음을 기대하게 한다. 언제 이곳에 다시 올 수 있을까 하는 생각이 들었다. 그러나 경험상 다시 찾는 건 그다지 어려운 일이 아니고, 꿈꾸기 나름이라는 사실을 떠올리며 언젠가 어떤 일에 쫓기고 힘들어질 때 그리고 현실에서 조금 벗어나고 싶은 순간이 오면 이곳에 다시 오리라. 그리하여 나는 요정이 사는 세계를 꿈꾸며 동화의 세계로 걸어가 까칠해진 내 머리와 가슴이 말랑말랑해질 때까지 숲속의 이야기로 가득 채우리라 다짐했다.

우리는 아쉽게도 자그레브로 돌아가는 버스 시간 때문에 서둘러 플리트비체를 빠져나와야 했다. 이 요정의 계곡을 두고 돌아서는데 발걸음이 쉽게 떨어지지 않는 건 내가 동화의 세계에 쉽게 빠져드는 사람이라 그런 건 아니고 플리트비체를 처음 본 누구라도 그랬을 것이다. 예정 시간보다 늦게 도착한 버스를 타고 자그레브로 돌아오는 내내 나는 비현실적인 세계에서 현실로 돌아오려고 무던히도 노력했다. 버스는 해거름을 달려 터미널에 도착했고 택시를 타고 어두워가는 거리를 달려 숙소로 돌아왔다.

며칠 동안 편안한 휴식처가 되어준 자그레브의 숙소는 반 옐라치치 광장에서 가까운 곳이었는데 도시적인 느낌이 물씬 나는 원룸 같은 호스텔이었다. 슬슬 걸어서 옐라치치 광장으로 걸어가 눈에 뜨이는 노천 카페에서 케이크 한 조각을 곁들인 커피를 마시고 오전 시간을 보내기도 했는데 알고 보니 그 카페가 100년이 훨씬 넘은 카페였다는 것이 새삼스러운 일이 아니라는 사실이 오히려 신기했다.

자그레브 대성당 안팎을 돌아다니다 주위 공원을 어슬렁거리기도 하고 오전에서 오후 한때 잠시 열리는 꽃시장과 시장 구경을 하기도 했다. 그렇게 도심을 걷다가 어쩌다 찢어져 버린 작은 배낭을 버리고 근처 쇼핑몰에서 새 배낭을 사기도 하고 구수하고 향긋한 빵 냄새에 이끌려 빵집에 들어가 맛있는 빵을 사 오기도 했다. 슬슬 걸어서 스톤 게이트를 지나 모자이크 지붕이 예쁜 성 마르코 성당으로 가는 길에 크고 작은 갤러리에서 그림 구경도 하고 선물용으로 크로아티아의 특산품이라는 넥타이도 샀다. 그러고 보니 넥타이가 크로아티아에서 시작했다는 이야기도 들은 것 같다. 자그레브에서 머문 시간은 무척 편안하면서도 여유로웠다. 자그레브는 거리며 골목이 예뻐서 구석구석 사부작사부작 많이 걸어 다녔던 곳이기도 하다.

여행자는 한 도시의 풍경이 눈에 익숙해질 때 그 도시를 떠나야 한다. 때로는 떠나가기 싫지만 떠나야 하는 일은 유목민인 여행자의 숙명이다. 떠나야 새로운 곳을 만날 수 있고 새로운 만남도 시작된다. 머릿속에 대략적인 자그레브의 지도가 그려지는 걸 보니 나는 이곳을 떠나야 할 때가 되었음을 직감했다. 그러나 하루나 이틀 더 머물고 싶다는 생각이 옷자락을 끌어당긴다. 이럴 때는 머릿속이 복잡해진다. 예약한 숙소는 어쩌지? 그다음 일정과 연결은? 돌아가는 날짜에 영향은 없을까? 이런저런 생각 끝에 머물 수 있으면 머물면 되고 도저히, 라는 답이 나오면 마음을 접고 떠나야 한다.

떠나야 한다는 판단이 서자 우리는 다시 택시를 타고 시외버스터미널로 향했다. 버스는 중간에 잠시 쉬기도 하며 4시간을 달려 자다르에 도착했다. 자다르에서는 숙소가 있는 올드타운까지 다시 택시를 탔다. 택시는 여기서 더 진입할 수 없다며 올드타운 어딘가에 우리를 내려놓고 제 갈 길로 떠나갔다. 여긴 어디쯤이고 나는 여기 왜 있는 걸까? 어쩌다 나는 8월의 한낮, 햇볕 따가운 낯선 거리 한가운데 부려진 짐짝이 된 걸까?

노천카페에서 맥주를 마시며 쉬고 있는 누군가에게 길을 물었다. 그도 여행자였으므로 원하는 답을 얻을 수 없었다. 터덜터덜 걸어서 익숙해진 로마식 돌바닥 길을 걸으며 헤매다 성 도나투스 성당까지 왔다. 그 앞에서 노점을 펼치고 있는 중년 부인에게 혹시 이곳을 아는지 물었더니 손가락으로 앞쪽 건물을 가리킨다. 아, 여길 몇 바퀴나 돌았는데…. 숙소는 포럼에 있었고 창문을 열면 성 도나투스 성당 종탑이 보이는 깔끔하고 모던한 느낌의 호스텔이었다. 개인 사물함이 따로 있고 침대마다 블라인드를 내릴 수 있어서 최소한의 사생활을 지킬 수 있는 곳이라 마음에 들었다. 가방을 던져두고 거리로 나섰다.

거리에는 한눈에 보기에도 예사롭지 않은 돌기둥이며 조각들이 방치되어 마구 널려있었다. 로마 시대의 유물 같은데…. 이렇게 막 버려둬도 되는 걸까? 그런 의문도 잠시였고 이곳은 곳곳에 오래된 성당이 있었고 바깥에 흔하게 널려있는 것들이 모두 로마 유적이었다. 음, 여기선 흔한 돌 같은 거구나! 조금 더 걸어가니 푸른 바다가 보였다. 아드리아해였다. 햇볕이 따가운 8월 한낮에 푸른 바다를 보니 첨벙 뛰어들고 싶었다. 오늘은 아니고 내일은 바다로 뛰어들어 보리라 다짐하며 바닷가를 따라 걸었다.

노천카페에서 커피 한잔을 마시고 돌아다니다 슬슬 배가 고파 올 무렵 골목 어귀 정원을 잘 가꿔져 있는 레스토랑이 눈에 들어왔다. 지나면서 보기에도 예쁘고 정갈한 집이었다. 하얀 레이스 테이블보가 우리에게 손짓했다. 우리는 그 예쁜 레스토랑에서 늦은 점심을 먹었다. 음식보다 분위기를 먹는 기분이랄까? 점심을 먹고 구석구석 골목길을 걸어 다니다가 이 지역에서 유명하다는 레몬 아이스크림 하나를 사서 입에 물고 두리번거리며 돌아다녔다. 걷는 길이 새콤하고 달콤했다. 골목에서 골목으로 이어지는 길을 돌아다니며 거리의 풍경을 눈에 담으니 이 도시의 분위기와 골목이 무척 마음에 들었다. 도시가 서서히 어두워지고 밤이 되자 은은한 불빛을 받은 포럼은 낮과는 다른 분위기를 자아냈다. 어쩌나! 난 아무래도 자다르와 사랑에 빠진 것 같다.

자다르 역시 다른 유럽 도시처럼 이곳 또한 곳곳에 거리의 악사들이 연주하는 음악으로 밤의 거리가 풍성하다. 들려오는 익숙한 멜로디를 흥얼거리며 걷거나 특별히 개성 넘치거나 인상적인 연주자의 공연은 가던 길을 멈춰서서 잠시 즐기며 동전을 넣거나 그들의 CD를 사기도 한다. 숙소로 가는 길목, 포럼 근처에서 기타 소리가 들려왔다. 특별히 기교가 뛰어난 것도 아니고 아주 능란한 연주도 아니었는데 어쩐지 나를 잡아끌었다.

기타 소리가 나는 방향으로 다가갔다. 놀랍게도 연주자는 어린 소년이었다. 보기엔 열 살 안팎으로 보이는 이 소년은 'I WANT A NEW GUITAR'라고 쓴 종이박스를 앞에 두고 기타를 연주하고 있었다. 그 곁엔 동생으로 보이는 소년이 함께 자리를 지키고 있었고, 몇 걸음 앞 멀찌감치 그의 부모로 보이는 사람들이 그들을 지켜보고 있었다. 겉보기에 소년도 그 부모도 어려워 보이지도 않았고 오히려 여유로워 보였는데…. 짐작건대 부모와 소년 사이에는 충분히 대화가 오고 갔을 것이고 소년은 스스로 거리공연을 생각해낸 것일 거라 생각이 들었다. 그 나이 소년의 연주라곤 생각도 못 했는데…. 대견하기도 하고 기특하기도 했다. 공연을 지켜보던 다른 사람들도 그런 생각을 했는지 그 소년의 기타 케이스엔 동전이며 지폐가 쌓여가고 있었다.

그 아이는 언제쯤이면 새 기타를 살 수 있을까? 곧 살 수 있겠지…. 이런저런 생각을 하며 숙소로 돌아와 잠을 청했지만, 이 작은 도시는 여행자를 좀처럼 잠들지 못하게 했다. 이틀 밤 사흘 낮 동안 자다르는 한 여행자를 자신의 매력에 푹 빠지게 했다. 자다르는 한 달 정도 느긋하게 머물며 살아보고 싶은 곳이었다.

다음 날은 도심을 구경하고 다녔다. 날씨는 8월의 한낮임을 확인시켜주는 듯 무척 더웠다. 더위에 지친 후배와 나는 숙소로 들어가 수영복을 입고 겉옷을 걸치고 바닷가로 향했다. 우리는 아드리아해에 풍덩 뛰어들었다. 우리는 거기서 물장구를 치고 놀던 개구쟁이 아이와 금방 친해져 물장난을 치며 놀았다. 속이 투명하게 비치는 맑은 아드리아해에서 즐기는 물놀이는 시간의 흐름을 잊게 했다. 바다에서 얼마나 놀았을까…. 슬슬 추워졌고 배도 고파왔다. 우리는 젖은 수영복 위에 겉옷을 걸치고 숙소로 돌아갔다.

샤워하고 옷을 갈아입은 우리는 늦은 점심을 위해 골목을 헤매다가 잘 가꾼 정원이 있는 예쁜 레스토랑을 발견했다. 누가 먼저랄 것도 없이 오늘은 여기, 라며 자리를 잡았다. 정원의 테이블에서 늦은 점심을 먹으며 이 도시의 아름다움에 대해서 사람들에 관해서 이야기를 나누었다. 분위기 탓이었을까? 이날 점심은 정말 소박했지만 최고의 성찬이었다. 우리는 식사를 마치고 소화를 시킬 겸 근처의 작은 박물관과 시장을 돌아다녔다. 섬세하고 화려한 손뜨개 레이스가 많이 보였는데 레이스박물관도 있었다. 알고 보니 자다르는 섬세한 레이스가 특산물이라고 했다. 레이스 공예품은 부피도 무게도 부담스럽지 않고 아름답기까지 해서 여행자라면 누구나 탐낼 아주 특별한 기념품이다. 아름답고 섬세한 이 도시의 자랑거리를 또 하나 발견했다.

어느새 해거름의 시간, '바다 오르간'이 있는 곳으로 발걸음을 옮겼다. 바다 오르간은 말 그대로 바다가 연주하는 파이프 오르간이다. 2005년 건축가 니콜라 바시츠가 설계한 바다 오르간은 해변을 따라 있는 산책로에 긴 계단식으로 만들었다. 그 계단 아래는 35개의 파이프가 있어 파도가 칠 때 파이프 안의 공기를 밀어내며 소리를 낸다. 바람의 세기나 속도, 파도의 크기와 속도에 따라 다양한 소리를 만들어 낸다.

여행자들은 계단에 앉아 바다와 바람이 연주하는 곡에 귀를 열었다. 보트가 지나가고, 범선 모양의 유람선이 지나갈 때마다 바다는 다양한 소리를 들려주었다. 협주곡이었다가 웅장한 심포니였다가 뭐라 말할 수 없는 뭉클한 감동! 바다를 바라보며 바다 오르간에 귀를 기울이면서 해 지는 풍경을 보는 사람들 모두 말수가 적어졌다. 해가 바다 너머로 사라질 때까지 사람들은 그 자리에서 벗어나지 않고 지는 해를 배웅했다.

어둠이 슬며시 다가오고 가로등이 하나둘 켜지면 또 하나의 보석이 빛을 발한다. 태양열 집열판에 푸른빛이 선명해지면서 여행자의 발길을 끌어들인다. '태양에게 바치는 인사'다. 니콜라 바시츠의 또 다른 걸작인 이 매력적인 동그란 집열판은 낮 동안 태양열을 모아 밤에 조명이 되어 신비하고 푸른빛을 발한다. 태양이 아쉬움에 하늘을 붉게 물들이고 밤이 찾아오는 시간, 태양이 자신을 배웅한 사람들에게 선물로 남기고 간 형형색색의 불빛들이 사람들을 매료시킨다.

꽤 오랜 시간 해변에 머물렀다. 마치 멋진 공연을 관람한 듯한 설렘과 두근거림을 안고 돌아오는 길에 들려오는 경쾌한 음악 소리…. 포럼 근처에서 음악회가 열렸다. 알고 보니 그날이 여름 축제가 시작되는 날이었다. 무대장치를 따로 하지 않아도 아름다운 무대가 되는, 전면 두 개의 장미창이 아름다운 성 아나스타샤 성당 앞에서 공연이 이루어졌는데 크로아티아 전통춤과 노래 그리고 연주곡이 이어졌다.

몇몇 사람을 제외하곤 다들 서서 공연을 즐겼다. 덩치가 큰 유러피언 틈에서 공연을 보려니 사람들이 무대를 가려 잘 보이지 않았다. 고개를 쭉 내밀고 공연을 보고 있으니 한 남자가 자신의 앞쪽 자리로 오라며 자리를 내어준다. 그 자리는 무대의 측면이라 무대를 잘 볼 수 있었다. 그의 호의에 감사 인사를 전하고 시간 가는 줄 모르고 흥겨운 공연을 즐겼다. 한 시간 남짓 그 공연을 즐기다가 그곳을 빠져나와 숙소로 향했다.

나는 어쩌다 이 자다르라는 매력적인 도시를 발견하고 또 머물 수 있어 행복한 여행자라는 생각이 들었다. 자다르에서는 아드리아해에서 개구쟁이 소년의 밝은 웃음을 만났고 더위를 식혀주는 맑고 푸른 물에 몸을 담갔다. 그리고 바다가 들려주는 신비로운 오르간 연주에 감탄했고 태양에게 바치는 인사안에서 즐겁게 춤추며 행복했다. 그리고 민속춤과 노래 공연을 만난 건 뜻밖의 행운이라 더 즐거웠다. 자다르에서 만난, 여행자에게 친절하고 다정했던 사람들이 자다르라는 도시에 더 푹 빠지게 했다. 내일이면 이 도시를 떠나야 하지만 나는 이 도시를 오래오래 떠올릴 것 같다. 내일 떠나야 한다는 아쉬움에 뒤척이다가 어느샌가 단꿈에 빠졌다.

다음 날은 자다르를 떠나 스플리트로 갔다. 버스로 두 시간 남짓 달려 스플리트에 도착했다. 우리에게 스플리트는 스쳐 가는 도시일 뿐, 목적지인 라벤더의 섬, 혹은 파티의 섬으로 불리는 흐바르섬으로 가기 위해서는 페리를 타고 두 시간을 더 가야 한다. 버스터미널과 페리 터미널은 걸어서 갈 수 있는 가까운 거리였다. 흐바르의 스타그리드로 가는 페리를 타기까지는 두 시간 정도 시간 여유가 있었다. 근처의 카페들은 대부분 음료를 주문하면 와이파이 비밀번호를 알려준다. 한낮의 찌는 듯한 햇볕 아래에서는 어딘가를 찾아 걷고 헤매는 일은 제 무덤을 파는 일과 같으니 우리도 근처의 노천카페에서 오렌지주스를 주문하고 웹서핑을 하며 시간을 보냈다. 승선 시간이 가까워져 페리를 타러 가니 벌써 줄이 길게 이어져 있었다.

여객터미널에는 사람도 차도 넘쳐났다. 8월, 성수기임을 실감하는 순간이었다. 여름 휴가철의 크로아티아 물가는 비수기인 다른 계절에 비교하며 2배 정도 비싸다. 크로아티아는 이탈리아에서 제주도 정도로 여겨지는 곳이라고 했다. 그래서 그런지 이탈리아 사람들이 많이 찾는다. 페리를 타고 뱃길을 두 시간 달려 스타리그라드 선착장에 도착했다. 선착장엔 좋은 숙소가 있다며 잡아끄는 사람들이 많았지만 우리는 예약한 숙소로 가기 위해 서둘러 빠져나왔다. 길을 가던 아저씨에게 숙소로 가는 길을 물었다. 고개를 갸웃하며 길을 가르쳐 줬는데 한참을 걷고 나서야 알았다. 우리가 고개 하나를 넘고 있다는 사실을…. 그때 택시를 타라고 말해줬더라면 따가운 햇볕 아래 한 시간 이상 걷는 생고생은 하지 않았을 텐데…. 그 아저씨가 원망스러웠다. 결국, 그렇게 헤매다가 눈에 뜨이는 택시를 잡아타고 숙소로 갔다.

다행히 숙소는 정갈하고 예뻤다. 한눈에 보기에도 잘 가꾸어진 정원과 바다가 보이는 예쁜 야외 테라스…. 크로아티아 여행을 통틀어 가장 마음에 들었던 숙소였다. 조금 걸어 나가면 바다가 있고 산책 삼아 길을 나서면 스테판 광장이 있는 흐바르 타운으로 이어졌다. 럭셔리한 리조트와 개성 있는 부티크 호텔, 정갈하게 잘 꾸며놓은 민박, 흐바르에선 다양한 선택지 있으니 누구든 주머니 사정과 일정에 맞는 숙소를 정하면 된다.

숙소에서 조금 쉬다가 산책을 나섰다. 흐바르 타운과 반대 방향으로 걸어 바닷가에 면해 있는 마을로 걸어갔다. 어쩌다 터널을 걸어가게 되었는데 깜깜한 터널을 지나 마주친 작은 마을에는 크고 작은 카페 겸 레스토랑이 많았다. 이 마을의 주 수입원은 관광객을 상대로 한 민박이거나 레스토랑인 것 같았다.

예쁜 꽃들이 담장 너머까지 피어 있는 집이 보였다. 더구나 계단에는 작은 촛불을 켜두었고 조개껍데기로 아기자기하게 꾸민 집이 눈에 들어왔다. 작은 간판이 문에 매달려 있어 이곳이 레스토랑임을 알게 되었다. 우리는 이곳에서 조금 이른 저녁을 먹기로 했다. 주인의 안내를 받아 들어간 실내는 조개껍데기로 장식한 냅킨과 정성껏 꾸민 식탁이 있었는데 그 차림새가 예사롭지 않았다. 화이트 와인 한 잔과 코스 요리를 주문했는데 와인을 마시는 동안 나온 음식들이 그렇게 정갈하고 예쁠 수가 없었다. 어머니와 아들이 운영한다는 이 식당은 흐바르에 대한 나의 호감도를 한 단계 더 올려놓았다. 여행자는 이처럼 작은 것에 쉽게 감동한다.

저녁을 먹고 산책 삼아 흐바르 다운타운까지 타박타박 걸었다. 뜨거웠던 한낮의 흐바르는 보트를 빌려 놀거나 모히토를 마시며 파티를 즐기던 청춘들로 뜨거웠는데 저녁의 흐바르는 한층 차분해진 느낌이었다. 곳곳에서 거리공연을 하는 거리의 악사들, 광장에선 사진전이 열렸고 보트 선착장 앞의 카페와 바에선 맥주나 모히토를 앞에 놓고 담소 중인 사람들로 붐볐다.

거리 곳곳엔 라벤더로 만든 방향제나 포푸리, 라벤더를 모티프로

한 접시나 인형, 직접 그린 라벤더 장식품들을 파는 노점상이 많았다. 오래된 작은 성당 앞에서 만난 노신사가 펼쳐 놓은 물건들에 눈길이 갔다. 라벤더가 그려진 유리 접시와 나무 도마가 마음에 들었는데, 앞으로의 여정 동안 짐이 될 게 뻔한 이 기념품 앞에서 고민하고 있는데 손녀인 듯 보이는 여성이 와서 거들었다. 밝고 예쁜 그녀에게 끌려 나도 모르게 유리 접시를 덜컥 사고 말았다. 이 접시를 여행 내내 조심스럽게 가지고 다닌 덕에 무사히 집에 가져올 수 있었다.

가장 오래된 극장이라는 곳, 그리고 스테판 성당의 탑, 빨간 꽃이 흐드러지게 핀 어느 집 담장, 파란 문이 인상적이었던 어느 화가의 작업실, 그리고 개성 넘치는 작은 갤러리…. 이 모든 것이 무척 마음에 들었다.

후배와 나는 머리를 맞대고 내일 일정을 이야기하다가 이 섬에서 하루 더 묵기로 했다. 다음 날, 이 숙소를 하루 더 사용하고 싶다고 했으나 아쉽게도 이미 예약이 다 차 있어 어렵다고 했다. 우리는 이곳저곳을 검색해서 좀 오래된 호텔에 예약했다. 그곳은 어느 회사의 연수원 같은 분위기였다. 아무려면 어떤가? 하루를 더 머물 수 있었는데….

다음 날은 쉼표의 날로 정했다. 호텔 앞이 바로 물놀이를 할 수 있는 바다였고 숲도 있고 나무가 있어 자리를 잘 찾으면 그늘도 있었다. 수영복을 입고 큰 타올 한 장, 책 한 권을 들고 바닷가로 갔다. 이미 자리를 잡고 물놀이 중인 몇몇 가족들이 있었다.

그늘이 좋은 나무 아래 바위 위에 자리를 잡았다. 책을 읽다가 바다로 뛰어들었고 추워지면 다시 물 밖으로 나왔다. 정말 그곳은 물놀이하긴 그만인 곳이었다. 다만 바닷속 바닥에 각진 작은 돌들이 많아 맨발로는 바닥을 디딜 수 없었다는 점만 빼면 완벽했다.

내 옆에 자리를 잡은 어느 가족은 식구들이 한꺼번에 물속으로 뛰어들면서 그 어머니가 자리를 봐달라는 무언의 눈짓을 하기도 했다. 물론 기꺼이 그러겠노라고 고개를 끄덕였다. 말 한마디 없이 이렇게 통할 수 있다니…. 그런 휴식이 그 어느 때보다 달고 맛있었다.

그날의 쉼표가 다음 여행을 이어갈 에너지를 채워주었다. 오후엔 다시 흐바르 다운타운으로 갔다. 보트 선착장 앞 카페에서 모히토를 마시며 해거름의 시간을 보냈다. 노을은 어디서나 가슴이 저리도록 아름답다. 저물면서 저리 빛날 수 있다니…. 언젠가 내가 저물 때도 저 바다처럼 아름다웠으면 좋겠다고 생각했다.

어둠이 내려앉을 무렵 스테판 광장 근처 골목길로 들어가 레스토랑이 즐비한 그곳에서 저녁을 먹었다. 전날 같은 정갈함과 정성은 없었다. 저녁을 먹고 걸어 나오는데 광장 앞쪽에 사람들이 모여 있다. 무슨 일인가 했더니 검은 타이츠를 머리끝에서 발끝까지 뒤집어쓴 사람들이 퍼포먼스를 벌이고 있었다. 발걸음을 옮기는데 어깨춤이 들썩이도록 경쾌한 기타 소리가 들려왔다. 거리의 악사 한 사람이 몇 가지 악기를 한꺼번에 연주하며 거리 공연 중이었다.

어딜 가나 음악 소리가 끊이지 않는 이 섬에서 음악을 소거한다면 어떤 일이 생길까 그런 생각을 하며 숙소를 향하는데 귀에 익은 노래가 들려왔다. 발걸음이 음악 소리를 향했다. 그의 노래에 귀 기울이며 나는 이 노래를 들으면 흐바르가 떠오를 것이란 것을 알았다. Calum Scott의 'Dancing on My Own'은 스웨덴 가수 Robyn이 부른 춤곡을 칼럼 스콧이 〈브리티시 갓 탤런트〉라는 오디션 프로에서 발라드로 부르면서 그 버전이 더 인기를 끌게 된 노래다. 누군가를 등 뒤에서 사랑하는 여자의 아픔이 느껴지는 이 노래를 나는 왜 흐바르에서 듣게 되었을까?

Somebody said you got a new friend
but Does she love you better than I can
There is a big black sky over my town
I knew where you at, I bet she's around
Yeah, I know it's stupid but I just gotta see it for myself
I'm in the corner watching you kiss her, ohh
And I'm right over here, why can't you see me, ohh
And I'm giving it my all but I'm not the guy
you're taking home,
I keep dancing on my own….

4

누군가 네게 새로운 사람이 생겼다고 말했어

그렇지만 그녀가 내가 사랑하는 것보다 더 많이 사랑해주니?

내가 서 있는 곳에선 하늘이 온통 먹구름뿐이야.

네가 어디 있는지 알고 있어 그녀의 곁이라는 것도

나도 이게 멍청한 짓인지 알고 있지만 나는 꼭 내 눈으로 확인해야겠어.

나는 길모퉁이에서 너와 그녀가 키스하는 것을 보고 있어

내가 바로 여기 있는데 넌 왜 나를 보지 못하니?

나는 내 모든 것을 주는데 네가 집으로 데려다주는 사람은 왜 내가 아니야.

나는 여전히 혼자 춤을 추고 있어….

내일이면 다시 배를 타고 드보르브니크로 떠나야 한다. 노래 가사의 주인공인 그녀와 다른 의미로 잠들고 싶지 않은 밤이었다.

부다페스트,

도나우강에

고인 불빛

그리고

글루미 선데이

5

부다페스트 야경은 아름답다. 사람들은 세계의 3대 야경이라고 부다페스트 야경을 손꼽기도 한다. 야경을 보러 온 건 아니었으나 부다페스트행 기차에 몸을 실었다. 비엔나 서역을 출발한 기차가 부다페스트역에 도착한 시간이 저녁 9시가 훌쩍 넘었다. 바깥은 낯설고 어두웠다. 부다페스트역은 대책 없이 웅장하고 고풍스러웠다. 역에서 우선 쓸 돈을 환전해야 하는데 환전소는 이미 문 닫은 지 오래전이었고. 망연자실 서 있는데 환전상이 우리에게 말을 걸어왔다. 당장 택시를 타고 숙소로 가야 하는 처지라 더운물 찬물 가릴 처지가 아니었다.

얼마간의 돈을 환전하고 택시를 잡아탔다. 택시 기사는 인상 좋은 청년이었다. 그는 유창한 영어로 가이드인 양 도시 이곳저곳을 안내해 주었다. 이곳이 다운타운, 이 근처가 핫 스폿으로 쇼핑의 명소라는 등등. 그 친절이 미심쩍은 후배는 뭔가 걱정스러운 눈빛이었다. 사람을 덥석 잘 믿는 나는 택시 기사의 친절한 안내에 맞장구치며 그의 설명

에 푹 빠져 있었다. '친절하기도 하지…. 자신이 사는 도시를 무척 사랑하는 사람이구나….'

부다페스트는 도나우강을 사이에 두고 서쪽의 구릉지 기울어진 한 쪽 면에 있는 부다 지역과 동쪽의 평탄한 지역의 페스트 지역으로 나누어져 있다. 우리가 예약한 숙소는 부다 지역 조용한 주택가에 있었다. 친절한 이 기사도 잘 모르는 곳이었던지 네비게이션에 의지해 어렵사리 찾아갔다. 택시비를 낸 후배가 택시비가 좀 비싼 것 같다고, 아무래도 우리가 바가지 쓴 것 같다며 투덜거렸다.

우리 숙소는 한 단과대학의 기숙사로 그 일부가 여름엔 호스텔로 이용되는 곳이었다. 그러니 기사가 못 찾는 것도 당연한 일이었는지도…. 체크인을 하고 방을 찾아 들어가는데 한번도 살아본 적 없는 기숙사로 들어가는 기분은 새로웠다. 게시판에는 어느 대학 기숙사에나 있을 법한 일상적인 이야기, 정보들이 가득했고 문 앞에는 기발한 그림이 붙어 있는 방주인의 발랄한 개성이 드러나 있어 자잘한 일상의 기록들을 읽는 즐거움이 있었다.

방에 들어와 짐을 푼 후배가 환전한 돈과 환율을 계산하더니 택시비를 바가지 쓴 것이 아니었다며 잠깐이었지만 그 기사를 의심했던 것을 미안해했다. 호의를 받아들이고 맞장구치며 즐거웠던 나와 긴장감을 늦추지 않고 경계했던 후배, 같은 시간 같은 장소에 있었음에도 우리가 느낀 감정은 천국과 지옥 차이였을 것이다.

그런데 이 여행에서 후배는 여행 계획부터 교통편과 숙소 예약, 여비 관리까지 모든 것을 맡아서 했다. 여행에서 돌아와 각자 삶으로 돌아왔고 돌이켜 보니 후배에게 너무 많은 짐을 맡긴 것 같아 뒤늦게 미안한 마음에 마음이 무거웠다. 후배에게 모든 것을 맡기고 무임 승차한 나는 여행 내내 편안하고 즐거웠지만 후배는 칼날 위에 서 있는 듯 긴장의 연속이었을 것이다. 사소한 것 하나하나 다 챙기려니 얼마나 힘이 들었을까? 그때 내가 왜 그랬을까? 이 여행을 회상하면 미안한 마음과 후회가 먼저 온다. 그걸 너무 늦게 깨달았다. 나는 결코 좋은 동행이 아니었다.

그렇게 칼날 위에 서 있는 듯 긴장하고 경계하면서 보는 풍경이며 사람이 그렇게 편하게 다가오지 않았을 것이다. 후배가 오롯이 여행을 즐길 수 있었다면 먼저 마음의 빗장을 열고 사람이나 풍경을 대했을 것이고 아무런 선입견 없이 새로운 세상을 마주했을 것이다. 그 안에서 새로운 인연을 만들고 새로운 풍경을 만들며 더불어 즐거워했을 것이다. 후배에게 그런 여유와 느긋함을 빼앗은 것 같아 두고두고 미안했다. 후회는 늘 때늦은 것이지만 언젠가 다시 함께 여행할 기회가 있다면 내가 만끽했던 여유와 느긋함을 후배에게 돌려주고 싶다. 그런데 그런 기회가 오기는 할까?

다음날은 일찍 일어나 숙소 근처를 둘러보았다. 조용한 주택가의 끝 자락쯤 위치한 이곳은 숲에 닿아 있어 새소리가 아침을 흔들어 깨웠고 산들바람이 나뭇가지를 살랑살랑 흔들어 눈 부신 햇살이 잎사귀에 닿아 잎맥이 비칠 만큼 투명한 초록의 산들거림을 만들어냈다. 숙소 곳곳에서 마주친 싱그런 웃음이 예쁜 청춘들 같았다.

버스를 타고 시내로 나가기로 했다. 어느 방향에서 버스를 타야 하는지 잘 몰라 서성이는데 마침 근처에 사는 듯한 젊은 여성이 걸어왔다. 우리는 시내로 가는 길을 물었더니 그녀는 자길 따라오라며 우리를 정류장으로 이끌었다. 그녀는 버스를 타고 가다가 어느 지점에서 우리가 내려야 할 곳을 알려주었다. 친절한 사람! 부다페스트를 여행하면서 만난 사람들, 특히 청년들은 대부분 영어를 잘했고 친절했다. 도움을 청하면 그 요청에 자신이 가능한 범위에서 최선을 다해 도와주려고 했다. 그래서 부다페스트를 떠올리면 아름다운 야경, 왕궁, 세체니 다리보다 먼저 사람들이 생각난다.

부다페스트에서 첫날은 누구나 여행자라면 해보는 일들로 시작했다. 왕궁, 어부의 요새, 성당 등을 찾아다녔고 둘째 날은 마음이 가는 데로 가고 해보고 싶은 것들은 해보기로 했다. 트램을 타고 한 바퀴 돌아보는 트램 투어, 온천욕 즐기기, 바치 거리 돌아다니기, 도나우강 강가에서 해넘이와 야경보기 등.

여행에도 쉼표가 필요한 순간이 온다. 이른 아침부터 밤늦은 시간까지 계획한 일정을 소화하느라 부지런히 쫓아다니며 많은 것을 눈에 머리에 담는 여행을 하다 보면 어느 순간 제풀에 지친다. 손가락 하나

까딱하기 싫고 '여행, 까짓거 될 대로 되라지' 그런 생각이 몰려온다. 그때가 바로 여행 멀미가 오는 순간이다.

그때는 쉬어야 한다. 하루쯤은 아무런 일정을 잡지 않고 실컷 자고 느지막이 일어나 동네 카페 야외 테이블에서 브런치를 먹으며 동네 풍경과 오가는 사람들을 멍하게 보다 보면 눈에 들어오는 그림이 있다. 그 그림을 보며 여러 가지 상상을 더해 이런저런 생각을 해보는 것이다.

때때로 가져온 책을 읽기도 하고 누군가에게 편지를 쓰기도 하며 느긋한 시간을 보낸다. 그리곤 일어나 눈길 가는 골목길을 따라 걷는다. 그때 내가 만난 풍경은 대단하지 않아도, 멋지지 않아도 좋다. 동네 터줏대감인 길고양이를 만나거나 장난꾸러기 아이들을 만나기도 하고 골목을 사이에 두고 창밖으로 이야기를 나누는 사람들을 만나기도 한다. 낯설지만 익숙한 풍경들, 혹은 익숙하지만 낯선 풍경들…. 그런 풍경과 만날 때 거짓말처럼 그간의 피로도, 여행 멀미도 사라지면서 목마름 끝에 물 한 모금을 꿀꺽 삼킨 것처럼 개운해지는 것이다.

부다페스트에서는 짧은 일정이라 하루를 쉼표에 오롯이 쓸 수 없으므로 쉬어가는 페이지쯤으로 느슨한 일정으로 보내기로 했다. 브런치로 가볍게 끼니를 해결하고 트램 1일권으로 hop-on hop-off 버스처럼 이용하고 다니다가 가장 지친 순간 트램을 타고 한 바퀴를 돌며 휴식하자는 생각이었다. 먼저 겔레르트 언덕으로 향했다.

비엔나, 슬로베니아, 크로아티아, 그리고 다시 비엔나에서 부다페스트로 이어진 긴 일정 동안 쌓인 피로를 온천욕으로 풀겠다는 생각으로 겔레르트 온천으로 향했다. 규모나 시설 면에서 세체니 온천이 부다페스트에서 가장 크고 인기 있는 곳으로 알려졌으나 우리는 규모는 비록 작으나 수질이 더 좋다는 겔레르트 온천으로 가기로 했다. 18번 트램을 타고 겔레스트 온천 정류장에서 내려 온천 입구를 찾았다. 미로 같은 탈의실을 돌고 돌아 야외온천으로 나왔다. 온천은 뜨거운 물이라는 고정관념을 가진 나는 뜨거운 물에 몸을 녹일 것을 기대했으나 온천수는 그저 미지근한 정도였다. 다소 실망했지만 그건 순간적인 내 느낌이었고 잠시 후 나는 처음 본 사람들과 신나게 물놀이를 즐기고 있었다.

겔레르트 온천은 부다 지역의 겔레르트 언덕 옆에 있는 겔레르트 호텔 온천으로 1918년 완공되었다. 1927년 다시 증축했는데 아르누보 양식과 네오 바로크풍의 호화로운 건물과 함께 스테인드글라스 장인 보조줄레가 만든 스테인드글라스가 눈길을 사로잡는 아름답고 고풍스러운 온천이다. 헝가리 사람들은 온천욕을 즐기는 사람이 많고 부다페스트에는 등록된 온천만 32개가 있다고 하는데 헝가리의 온천은 온천수 온도가 그다지 높지 않지만, 미네랄이 풍부하여 치료 목적으로 사용된다고 한다. 오후에 이곳에서 온천을 즐기고 겔레르트 언덕에 올라 부다페스트의 야경을 즐기는 코스로 잡아도 훌륭한 하루의 마무리가 될 것 같다.

겔레르트 온천에서 나와 다시 트램을 타고 바치 거리로 이동했다. 후배는 바치 거리 어디쯤에 있는 유명한 식당 파탈에서 점심을 먹자고 했다. 바치 거리에서 운명이라는 뜻의 파탈을 찾아 헤맸으나 결국 찾지 못했고 물놀이를 즐긴 후라 배는 고프다 못해 아프고….

우리는 아무 곳이나 눈에 띄는 식당에 들어가기로 했다. 직감에 의존하자는 생각이었는데 외관이 독특한 식당이 눈에 들어왔다. 바깥에서 본 식당은 천장과 벽이 메모지로 도배되어 있었다. '포세일 펍'이란 곳이었는데 우린 동시에 여기다, 라고 외치며 안으로 들어갔다. 들어가니 바닥에는 땅콩 껍데기와 지푸라기가 널려 있었고 테이블마다 바구니에 땅콩이 가득 담겨 있었다. 주문받으러 온 직원에게 먼저 굴라쉬를 주문했고 메뉴 하나를 더 추천해 달라고 했다. 그는 치킨 소스를 곁들인 에그 누들을 추천했다. 굴라쉬는 기대 이상이었고 에그 누들은 수제비에 치킨 크림소스를 곁들인 것 같은 묘한 맛이었는데 결국 다 먹지 못하고 남겼다.

배가 불러오자 눈에 들어오는 풍경들…. 이 집은 마구간을 콘셉트로 한 식당이었고 2012년 트립어드바이저가 선정한 맛집이란 것을 알 수 있었다. 벽면에는 수많은 사람이 다녀간 흔적들이 메모지와 명함으로 남아 있었다. 직감에 의존해서 들어온 식당이 알고 보니 유명한 맛집이었다는 훈훈한 이야기인데 우연한 그리고 기분 좋은 행운이었다.

늦은 점심을 먹고 들어선 바치 거리에서 우리가 그렇게 찾아다녔던 파탈이 눈에 뜨인 것도, 심지어 아주 가까운 곳에 있었다는 것도, 센트럴 마켓과 바치 거리를 돌아다니다 저녁 야경을 보고 다시 파탈을 찾아가 먹어 본 저녁은 그저 그랬다는 것도 흔한 에피소드지만 내겐 부다페스트 추억의 한 장으로 남아 있다.

부다페스트의 야경은 세계 3대 야경이라는 이야기가 들릴 정도로 아름답기로 손꼽힌다. 그래서인지 야경을 볼 수 있는 포인트도 많다. 어부의 요새, 갤레르트 언덕, 왕궁 등 포인트는 많지만 다 가볼 수는 없으므로 누구나 자신이 가장 아름답게 느낄 수 있는 곳으로 가면 될 것 같다.

저물녘이 되자 우리는 트램을 타고 도나우강 강가로 갔다. 도나우강이 보이는 인터콘티넨탈 호텔 앞쪽에 있는 벤치에 앉았다. 노란색 트램이 오가는 거리 풍경도 예뻤고 도나우강에 저녁이 오는 풍경도 마음을 툭툭 건드리는데 호텔 테라스에서 재즈 연주가 들려왔다.

거리에 서서히 어둠이 내려앉고 오렌지빛 불빛이 하나둘 늘어났다. 벤치에 앉아 보는 저녁이 오는 풍경은 시간이 갈수록 더 아름다웠다. 무방비해져도 좋을 그 시간, 배경 음악처럼 들리는 재즈 선율에 귀를 기울이고 있자니 이 시간, 이 분위기는 누군가가 나를 위해 준비한 범지구적 이벤트처럼 느껴졌다. 곡이 바뀌었다. '글루미 선데이'로…. '글루미 선데이'는 묘하게 중독성이 있어 전에 들었던 곡을 다 덮어버리고 나도 모르게 이 멜로디를 흥얼거리게 된다.

Sunday is gloomy
With shadows I spend it all
My heart and I have decided
To end it all
Soon there'll be flowers and prayers
That are sad I know
But let them not weep
Let them know
That I'm glad to go

우울한 일요일에
내가 흘려보낸 그림자들과 함께
모든 걸 끝내려 하네
곧 슬픔으로 가득한 꽃들과 기도가
바쳐질 거야
아무도 눈물 흘리지 말기를
난 기쁘게 갔다는 걸 알아주기를

이 노래는 헝가리 작곡가 레조 세레스가 1933년에 발표한 'Szomoru Vasarnap(우울한 일요일)'이라는 곡이다. 이 곡은 당시의 시대상을 반영한 우울한 멜로디의 곡으로 처음에는 연주곡이었다가 뒤에 라졸라 자보가 가사를 붙여 1935년에 노래로 발표했다. 헝가리에서 라디오 전파를 탄 첫날, 이 노래를 들은 다섯 명의 청년이 자살했다. 인간의 우울을 자극하고 절망을 파고든 이 노래는 8주 만에 헝가리에서만 187명의 자살자를 만들어냈다고 한다. 레조 세레스는 이 노래 한 곡으로 화제를 한 몸에 받게 되었지만 많은 사람이 자신이 만든 노래로 인해 자살하자 죄책감에 시달리던 끝에 1968년 추운 겨울 고층 빌딩에서 몸을 던져 자살했다고 한다.

이 노래의 이야기에서 영감을 얻은 바르코프Nick Barkow는 1988년 소설《우울한 일요일의 노래The Song of Gloomy Sunday》를 발표했다. 이 책을 원작으로 1999년에 만들어진 영화가 〈글루미 선데이〉이다. 영화의 원제는 〈Ein Lied Von Liebe Und Tod〉, '사랑과 죽음의 노래'라는 뜻이다. 흥행에는 크게 성공하지 못했지만 바이에른 영화상에서 감독상과 촬영상을 받았고 독일 영화상에서 각본상을 받으면서 아름다운 영상 세계를 보여줬다는 평을 받았다.

영화는 자보와 안드리아, 일로나, 세 남녀의 사랑과 질투, 우정 사이를 오가는 기묘한 삼각관계가 펼쳐지고 독일군 장교 한스가 뛰어들어 그들의 이야기는 한층 복잡 미묘해진다. 당시의 불안하고 우울한 시대 이야기와 자살, 인간의 존엄성, 나치인 한스 이야기가 더해지면서 영화는 여러 갈래로 생각이 번지게 한다. 이 영화를 보고 한동안 '글루미 선데이'에서 빠져나오지 못했던 때가 있었다. 아마 오랫동안 묻고 답을 찾고 다시 묻고 답하며 나는 내 나름의 답을 찾고 있었을 것이다.

'글루미 선데이'는 영화로 음악으로 오랫동안 여운이 남았는데 부다페스트 도나우강 언저리에서 아름다운 야경을 배경으로 듣는 느낌은 더 슬펐고 아름다웠다. 나는 몇 시간이고 그 벤치에 앉아 저물녘에서 저녁이 오는 풍경을 바라보며 그 아름답다는 야경이 빛을 발하는 풍경도 마음에 담았다.

야경의 포인트는 수없이 많다. 누구나 자신만의 야경 포인트를 찾아 나의 것으로 만드는 것도 좋겠다고 생각한다. 나는 인터콘티넨탈 호텔 앞의 벤치에서 그 테라스에서 흘러나오는 음악과 더불어 보낸 몇 시간이 황홀하도록 좋았다. 부다페스트에선 이 하나로도 충분했다. 그래서일까 나의 부다페스트 기억은 노란빛이다. 노란 트램, 노란 불빛, 국회의사당의 노란 조명까지…. 그 따뜻하고 포근한 노란빛에 나의 노독도 다 묻어버린 듯했다. 그렇게 밤은 점점 깊어갔지만 그 자리를 좀처럼 떠나고 싶지 않았다. 그러나 여행자의 숙명은 떠나는 것이니 아쉬움은 그 벤치에 묻어두고 트램에 올랐다. 노란 불빛 덕분이었을까 그날 나는 전혀 글루미하지 않았다.

바르샤바,

쇼팽의 벤치

그리고

마사코의 가방처럼

아, 놓쳤다! 숨이 턱에 차도록 달렸지만 타야 할 비행기를 놓치고 말았다. 인천 공항에서 승객을 다 태운 비행기가 제 시간에 이륙하지 못하고 지체하더니 결국 예정 시간보다 2시간 늦게 모스크바 공항에 도착했다. 환승구간을 달려 헐레벌떡 게이트에 도착했을 땐 게이트는 굳게 닫혀 있었다.

낯선 공항에서 이리저리 안내 데스크를 찾아다닌 끝에 만난 직원은 모니터를 보며 키보드를 한참 두드리더니 퉁명스럽게 c-8번으로 가란다. 뭐라 더 말한 것 같은데 c-8만 귀에 꽂혔다. 모스크바 공항은 공항도 러시아 땅만큼이나 넓다고 생각하면서 허겁지겁 그곳으로 가니 아무도 없다. 이건 뭐지 하며 다시 안내 데스크로 갔더니 이번엔 짜증을 내며 6시 30분에 거기에 가면 사람이 있을 거란다. 아직 두 시간이나 남았다. 아, 첫날부터 일정이 이렇게 꼬이는구나!

모스크바 공항을 탐험하듯 돌아다녀도 시간은 더디고 더뎠다. 드디어 6시 30분, 다시 c-8번으로 갔다. 8시 40분 바르샤바행 항공권을 준다. 또 두 시간이…. 의자에 앉아 몸을 뒤척거리며 시간을 흘려보냈고 이번엔 별 탈 없이 비행기에 올랐다. 드디어 바르샤바 쇼팽 공항에 무사히 도착했다. 어떻게든 목적지에 왔다는 안도감도 잠시 아뿔싸! 이번엔 가방이 도착하지 않았다. 이번 여행은 아무래도 첫 단추부터 잘못 끼워진 것 같다. 분실물 부스에 가서 또 어쩌고저쩌고…. 몇 시간 같은 10분이 흐르고 기다림 끝에 들은 말은 가방은 아직 모스크바 공항 어딘가에 있을 것 같고 이르면 이틀 후 저녁에 숙소로 배달될 거란다. 아무래도 내 가방은 저 혼자 여행하기로 결정한 것 같다.

어두워진 하늘만큼이나 암담해졌다. 과연 이번 여행을 무사히 마칠 수 있을까? 어쨌든 나는 바르샤바에 도착했다! 그러니 마음을 다잡고 이 불안한 여행을 시작해야 한다. 우선 쓸 돈을 스위티Złoty로 환전하고 택시를 타고 예약해둔 바르샤바대학 근처에 있는 호스텔로 갔다. 그런데 현관문이 꾹 다문 입처럼 잠겨 있다. 한동안 망연자실 서 있으니 맥주를 사러 나온 한 청년이 이 여행자의 사정을 듣고는 호스트와 통화하더니 친절하게 문을 열어 호스텔 문 앞까지 데려다준다. 순간 그가 빛나는 날개를 감춘 천사로 보였다.

전후 사정을 몰랐던 호스트는 늦은 밤이 되도록 오지도 않고 연락도 되지 않는 무책임하고 매너 없는 사람들에게 쓴소리를 내뱉었다. 먼저 사과하고 전후 사정을 설명하자 젊은 호스트의 표정이 한결 누그러졌다. 그는 우리를 방으로 안내했다. 우선 땀과 먼지로 찌든 몸을 씻고 싶었다. 급한 대로 호스텔에 비치된 여행용 세면용품을 사서 샤워하고 지친 몸을 뉘었다. 종일 덩달아 고생한, 땀 냄새 나는 셔츠를 그대로 입고 깊은 잠에 빠졌다.

다음 날은 일요일이었다. 바르샤바의 일요일은 성당 종소리가 열었다. 호스트가 준비해 준 소박하지만 맛있는 아침을 먹고 길을 나섰다. 우여곡절 끝에 밤늦게 도착했고 마음고생이 심했던 탓에 눈에 들어오지 않았던 숙소 주변의 풍경들이 눈에 들어왔다. 바르샤바대학이 코앞이었고 숙소 지하에는 바가 있었다. 숙소는 신시가지와 구시가지 중간쯤이라 어느 쪽이든 걸어서 갈 수 있는 거리였다. 코페르니쿠스 동상을 등지고 걸어가면 성당이 있었다. 규모가 큰 성당이라 생각하고 들어가 보려 했으나 주일 미사 중이어서 돌아 나왔다. 조금 더 걸어가다 보니 예사롭지 않은 고풍스러운 건물들이 눈에 뜨였는데 그 건물이 대통령궁이었고 음악원이었다.

바르샤바 구시가지에서는 길을 걷다 보면 늘 어디선가 음악 소리가 들렸다. 과연 쇼팽 도시답게 음악이 일상인 도시인 것 같아 음악 소리에 귀를 기울이며 걸으면 발걸음도 무척 가벼워지는 느낌이었다. 그런데 유독 반복되는 피아노곡이 있어 바르샤바 사람들은 이 곡을 무척 좋아하나보다 생각했다. 그리고 어디서 나는 소리인지 유독 그 곡이 많이 들리는 이유가 궁금했다.

궁금증은 곧 해결됐다. 그 소리는 거리에 설치된 벤치에서 나는 소리였다. 돌로 만든 이 벤치의 특정 부분을 누르면 쇼팽의 피아노곡이 들렸다. 이 벤치는 쇼팽의 벤치라 부르고 바르샤바 곳곳에 20개 정도가 있다고 한다. 과연 음악을 사랑하는 폴란드 사람들, 쇼팽의 나라답다!

대부분 가톨릭 신자인 폴란드인은 깊은 신앙심을 가진 사람들이다. 바르샤바 곳곳에 성당이 있고 일요일의 성당은 사람들로 가득했고 성당 로비까지 무릎을 꿇고 기도하는 사람들을 볼 수 있었다. 바르샤바에 머물면서 수시로 드나들던 성당이 있었는데 뒤에 알고 보니 그 성당이 기둥에 쇼팽의 심장이 안치되어 있다는 성십자가 성당이었다. 그 사실을 모르고 성당 안까지 들어가 그냥 쓰윽 둘러보고 그 기둥을 지나쳐버렸다. 정보를 놓치면 눈앞에 보석도 놓치는 법! 무지가 이렇게 무섭다.

예로졸림스키에 대로에서 바르샤바의 최대 번화가인 노비 쉬 비아트 거리를 거쳐 구시가지까지 이어지는 '왕의 길'을 걸었다. 일요일이라 무료 개방하는 잠코비 궁전과 빌라노프 궁전, 바벨 성을 둘러보고 광장 곳곳에서 펼쳐지는 다양한 거리 공연을 즐거운 듯 보고 있었지만 내 신경은 온통 가방의 안부에 쏠려 있었다. 관광안내소에 도움을 청해 공항으로 전화를 걸어 확인해도 가방의 안부를 알 수 없었다.

코랄 빛 화려한 노을을 뒤로하고 숙소로 돌아와 주방으로 가보니 초로의 동양인 남자가 뭔가 만들고 있었다. 영어와 일본어를 섞어가며 몇 마디 이야기를 나누며 인사를 했는데 그는 일본에서 온 오가와 씨라고 했다. 그는 직장에서 퇴직하고 혼자 여행하는 사람이었다. 바르샤바에서 2주째 머물고 있고 바르샤바에 와서는 계속 이 호스텔에 머물고 있다고 했다. 식사는 주로 마켓에서 장을 봐 직접 만들어 먹는다는 등 이런저런 이야기 끝에 내가 아직 가방이 도착하지 않아 여러모로 불편하다고 이야기하자 그는 걱정스러운 표정으로 가진 돈은 있는지 물었다. 다행히 따로 보관한 돈이 있어 괜찮다고 했더니 혹시 식사 전이면 저녁을 같이 먹자고 잡아끈다. 이른 저녁을 먹고 온 나는 이미 저녁을 먹었다고 거절했지만 그와 나눈 몇 마디로 인해 저녁이 따뜻해졌다.

바르샤바에서 하루 더 머물렀다. 다음 날 아침이면 크라쿠프로 떠나야 하는데 이대로 가방이 오지 않으면 남은 여행을 어떻게 하나 걱정이 깊어졌다. 저녁 11시 가까운 시간 현관에 가방이 도착했다는 연락이 왔다. 익숙하지만 낯선 가방을 눈앞에서 확인하는 순간 드디어 옷을 갈아입을 수 있다는 안도감과 함께 가방 속의 내 물건들은 온전하게 있을까 그런 불안감이 미묘하게 교차했다. 영화 〈가모메 식당〉의 마사코 가방처럼 버섯이 가득 들어 있는 것은 아닐까 그런 터무니없는 상상을 하며 가방을 열었다. 가방은 혼자서 얼마나 먼 길을 돌아왔는지 생채기 몇 개를 더 달고 돌아왔고 가방 속의 물건들은 한쪽으로 쏠려 있어 가방이 왠지 지쳐 보이기까지 했다. 저도 혼자 여행하느라 무척 힘들었나 보다!

다음 날 아침 식탁에서 만난 오가와 씨에게 가방이 무사히 도착했다고 하자 그는 자기 일인 양 기뻐했다. 그러나 오늘 크라쿠프로 떠날 거라고 하자 짧은 만남을 아쉬워했다. 그는 바르샤바에 한동안 더 머물 거라고 했다. 우리는 서로 남은 여행도 잘하자는 덕담을 나누고 헤어졌다.

오가와 씨는 내가 꿈꾸는 여행을 하고 있다. 내 여행도 그랬으면 좋겠다. 이 거리와 저 거리, 이 골목과 저 골목을 걸어 다니며 길을 잃고 헤매기도 하고, 누군가 그랬다 길을 잃는 순간 진짜 여행이 시작되는 거라고. 내 여행은 어쩌다 이렇게 시간에 쫓기는 여유 없는 여행이 되었을까? 짧은 만남이었고 속 깊은 이야기를 주고받을 수 있는 시간도 편하게 소통할 수 있는 언어도 없었지만 내 처지를 공감해준 그와 그의 여행 스타일을 동의하고 좋아하는 나는 짧았지만 강한 교감을 나눈 것 같았다.

호스트가 차려준 아침은 여전히 신선했다. 아직 보고 싶은 곳이 많은데 눈에 담지 못한 아쉬움을 뒤로하고 택시를 타고 바르샤바역으로 가서 크라쿠프로 향하는 기차에 올랐다. 머릿속에는 쇼팽의 '이별의 곡Chopin Etude No. 3 in E major, Op. 10, No. 3'이 흐르고 있다. 아, 이처럼 감미롭고 쓸쓸한 이별이라니….

베를린,

케테 콜비츠
미술관 그리고
기차는
8시에 떠나네

7

크라쿠프에서 며칠 머문 후, 기차를 타고 바르샤바역으로, 바르샤바에서 다시 밤 기차를 탔다. 후배가 웹사이트에서 2인실을 예약해두었다고 했다. 바르샤바에서 베를린 서역으로 가는 기차가 10시에 출발이었던가? 기차 침대칸은 여행 중에 여러 번 탔던 터라 별걱정을 하지 않았다. 철길을 따라 적당하게 흔들리는 기차의 흔들림과 소음이 자장가처럼 들려 잠을 잘 자는 편인데 어찌 된 셈인지 밤새 잠과 숨바꼭질을 해버렸다. 그런데 어쩌다 꿈길을 잘못 찾아갔을까? 내려야 할 역이 다가오자 승무원이 이미 깨어 있는 우리를 깨우러 와서 쇼콜라 크루아상과 생수를 주고 갔다. 고양이 세수를 하고 마른입에 크루아상을 깨물었다. 기대하지 않았는데 크루아상은 의외로 맛이 있었다.

베를린 서역에서 내린 우리는 복잡하게 얽힌 역에서 몇 번이나 어긋난 후에 베를린에서 유학 중이던 후배와 만났다. 후배의 안내로 지하철을 타고 동물원 역에서 내려 호텔을 찾아갔다. 유스호스텔 분위기가 나는 호텔은 청춘들로 붐볐다. 짐을 맡기고 후배를 따라 베를린 시내를 돌아다녔다. 반쯤 허물어진 교회, 브란덴부르크문, 5개의 박물관이 모여 있는 박물관 섬, 홀로코스트 추모공원, 그리고 알렉산더 플라츠 등 베를린을 잘 아는 후배는 우리가 좋아할 만한 곳을 데리고 다니며 가이드를 자처했다.

그런데 어느 순간부터 뭔가 허전한 느낌을 지울 수 없었다. 미묘한 불안감을 안고 저녁을 먹기 위해 타이 식당으로 갔다. 그즈음 베를린에서는 아시아 음식이 인기몰이 중이었고 특히 타이 음식이 인기가 많다고 했다. 그래서인지 그 식당은 몹시 붐볐다. 한참 기다린 후에 자리에 앉을 수 있었다. 나는 좀처럼 가시지 않는 위화감에 가방을 살폈다. 가방에 있어야 할 파우치가 없어졌다! 여권, 신용카드, 유로화, 선물 받은 여행자를 위한 묵주가 든 파우치였다. 그뿐 아니라 돌돌 말아 넣어 둔 아이폰 충전기까지…. 오늘 하루 일정을 되짚어보니 숙소 로비에서 후배에게 베를린 한 매장에서 구매를 부탁했던 휴대용 배낭값을 주고 난 뒤 에코백에 파우치를 넣은 것까지 기억이 났다.

아마 거기가 아닐까 짐작되는 곳이 있었다. 유난히 복잡하고 사람이 많았던 알렉산더 플라츠! 내가 느꼈던 위화감은 거기서부터였다. 많은 사람과 부대끼고 스쳤던 그곳에서 나는 간밤의 불면 대가를 톡톡히 치른 것이다. 간밤에 잠을 설친 나는 겉보기에도 나사 하나쯤 풀린 사람으로 보였으리라. 사색이 된 나를 본 후배들의 걱정이 더해져 즐겁고 유쾌했던 분위기가 한순간 얼어버렸다.

나는 그나마 다행인 점 몇 가지를 찾아 이 싸늘해진 분위기를 녹여 보려고 애를 썼다. 여기가 우리 영사관이 있는 베를린이라는 것, 후배가 영사관의 위치를 잘 알고 있다는 것, 여비를 삼등분해서 세 군데에 나눠서 가지고 다녔던 것, 그리고 휴대폰을 손에 들고 있었던 것이 그나마 불행 중 다행이라고 일행들을 다독여 식사를 마쳤다.

그러나 숙소로 돌아와 생각하니 머리가 복잡해지기 시작했다. 내 여비의 3분의 1이 날아갔고…. 그동안 여행길에 많은 의지가 되었던 선물 받은 여행자를 위한 묵주가 없어 허전해졌고 당장 휴대폰을 충전할 수 없다는 것이 해결해야 할 문제였다. 내일 일은 내일로…. 그 밤에도 수많은 생각이 들고 나느라 또 잠을 설쳤다.

다음 날 아침 영사관이 있는 베를린 대사관으로 갔다. 거기서 나는 내가 나임을 증명해야 했는데 다행히 휴대폰에 여권 사진이 있었다. 그러나 사진이 없어 다시 즉석 사진기가 있는 유로파센터로 찾아가서 여권 사진을 찍었다. 뮌헨으로 암스테르담으로 이어질 다음 여정 때문에 여행 증명서가 아닌 임시여권을 발급받았다. 그리고 전자제품을 파는 쇼핑몰을 돌아다닌 끝에 충전기도 샀다. 많이 지치기도 했고 나로 인해 한나절을 허비했다는 데서 오는 미안함도 컸다. 후배는 공원 옆에서 열리는 벼룩시장으로 안내했다. 활력을 찾는 데는 시장만 한 곳이 없다고 생각한 것일까? 사려 깊은 후배가 고마웠다.

벼룩시장에서는 누군가의 손때가 묻은 오래된 물건들이 새 주인을 기다리고 있었다. 은쟁반, 식기, 조명기구, 책, 그림, 화집 그리고 자신이 직접 만든 것들을 들고 온 사람들도 있었다. 탐나고 눈길을 사로잡는 것들이 많았으나 부피와 무게가 부담스러웠다. 가격도 무게와 부피도 적당했던 테두리가 놋으로 된 작은 유리 보석함과 섬세한 조각이 예쁜 작은 쟁반을 샀다. 돌아와서 생각해보니 자꾸 눈길이 가던 심플하고 선이 예뻤던 나무 스탠드가 떠올랐다. 누군가 했던 말이 떠올랐다. 여행자에게 나중이란 없으니 마음에 들면 바로 낚아채라던…. 그랬으면 좋았을까. 하지만 여행 내내 그 스탠드를 안고 다닐 열정이 내겐 없었다. 그저 기억 속에 잘 담아 두는 걸로….

벼룩시장 근처 공원 레스토랑 야외에서 늦은 점심을 먹었다. 특별히 기름진 것도 담백한 것도 아닌 다소 밋밋한 음식들…. 베를린 음식은, 독일 음식은 이것이라고 내세울 것들이 많지 않아서일까? 요즘은 아시안 퓨전 음식점이 대세라고 했다. 인기 있는 음식들이 인도 커리, 베트남 쌀국수, 스프링 롤, 타이 미고랭, 일본의 스시라고 했다. 최근에는 한식에도 조금씩 관심을 보인다고 한다.

베를린의 인기 있는 길거리 음식이 커리부어스트인데 감자튀김과 소시지에 커리 가루를 뿌린 것이다. 'curry 36'이라는 가게가 인기 있지만 커리부어스트는 베를린 곳곳에서 맛볼 수 있다. 후배는 카이저 빌헬름 기념교회 근처 광장에 있는 노점이 맛있다며 우리를 그곳으로 이

끌기도 했다.

점심을 먹고 슬슬 걸어서 파 자넨 슈트라세에 있는 케테 콜비츠 미술관으로 갔다. 정원이 아름다운 문학의 집인 리테라투어 하우스와 담장 하나를 사이에 두고 있었다. 리테라투어 하우스에선 정원에서 작은 문학 모임이 있었는데 호기심이 일어 가보고 싶었으나 가서 본들 내가 독일어를 알아들었을 리도 없었고 그 그림 같은 분위기를 깰 것 같아 멀리서 지켜보는 것으로 만족했다.

케테 콜비츠는 내가 좋아하는 독일 화가로 표현주의 영향을 받은 판화가이자 조각가다. 그녀는 가난한 노동자들과 함께 생활하면서 비극적이고 사회주의적인 테마 연작을 발표하여 20세기 독일의 대표적 판화가가 되었다. 그녀의 조각 〈피에타〉는 충격을 받을 만큼 강렬했는데 내게는 미켈란젤로의 〈피에타〉를 지울 만큼 강렬했다. 미켈란젤로의 〈피에타〉에서 너무나 젊고 아름답고 우아해서 범접하기 어려운 귀부인 어머니를 느꼈다면 그녀의 〈피에타〉에서는 '아이고, 내 새끼' 하고 피눈물을 흘리며 뼈가 으스러지게 끌어안는 진짜 엄마를 느꼈다. 그녀의 〈피에타〉는 거칠고 투박하지만 보는 사람 가슴을 울린다.

케테 콜비츠는 20세기 미술사에서 여성 화가를 다룬 적 없는 곰브리치의 《서양미술사》 개정판에 이름을 올린 유일한 여성 작가라고 한다. 케테 콜비츠의 시선은 늘 소외된 집단, 권력에 의해 억압받는 계급에 향해 있었다. 그리고 아들에 대한 어머니의 모정이 절절하게 묻어 있다. 그녀 자신도 아들과 손자를 전쟁터에서 잃은 어머니였으므로 그녀의 작품에는 피눈물이 흘러내린다. 그녀의 작품을 보고 있으면 먹먹하다 못해 통곡하고 싶어지는 것은 그녀의 삶과 예술이 일치하는 데서 오는 진정성 때문이 아닐까 싶다.

케테 콜비츠 미술관은 하얀 3층 건물로 가정집을 개조한 듯 보였다. 이 건물과 케테 콜비츠와는 어떤 인연이 있을까 궁금해하며 미술관으로 들어갔다. 전시장은 방에서 방으로 이어졌는데 케테 콜비츠 작품뿐 아니라 다른 작가의 기획 전시도 있었다.

우리 일행이 전시실을 옮겨가며 전시된 작품을 둘러보고 있는데 어디선가 음악 소리가 들려왔다. 그런데 이 음악이 미술관의 분위기와 전혀 어울리지 않고 겉돈다고 생각하며 전시실을 옮겨 가는데 이상하게 전시실을 옮겨 갈 때마다 음악 소리가 점점 크게 들렸다. '이건 뭐지?' 하며 이 분위기에 이 음악은 아니지, 하며 작품 감상을 이어갔다. 우리와 함께 조용하게 전시를 둘러보던 한 부부가 있었는데 남자분이 우리 일행에게로 와 음악 소리를 좀 줄여줄 수 없겠냐고 말했다. 후배는 이 음악은 미술관에서 내보내는 음악인 것 같다고 말했다. 그는 고개를 갸웃하며 관람을 이어갔는데…. 전시장에 흐르던 음악이 조수미의 '기차는 8시에 떠나네'로 바뀌었다. 그것도 우리말로…. 순간 이건 정말 아닌 것 같은데, 라고 생각하는 순간 뭔가 느낌이 좀

싸했다. 가방을 뒤졌다. 아뿔싸! 범인은 나였다. 어쩌다 눌러졌는지 내 아이폰에 저장된 음악이 흘러나온 것이었다. 당황했던 건 물론이었고 얼마나 부끄럽고 미안하던지…. 얼른 음악을 끄고 두 분께 가서 사과했다. 우리를 미심쩍은 눈길로 보던 그분들도 웃으며 괜찮다고 했지만 나는 쥐구멍이든 어디든 숨고 싶었다. 그날 이후 조수미의 '기차는 8시에 떠나네'를 들으면 나는 그날의 기억이 재생되어 얼굴이 화끈거린다.

그날 후배의 안내로 동독박물관, 체크포인트 찰리, 유대인박물관, 이스트 사이드 갤러리, 허물어진 베를린장벽같이 여행객들이 넘쳐나는 곳부터 지금은 문화공간으로 사용하는 빨간 벽돌이 인상적이었던 옛 동독의 맥주 공장, 호수가 있는 한적한 마을, 현지인들이 즐겨 찾는 식당 같은 여행객이 잘 찾지 않는 곳까지 구석구석 돌아다녔다. 그리고 어두워지는 하늘을 배경으로 느긋하게 저녁을 먹으며 후배의 베를린살이에 귀를 기울였다.

베를린은 두 가지 기억으로 선명하다. 소매치기 기억과 케테 콜비츠 미술관에서 생긴 해프닝과 노래 '기차는 8시에 떠나네'…. '기차는 8시에 떠나네To traino feygei stis ochto'는 그리스의 미키스 오도라키스Mikis Theodorakis가 작곡한 곡으로 당시 나치에 저항한 그리스의 한 젊은 레지스탕스를 위해 만들었다. 전쟁이 끝나도 돌아올 줄 모르는 연인을 카테리나 기차역에서 애타게 기다리는 심정을 그린 곡이다. 다른 사람이 들으면 생뚱맞은 조합이기는 하지만 베를린을 떠올리면 조수미의 '기차는 8시에 떠나네'가 떠오른다. 둘 다 일어나지 않았으면 더 좋았을 일이지만 내 여행 기억으로는 가장 선명하다. 그래서 오래도록 아니 영원히 잊히지 않을 기억이다.

카테리나행 기차는 8시에 떠나가네
11월은 내게 영원히 기억 속에 남으리
내 기억 속에 남으리
카테리나행 기차는 영원히 내게 남으리

함께 나눈 시간들은 밀물처럼 멀어지고
이제는 밤이 되어도 당신은 오지 못하리
당신은 오지 못하리
비밀을 품은 당신은 영원히 오지 못하리

기차는 멀리 떠나고 당신 역에 홀로 남았네
가슴 속에 이 아픔을 남긴 채 앉아만 있네
남긴 채 앉아만 있네
가슴 속에 이 아픔을 남긴 채 앉아만 있네.

To traīno feygeī stīs ochto

Taxīdī gīa tīn Katerīnī

Noemvrīs mīnas den tha meīneī

Na mī thymasaī stīs ochto

Na mī thymasaī stīs ochto

To traīno gīa tīn Katerīnī

Noemvrīs mīnas den tha meīneī

Se vrīka palī xafnīka

Na pīneīs oyzo stoy Leyterī

Nychta den thartheīs s alla merī

Na cheīs dīka soy mystīka

Na cheīs dīka soy mystīka

Kaī na thymasaī poīos tha xereī

Nychta den thartheīs s alla merī

To traīno feygeī stīs ochto

Ma esy monachos echeīs meīneī

Skopīa fylas stīn Katerīnī

Mes tīn omīchīl pente ochto

Mes tin omichil pente ochto

Machairi stin kardia soy ekeini

Skopia fylas stin Katerini

잘츠부르크,

물의 노래

그리고

caro Mozart!

8

5월의 잘츠부르크도 무척 더웠다. 버스를 타고 잘츠부르크에 도착하니 3년 전 여름, 잘츠부르크 기차역에서 내려 숙소를 찾아 헤매느라 8월의 따가운 햇볕 아래서 제법 먼 거리를 캐리어를 끌고 걸었던 기억이 떠올랐다. 그때에 비하면 이번엔 호사스럽게 이동했다. 미라벨 정원 근처에서 내려 구시가지까지 걸어서 가는데 눈에 익은 길이 나왔다. 3년 전에는 성당 부속 음악원에서 운영하는 호스텔에서 이틀간 머물렀는데 그곳으로 가는 길임을 한눈에 알아봤다. 그 호스텔은 분위기도 편안했고 정갈해서 오래 좋은 기억으로 남아 있다.

성당에서 운영하는 곳이라 지켜야 할 규칙도 많았고 직원들은 좀 깐깐했지만 오래된 건물도 좋았고 그 건물이 풍기는 무게감이나 엄숙함까지 좋았다. 육중한 문을 열고 나오면 예쁜 카페가 있었고 여행자들이 드나드는 레스토랑이며 예쁜 가게들이 있는 그 거리를 부지런히 오르내리며 보냈던 기억이 났다. 그리고 무엇보다도 서늘하고 고풍스러운 식당에서 먹었던 아침 식사가 좋았다. 신선한 우유와 주스, 버터와 치즈 빵, 오이와 토마토로 소박하게 차렸지만 깔끔하고 맛있는 아침이었다.

그때는 도미토리룸에서 묵었는데 국적도 다양한 사람들이 한방을 썼다. 상냥하고 붙임성 좋았던 호주의 스테파니, 미국에서 온 털털한 조앤, 한국에서 온 모녀, 그리고 후배와 내가 한방을 썼었다. 우리는 잘츠부르크에 대한 이런저런 이야기를 나누며 서로 정보를 주고받기도 했는데 이틀이라는 짧은 시간이었지만 서로 배려하고 걱정해주며 지낸 사람들이어서 그곳에서 머무는 시간이 따뜻하고 즐거웠다. 하루 일정이 끝나고 돌아오면 노트에 깨알같이 뭔가를 쓰던 스테파니가 기억에 남는다. 사람들이 대부분 노트북이나 태블릿 등으로 기록을 남기는데 손글씨로 꼼꼼하게 기록하는 것이 인상적이어서 그녀에게 어떤 일을 하는지 물었더니 여행 블로거라고 했다. 스테파니는 메모하지 않으면 금방 잊어버려서 생각날 때마다 정리해 두는 거라고 했다.

잘츠부르크에 다시 오니 그때 만났던 그녀들이 더 생각났다. 내가 이곳에 와 있는 이 시간 그녀들은 어디서 무엇을 하고 있을까? 모두 편안하기를, 그리고 모두 행복하기를…. 그곳에 다시 묵을 수 있다면 그리고 우연처럼 다시 만난다면 무척 반갑고 행복하겠다는 생각이 들었지만 그건 상상 속에서 가능한 이야기고 이번 여행은 그때와 달리 여러 일행과 함께하는 여행이니 이 사람들과 새로운 좋은 기억을 만들면 될 거라는 생각으로 구시가지로 향했다.

모차르트 생가 1층에 전에 없었던 spar라는 슈퍼가 생겼다는 것 말고 간판이 예뻤던 그 골목은 큰 변화 없이 3년 전 모습을 유지하고 있었다. 나는 3년 전의 시간을 더듬으며 잘츠부르크 대성당, 음악원 등 구시가지를 돌아다녔다.

여행자들이 즐겨 찾는 곳은 대부분 올드타운이라 불리는 구시가지다. 구시가지는 유럽 어느 나라든 잘 보존하려고 하고 개보수 정도로 최소한의 손을 더한 상태이기 때문에 크게 변화가 있을 리가 없지만 몇 년 전 모습을 그대로 간직하고 있을 때 묘하게 기분이 좋다. 내 기억이 변형되지 않았음과 그 모습이 변하지 않음에서 오는 안도감 같은 것이랄까.

구시가지를 둘러보고 다시 미라벨 정원으로 갔다. 3년 전 다리에서 잘츠부르크의 풍경을 그림으로 그려 팔던 거리의 화가에게 2호 크기의 그림을 한 장 샀었다. 나도 모르게 그녀가 있던 그 자리에 눈길이 갔으나 그 자리에 그녀는 보이지 않았다. 연인들이 사랑을 맹세하며 채웠을 자물쇠가 주렁주렁 매달려 있던 다리는 그대로였다.

그 사랑의 맹세는 유효할까? 변하지 않는 사랑이란 과연 존재하는 걸까? 이곳을 지나쳤던 여행자인 나도 3년 전 나와는 조금은 달라진 모습일 텐데…. 그 많은 사랑은 어떻게 변했을까? 어디로 갔을까? 사랑에 있어서 변하는 것과 변하지 않는 것 어느 쪽이 더 좋을까? 이런저런 생각을 하며 미라벨 정원으로 발걸음을 옮겼다.

잘츠부르크에서 출발한 버스는 한 시간 반 정도를 달려 인스브루크에 도착했다. 내일 오전 파르트나흐 협곡 트레킹을 하기 위해서 그곳에 좀 더 가까운 곳으로 숙소를 잡았다고 했다. 숙소는 3만 석을 수용할 수 있는 티볼리노이 스타디움 근처에 있었다. 인스브루크는 때 이른 무더위에 시달리는 다른 지역에 비해 날씨가 선선했다. 가볍게 저녁을 먹고 잠자리에 들었는데 쾌적한 날씨 덕분인지 기분 좋게 푹 잘 수 있었다.

새 지저귀는 소리에 잠을 깼다. 주섬주섬 옷을 챙겨 입고 산책을 나섰다. 근처에는 규모가 큰 캠프장 시설이 있어 록 페스티벌이나 공연, 중요한 축구 경기 때 많은 사람이 이용할 수 있겠다는 생각이 들었다. 놀이기구가 전부 나무로 만들어진 재미있는 놀이터가 눈길을 끌었다. 연일 계속되었던 이른 무더위에도 아침 공기는 서늘했고 신선해서 아침 산책길이 즐거웠다.

이른 아침거리는 한산하고 차분했으며 서늘했다. 이런 분위기가 이 도시의 인상으로 남았다. 그러나 스타디움에서 운동경기가 열리는 날이나 대규모 공연이 있는 날은 어떨까? 결국, 그 도시의 인상이란 지극히 단편적이고 개인적인 경험과 느낌에 좌우될 수밖에 없는 것이다. 내가 사는 도시를 찾은 사람들에게 좋은 기억을 남기기 위해 헌신할 필요는 없겠지만 따뜻하고 환하게 환대하는 마음으로 대하면 좋을 것 같다. 그리고 사람을 환대할 때는 내게 사람들이 해줬으면 하는 만큼이면 되지 않을까?

파르트나흐 협곡으로 가기 위해 버스를 타고 가르미슈파르텐키르헨이라는 긴 이름을 가진 마을로 향했다. 추크슈비체 빙하가 흘러내려 만들어진 파르트나흐 협곡은 독일령에 속해 있는데 동계올림픽을 치렀다는 스키 스타디움에서 걸어서 30분 정도 걸으면 매표소에 도착한다. 매표소까지 걷는 길은 그 길만으로 충분하게 예쁘고 매력적이어서 느긋하게 즐기며 걸을 만하다. 이상 기온으로 연일 30도를 오르내리던 더운 5월이었지만 그 더위를 감수하고 걸을 가치가 있는 길이였다.

매표소를 지나고 본격적으로 협곡이 시작되는 곳부터 물의 노래가 들렸다. 좁고 어두운 길을 걸어가자니 장쾌한 물의 노래를 더 커졌다. 시원스레 쏟아지는 하얀 물줄기를 보며 걸으니 지금까지 걷느라 지친 몸의 고단함과 땀을 말끔히 씻어줘 샤워라도 한 것처럼 개운하고 상쾌했다. 이번 여행은 이 협곡을 만난 것만으로 충분하다는 생각이 들었다.

협곡을 통과하니 숲과 맑은 하늘로 다시 시야가 트였다. 계속 걸으면 케이블카를 탈 수 있는 곳으로 연결이 된다고 했지만 우리는 계곡물에 발 담그고 더위를 식히는 것을 택했다. 맑고 차서 그저 바라보기만 해도 이른 더위를 식혀주는 계곡물에 발을 담그는 일은 생각보다 곤혹스러웠다. 물이 너무 차가워서 발이 칼에 베이는 듯했다. 가족으로 보이는 사람들 한 무리도 물에 발을 담그다 말고 소리를 지르고 깔깔거리며 웃음을 터트렸다. 그 모습을 보고 따라 웃는 사람들…. 평화롭고 즐거운 순간들이었다.

마음을 둔 장소를 떠나는 일은 쉽지 않다. 파르트나흐 협곡의 물과 계곡, 하늘과 숲을 두고 돌아서는 일은 우연히 만난 이상형과 몇 마디 말을 주고받다가 아쉬움과 미련을 남기고 돌아서야 할 때의 심정 같은 것이어서 마음을 다잡아야 하는 일이었다. 파르트나흐 협곡을 각인하듯 새기며 내려오는 길은 아쉬움이 가득했다.

파르트나흐 협곡 초입에 있던 카페 야외 테이블에서 빵을 곁들인 소시지와 맥주 한잔을 점심으로 먹으며 일행들을 기다리기로 했다. 하나둘 일행들이 테이블에 합류하면서 마치 소풍을 온 것 같은 분위기가 되었다. 이 시간이 다소 서먹했던 일행과도 자연스럽게 말을 섞게 되는 계기가 되었고 카페의 소박한 메뉴 탓에 빵과 소시지, 맥주 한잔이 전부였지만 일행들의 기분이 최고조에 달했다. 나는 이 순간을 소박한 행복을 나눈 시간으로 마음에 새겼다.

파르트나흐 협곡, 누군가는 누구에게도 알려주고 싶지 않은 장소라고 했다. 관광객들에게 알려지기 시작하면 망가지는 것은 순식간이라 그저 아는 사람만 아는 숨겨진 곳으로 남기고 싶은 생각이었으리라. 그 말에 동의하며 이 아름다운 에메랄드 물빛이 오래도록 그대로이길 간절히 빌었다.

이번 여행은 패키지와 배낭여행의 중간 형태였는데 이동과 숙박은 함께하고 특정 장소에 도착하면 각자 자유롭게 코스를 정해서 다니고 식사 역시 각자 취향대로 따로 하고 정해진 시간에 정해진 장소에 모여 다시 이동하는 방식이었다. 배낭여행과 패키지여행의 장점만 모은 이런 형태의 여행도 시도해볼 만하다는 생각이 들었다. 여행자는 어디로 이동하는 데 드는 이동 수단과 시간, 그리고 교통수단의 운행 시간 등을 검색하고 선택하느라 많은 시간을 들인다. 그리고 사람들은 같은 시간대 같은 장소에서도 서로 보는 방식과 즐기는 법이 다르므로 이런 방식은 상당히 합리적인 여행법이라는 생각이 들었다. 배낭여행을 하고 싶은데 용기가 나지 않는 사람들은 패키지여행에서 배낭여행으로 가기 전 단계쯤으로 이런 여행을 경험해보면 좋을 것 같다.

한나절을 자연 속에서 트레킹과 휴식으로 시간을 보내고 다시 잘츠부르크로 향했다. 잘츠부르크 시내에서 좀 떨어진 호텔에서 묵었는데 농가 주택이 대부분인 마을에서 한눈에 들어오는 그 예쁜 호텔은 카페와 레스토랑을 함께 운영하고 있었다. 호텔은 가족이 운영하는 것으로 보였는데 만삭인 젊은 부인이 리셉션에서 일을 보고 있는데 장난감들이 흩이져 있어 어린아이가 어디선가 엄마를 부르며 쫓아 나올 것 같았다.

객실에는 TV도 냉장고도 없었지만 객실의 모든 것이 정갈하게 정돈되어 있었고 테이블에는 방금 가져다 둔 것 같은, 물방울이 맺힌 투명한 물병과 컵이 있었다. 그리고 빨래 건조대 역할까지 했던 욕실의 하얀 라디에이터가 인상적이었다. 이 호텔은 옛날 방식으로 운영하는 시스템과 시설이 주는 불편까지도 기꺼이 감수할 정도로 마음에 들었다.

일행들은 저마다 편안한 방식으로 여행을 이어갔다. 잘츠부르크를 둘러볼 사람은 택시를 불러 시내로 갔고 남은 사람은 호텔 객실에서 휴식을 취하거나 마을 산책을 나섰다. 나는 몇몇 사람들과 꽃과 나무, 예쁜 집들이 정겨운 마을을 느긋하게 걸었다. 그런데 빗줄기가 금방이라도 쏟아질 것 같은 먹구름이 몰려왔다.

서둘러 숙소로 돌아왔더니 호텔 레스토랑 테라스의 야외 테이블에선 일행 중 몇몇이 이른 저녁 식사 중이었다. 자연스럽게 우리도 합석하고 샐러드와 파스타를 추가로 주문했다. 일행과 식사를 하다 보니 와인과 맥주가 더해지면서 스스럼없고 즐거운 시간이 이어졌다. 숙소에서 쉬고 있던 일행, 산책에서 돌아온 일행, 시내 나갔던 일행들이 차례로 합류하다 보니 어느새 대식구가 되었다. 일행들은 발그레해진 얼굴로 이야기꽃을 피웠고 웃음이 떠날 줄 몰랐다. 그런데 하늘이 심상치 않았다. 잠시 후 바람이 불면서 후두둑 비가 내리기 시작했고 우리는 서둘러 실내로 자리를 옮겼다. 비는 소나기로 변했고 천둥과 번개까지 치기 시작했다. 그렇게 저녁 식사 자리는 저녁 내내 이어졌다.

나는 슬그머니 일어나 내 방으로 왔다. 2층 내 방은 변화무쌍한 하늘이 잘 보였다. 하늘에 금이 간 것처럼 번개가 번쩍이더니 곧이어 천둥이 쳤다. 몇 시간 요란하게 법석을 떨던 하늘이 어느새 조용해졌다.

창으로 들어오는 바람결이 고왔다. 나는 침대에 누워 책을 뒤적거리다가 어느새 잠이 들었다.

다음 날 아침에는 다시 잘츠부르크 시내로 갔다. 구시가지로 가서 후니쿨라를 타고 잘츠부르크 성으로 올라갔는데 날씨가 맑고 투명해서 잘츠부르크 시내가 한눈에 들어왔다. 어젯밤 서늘했던 날씨는 다시 뜨거운 여름날로 돌아가 있었다. 성의 이곳저곳을 기웃거리다 사람들과 약속한 시각이 가까워져 서둘러 내려왔다. 그 와중에 종종걸음으로 게트라이데 가세로 가서 파울 휘르스트 초콜릿가게에 들러 유명한 오리지널 모차르트 구겔 초콜릿을 샀다. 색깔도 디자인도 다양하고 예쁜 포장이 눈길을 끌었지만 시간에 쫓겨 천천히 고르지 못하고 가장 인기가 있다는 포장으로 골라 계산하고 나왔다. 이럴 때 정해진 시간은 느긋한 여행의 걸림돌이 된다.

모차르트 생가 근처 오스트리아 전통식당에서 점심을 먹기로 했다. 땀을 많이 흘린 탓인지 평소 잘 마시지 않는 맥주를 주문했는데 맥주가 그렇게 맛있을 수가 없었다. 각자 다른 메뉴를 시켰음에도 어쩐지 음식은 전부 비슷한 맛이었다. 이곳 골목 어디엔가 독특한 핫도그를 파는 유명한 가게가 있는데 3년이란 시간은 기억을 재생하기에 그리 먼 시간이 아니었는지 그 골목 그 집을 쉽게 찾을 수 있었다. 그러나 금방 점심을 먹은 터라 아직 건재하고 있음을 확인했으니 그냥 지나치기로 했다.

겉모습으로는 큰 변화가 없었지만 골목길 안에서 변화가 느껴졌다.

그사이 한식당도 생겼고 한자 표기를 한 기념품점이 많아지고 가게의 분위기도 살짝 바뀐 곳이 많았다. 변화는 가랑비처럼 온다. 은밀하게 진행되는 작은 변화가 아무도 모르는 사이에 이 오래된 도시를 촉촉하게 적시게 될지도….

할슈타트로 향했다. 3년 전 기차를 타고 할슈타트 역에서 내려 다시 보트를 타고 건넜던 곳을 버스로 왔다. 조금 고생스러웠지만 3년 전에 왔던 길이 더 운치가 있었고 예뻤다고 생각했다. 이번에는 3년 전에 가지 않았던 소금 광산을 가기로 했다. 소금 광산으로 가는 길은 멋졌고 할슈타트가 한눈에 내려다보이는 전망대에선 감탄사가 저절로 나왔지만 광산으로 들어가자마자 곧 후회하고 말았다.

밀려드는 여행객들과 현장학습을 온 어린아이들과 학생들로 입구부터 북새통이었기 때문이다. 소금 광산은 3년 전 폴란드 크라쿠프의 비엘리치카에서 충분히 멋진 경험을 했기에 현장학습 프로그램 같은 설명이 길고 지루한 이 투어가 그다지 와 닿지 않았다. 그 난리 통에 소금 광산 투어는 3시간 남짓 시간이 소요되었고 나는 파김치가 되어 소금 광산을 빠져나왔다. 나는 소금 광산 투어보다는 이 마을의 곳곳을 걸어 다녔어야 했다.

호수를 따라 걸었다. 전에 봤던 성당이며 가게들이 반갑게도 그대로였고 짜디짠 점심을 먹었던 식당도 여전히 성업 중이었다. 그 집을 스쳐 일행이 있는 다른 곳으로 갔다. 그곳에는 한국말을 몇 마디 할 줄 아는 웨이터가 있었다. 호기심에 말을 걸어봤지만 아쉽게도 그가 아는 말은 인삿말 정도였다.

가벼운 점심을 먹고 마을을 둘러보기로 했다. 전에 없던 마켓이 생겼고 눈에 띄게 중국인 관광객들이 많아졌고 기념품 가게들이 더 많아졌다. 3년 전 유리 공예품을 팔던 가게가 생각이 났다. 그 옆집은 부엉이 목각인형과 나무 부조 장식을 샀던 가게였고…. 기억을 더듬어 찾아간 곳에는 반갑게도 목공예점도 유리 공예점도 그대로 있었다.

반가운 마음에 유리 공예점으로 들어갔다. 여주인도 그대로 있었다. 반가운 마음에 3년 전에 이 마을에 왔었고 여기서 유리 공예품 몇 개를 사 갔었는데 가게가 그대로 있어서 무척 반가웠다고 했다. 유리로 된 백조 냅킨꽂이와 부엉이 장식품 몇 개를 골랐다. 어쩌다 보니 부엉이 인형이 많다는 등 포장을 하는 동안 몇 마디 이야기를 더 나눴는데 여주인이 선물이라며 작은 부엉이 인형을 골라 포장을 했다.

유럽의 가게에서 그것도 기념품점에서 내가 산 물건이 아닌 선물을 받아보는 건 처음이라 무척 당황했다. 그동안 여행 경험상 뭔가 그저 받는 건 상상이 안 되는 일이었으니…. 나는 고맙다는 말과 함께 언제가 다시 이 가게를 방문할 수 있다면 좋겠다는 말을 남겼다. 정말 그럴 수 있으면 좋겠다. 그때도 지금처럼 인사하고 서로 반가워할 수 있으면 좋겠다. 소금 광산에서 시간을 많이 지체한 탓에 동굴 같은 묘한 길을 따라 올라갔던 묘지가 있던 성당은 끝내 가보지 못하고 할슈타트를 떠나야 했다. 버스는 길을 떠나야 한다며 재촉이라도 하는 듯 부릉거렸다.

이 아름다운 소금 마을 할슈타트와 잘츠부르크를 떠나며 나는 오래된 노래 'Caro Mozart'가 떠올랐다. 불가리아 출신 샹송 가수 Sylvie Vartan이 모차르트 교향곡 40번을 재해석한 곡이다.

QUESTA MUSICA VIBRA NELL'ARIA
E RACCHIUDE UNA GRANDE MAGIA
MI TRASCINA IN UN MONDO INCANTATO
DOVE REGNA LA TUA FANTASIA
DOVE SUONI DOLCEMENTE
LA TUA MUSICA PER SEMPRE
CARO AMORE MIO
...
SULLE ALI DI UN GRANDE VASCELLO
STO VOLANDO LONTANO CON TE
SOPRA UN MARE DI AZZURRO CRISTALLO
DOVE IL TEMPO PER SEMPRE NON C'E
E MI SEMBRA DI PARTIRE
PER UN VIAGGIO SENZA FINE

E VOLARE VOLARE CON TE
IN UN MONDO CHE NON C'E
SE IL MIO CUORE SI COPRE DI GHIACCIO
E L'AMORE CHE CERCO NON C'E

SE NEL MONDO MI SENTO STRANIERA
IO MI CHIEDO LA VITA COS'E
VIENI, PRENDIMI PER MANO
E POI PORTAMI LONTANO
DOVE NON LO SO

음악이 미풍에 떨리고 있습니다
커다란 마력을 가지고 말입니다
당신의 환상을 지배하고
달콤한 음악이 흐르는 그곳에선
나를 매혹적인 세계에 빠지게 하네요
당신의 영원한 음악처럼
내 사랑하는 이여

커다란 범선의 돛대 위에서

멀리 있는 그대에게 날아가고 있습니다
시간이 영원히 흐르지 않는 푸르른 바다 위에서
만일 나의 마음이 얼음으로 덮여 있다면
세상에는 아무것도 없을 것입니다
만일 내가 이 세상에서 이방인처럼 느껴진다면
사랑은 그 무엇도 얻을 수 없을 것입니다

나는 인생이 무엇인지 묻습니다
나는 끝이 없는 여행을 위해 떠나려 합니다
당신과 함께 날아서 말입니다
이리 다가와 손으로 나를 잡아 주세요
그리고 아무도 모르는 곳으로 나를 멀리 데려가 주세요

음악과 함께라면 어디인들 못 가겠는가. '음악이여, 내 손을 잡아 어디로든 데려가 주오!' 그런 기분이 들었다. 이 노래를 다시 찾아 들으며 게트라이데가세의 파울 휘르스트에서 사 온 하나 남은 모차르트 구겔 초콜릿을 녹여 먹으며 잘츠부르크뿐 아니라 어디에서나 만날 수 있었고 어디에서나 만날 수 있었던 상품 판매원이 아닌 괴짜 음악가 모차르트가 그리워졌다. 그 모차르트는 어디 있을까? 만나면 반갑게 hollow Mozart! 인사할 텐데….

프라하,

황금소로 22번지
카프카의 집은
어디인가?

9

늦은 오후 할슈타트를 출발한 버스는 체코의 오솔길이라는 이름을 가진 도시 체스키크룸로프로 향했다. 눈에 익은 오스트리아의 예쁜 꽃과 나무들이 장 정돈된 집들과 너른 벌판이 이어지던 전원풍경이 어느 순간 바뀌었다. 별다른 입국 절차 없이 지나쳐서인지 국경을 넘었다는 인식이 없었으나 내가 보는 풍경이 달라졌음을 알 수 있었던 건 간간이 보이는 표지판의 글자와 확연하게 달라진 집들과 전원의 풍경들이었다. 오스트리아와는 시골 풍경과는 달리 색이 바랜 집들과 칠이 벗겨진 채 방치된 표지판들 웃자란 풀이 무성한 밭들…. 한눈에도 편치 않은 경제 사정을 알아차릴 수 있었다.

저물 무렵 버스는 국경 인근의 한 마을 호텔 앞에 나를 내려놓았다. 막연하게 품었던 체코에 관한 생각들이 여러 갈래 교차했다. 그동안 사진으로 봐왔던 체코의 아름답고 예쁜 도시는 환상이었나 그런 생각이 들었다. 그러나 곧 이 마을은 관광지도 아니고 사람들이 많이 찾지도 않는 국경 마을 소도시일 뿐이니 무엇을 기대하기보다는 그저 있는 그대로의 마을 풍경을 보면 될 것이라는 생각이 들었다. 그런 생각도 잠시, 마을에 저녁이 오는 풍경은 매혹적이었다. 코랄 빛으로 물든 하늘은 몽환적으로 아름다웠고 밤이 내려앉자 별빛이 쏟아졌다. 그 하늘이 별빛을 고스란히 간직한, 매연이며 공해에 찌든 하늘이 아니어서 좋았다. 체코에서 맞는 첫 밤을 그렇게 기분 좋게 보냈다.

다음 날 아침 식사를 마치고 체스키크룸로프로 향했다. 버스에서 내려 걸어 들어간 체스키크룸로프성에서 내려다보는 마을은 과연 동화의 마을이라 불릴 만큼 아름다웠다. 체스키크룸로프를 간다고 했을 때 그곳을 다녀온 사람들이 카메라로 찍었을 때 가장 아름다운 마을이라던가, 유럽에서 가장 아름다운 마을로 꼽을 수 있다든가 이런저런 이야기를 들려주었는데 그 말이 조금도 과장이 없다는 것을 마을을 둘러보고 알았다.

마을 전경이 내려다보이는 성벽에서 본 마을은 어느 곳에선가 연기가 피어올랐고 마을을 끼고 흐르는 볼타바강 물줄기가 더해져 아름다우면서도 풍요롭고 여유가 있어 보였다. 그저 성벽에서 보이는 마을 풍경을 보는 것만으로 어딜 가서 무엇인가를 꼭 보고 와야겠다는 생각이 없어졌다. 마음이 가는 대로 혹은 강을 따라 걷기만 해도 좋을 것 같았으니까….

눈길 닿는 곳마다 셔터를 누르며 걷다 보니 어느새 스보르노스티

광장이었다. 파스텔색 르네상스풍 건물들이 어깨를 맞대고 있는 광장에는 1715년 페스트가 끝난 것을 기념하여 세운 성 삼위일체 기둥이 있었다. 이곳은 실제로 르네상스 타운으로 불리기도 한다.

은행으로 보이는 건물이 눈에 들어오기에 들어갔다. 내부가 온통 노란색이어서 인상적이었던 그 은행에서 유로를 코루나로 환전하고 마을 이곳저곳을 걸어 다녔다. 붉은 지붕의 크고 작은 집들도 그랬지만 가게들도 무척 예뻤고 간판들도 인상적이었다. 어린이 장난감과 책을 파는 가게는 그 입간판에 반해 가게로 들어갈 만큼 예뻤고 미술용품 가게는 쓰지도 않을 물감을 잔뜩 사 들고 나오고 싶을 만큼 개성이 넘쳤다. 이름난 문화재, 유적지라는 이름이 아니어도 소소하고 정감 있는 작은 상점들만으로도 사람들은 감탄하고 즐거워한다. 그 도시를 브랜딩하는 건 그곳에 사는 사람들이고 사람들의 마음가짐이 아닐까 생각하며 마을을 돌아다녔다.

볼타바 강에서는 어린아이들이 삼삼오오 재잘거리며 짝을 지어 카약을 배우고 있었다. 모든 것이 아름답고 평안해 보이는 풍경들…. 이발사의 다리를 건너 돌아다니며 기웃거리다 보니 독특한 그림들이 눈에 들어왔다. 뭔가 특이한 벽화도 보였는데 지나고 보니 에곤 실레 아트센터였다. 그땐 그냥 지나쳤는데 지나고 보니 아쉬웠다. 시간이 애매했어도 들어갔어야 했을까? 여행자는 지나치고 후회하는 경우가 많다. 여행 중에 혹시 할까 말까, 혹은 갈까 말까 망설여진다면 망설이지 말고 'do it!' 하기를, 여행에서 나중이란 없으니…. 그러나 그걸 알면서 매번 후회하니 이 또한 모를 일이다.

다시 스보르노스티 광장으로 왔다. 이 광장에 있는 호텔 노천카페에서 쉬어가기로 했다. 맥주가 유명한 체코에서 될 수 있는 대로 많은 종류의 맥주를 맛보기로 했다. 로컬 맥주 한 잔을 주문해서 마시면서 일행들과 이야기하다 보니 배가 고팠다. 피자와 샐러드를 주문했다. 어쩌다 보니 광장 노천카페에 앉아 몇 시간을 보내게 되었다. 느긋했던 그 시간이 쉼표 같아서 좋았다. 광장을 찬찬히 살펴볼 수 있었고 오가는 사람들을 구경하며 일행들과 이야기를 나누며 여유를 만끽할 수 있었으니까.

체스키크룸로프는 그렇게 스쳐 지나갔지만 선명하다. 무언갈 찾아 바삐 돌아다닌 것이 아니라 어슬렁거리며 만나는 풍경에 감탄하며 즐겼던 기억이 남아서다. 골목 사이 골목을 돌아다니기도 하고 작은 가게들을 구경 다니기도 했다. 한국말을 조금 익힌 상점 주인들과도 몇 마디 나누며 깔깔대고 웃기도 했다. 머문 시간은 한나절이었지만 그 짧은 시간 동안 많이 돌아다니기도 했고 머물러 있기도 했다. 이 마을이 스쳐 지나갈 곳이 아니란 것을 알았으니까 할슈타트를 다시 찾은 것처럼 언젠가 이 마을을 다시 오게 될 것 같다는 생각이 들었다.

광장에 앉아 있으니 지나가는 사람들의 표정이 눈에 들어왔다. 어떤 이는 환한 웃음과 함께 이야기를 나누고 어떤 이는 굳은 표정이 뭔가 심각해 보였다. 나는 어떤 표정으로 여행하는 사람일까? 나도 모르게 표정이 굳어 있는 건 아닐까? 여행지에서 화낼 일이 그다지 많지 않았으니 나는 무표정하게 다니는 사람이 아니었을까? 이후부터 나는 의식적으로 미소를 잊지 않으려고 애썼다.

언젠가 다시 이곳에 오게 된다면 나는 사랑에 빠진 사람처럼 환한 표정으로 다녀야지. 이곳에서 며칠 머물면서 이 작고 예쁜 마을의 매력에 흠뻑 젖어 보리라. 오늘은 예행연습으로 생각하자. 이런저런 생각을 하면서 일행들과 이야기를 나누며 했던 그 다짐이 예쁜 마을과 함께 기억에 남아 있다. 기억은 정확하지 않고 쉽게 왜곡되지만 이런 담백하고 소박한 기억들은 오래 선명한 법이니까. 아쉬움을 뒤로하고 또 버스에 올랐다. 이번 여행의 종착지인 프라하를 향해 버스는 달리기 시작했다.

프라하의 숙소는 시내에서 좀 떨어진 외곽에 있었다. 유럽에서 머물 때 될 수 있으면 구도심 지역 가까운 곳에 숙소를 정하는 것이 여러모로 편리하다. 어지간한 거리는 걸어서 다닐 수 있고 또 갑자기 컨디션이 나빠진 경우에도 숙소에서 쉬어갈 수 있어서다. 그래서 보통은 중앙역 근처를 중심으로 숙소를 찾는 경우가 많았는데 이번 여행은 일행도 있고 숙소가 이미 정해져 있어 선택의 여지가 없었다.

대충 짐을 풀고 우버 택시를 불러 구도심 지역으로 나왔다. 구도심 근처 식당에서 저녁을 먹고 나오니 거리에는 어둠이 내려앉아 있었다.

불빛 따라 유난히 환한 곳을 가니 많은 사람으로 붐비고 있었다. 이곳이 다운타운일까? 젊음이 넘쳐나는 것을 보니 그런 것 같았다. 조금 더 걸어오니 오래된 성당이 눈에 들어왔다. 그 주변으로 사람들이 많이 모여 있었는데 대부분 여행객이었다. 조금 더 걸어가자 카를교가 나왔다. 무엇을 본 기억보다 많은 사람 틈에 휩쓸려 다닌 것 같은 프라하의 첫날, 카를교에 섰지만 낯설다는 느낌뿐 아무런 감흥이 일지 않았다. 갑자기 피로감이 밀려오면서 무척 피곤해졌고 쉬고 싶었다. 서둘러 카를교를 빠져나와서 택시를 탔다. 호텔로 돌아온 뒤 쓰러지듯 침대에 누워 잠을 잤다.

아침에 눈을 뜨니 어제의 피로감은 사라진 상태였다. 식당에서 일행들과 식사하는 자리에서 몇몇 사람은 맥주로 유명한 플첸으로 로컬 투어를 가기로 했다고 말했다. 몇몇 사람은 프라하의 이곳저곳을 둘러볼 계획이라고 했고 아무런 계획 없이 올드타운을 떠돌기를 좋아하는 나와 허 선생, 김 선생 부부가 함께 다니기로 했다.

호텔에서 지하철역까지는 10분 남짓 걸어간 곳에 있었고 1일 교통권을 사서 지하철에 올랐다. 첫 코스로 국립미술관을 가고 싶었으나 아쉽게도 국립미술관이 보수공사로 휴관이어서 아르누보의 거장 알퐁소 무하 미술관으로 가기로 했다. 가이드북을 보며 찾아갔으나 눈에 뜨이지 않아 근처에 있던 경찰관에게 길을 물었다. 경찰관은 친절하게 길을 알려주곤 우리가 제대로 그 길을 가는지 지켜보기까지 했다. 그런데도 어느 지점에선가 갈피를 못 잡고 지나가던 중년 남자에게 다시 길을 물었다. 그 또한 걸음을 멈추고 자세하게 길을 알려주었다.

남자가 알려준 대로 길을 찾아가니 작고 하얀 알폰소 무하 미술관이 눈에 들어왔다. 미술관은 알폰소 무하의 일러스트, 드로잉과 포스터 등 작품들을 전시하고 있었고 그의 일대기를 담은 영상이 상영되고 있었다. 장식성이 뛰어난 아르누보의 시작과 끝이라고 할 만큼 19세기 아르누보를 대표하는 화가인 그는 체코에 정착하여 20년 동안 사랑하는 조국의 이야기를 담은 슬라브 서사시 연작 시리즈 20점을 완성하기도 했다. 그의 작품 중 비투스 성당 스테인드글라스는 특별히 더 화려하고 아름다워 보는 사람들을 감탄하게 한다.

그의 명성에 비해 소박하게 느껴졌던 미술관을 빠져나와 트램을 타고 구시가지 이곳저곳을 배회하다 다시 트램을 타고 프라하성으로 갔다. 프라하성은 생각보다 넓어서 둘러보는 데 한나절은 족히 걸렸다. 프라하는 건축의 백화점이라 불릴 정도로 다양한 건축 양식이 혼재한다. 달리 말하면 그만큼 볼거리가 다양하다는 이야기다. 프라하성에도 로마네스크, 고딕, 바로크, 로코코 등 다양한 양식의 건축을 찾아보는 재미도 있다. 또한, 프라하 성벽에서 보는 프라하 전경은 탄성이 저절로 나올 정도로 아름다워서 많은 사람이 즐겨 찾는 포토존이기도 하다.

프라하에서 성 비투스 성당과 성 아르지 성당을 둘러봤는데 장미창이 아름다운 성비투스 성당에는 미술관에서 그림으로 만났던 알퐁소 무하의 스테인드글라스가 햇살을 받아 황홀하고 아름다운 색채로 빛나고 있었다. 아름다운 풍경을 보는 것은 좋았지만 따가운 햇볕아래 몇 시간 동안 프라하성을 걸었더니 무척 힘이 들었다. 와이파이가 잘 터지는 전망 좋은 카페가 있으면 쉬어가기로 했는데 두 조건이 다 충족되는 장소는 좀처럼 나오지 않았다. 결국, 22번 트램을 타고 성 아래로 내려와 시원한 정원이 눈에 들어오는 카페 테라스에 자리를 잡고 앉아 레모네이드로 목을 적시며 잠시 휴식을 취했다.

화집을 사기 위해 서점을 가야 한다는 김 선생 부부와 헤어져 걷다 보니 작은 골목이 나왔다. 크고 작은 건물이 어깨를 맞대고 있는 정겨운 그 골목을 기웃거리며 돌아다니는데 그곳에는 눈에 띄는 독특한 갤러리며 앤틱 가게들이 눈에 들어왔다. 아무 생각 없이 푸른색이 인상적인 한 가게로 들어갔는데 프란츠 카프카의 사진과 그림 같은 기념품과 알퐁소 무하의 화집과 기념품들이 눈에 들어왔다. 엽서 몇 장을 사서 나왔는데 알고 보니 그곳이 카프카의 집 아트숍이었다. 카프카의 집은 이미 늦어 입장할 수 없다고 했다. 아쉬움을 뒤로하고 골목을 걸어 나오니 셰익스피어라는 서점이 있었다. 체코어로 된 카프카의 책이 눈에 띄게 진열되어 있었다. 생각 같아선 한 권 사고 싶었으나 체코어를 모르는 나에게 그 책은 그저 장식품에 불과해서 그냥 둘러보고 나왔는데 이 또한 지나고 나니 아쉬웠다. 장식품이면 어떠랴 카프칸

데…. 내가 아는 한 작가는 여행지에서 자신이 좋아하는 작가의 책을 그 나라 번역본으로 사 모은다. 무겁기는 하지만 책은 꽤나 멋진 기념품이라는 데 나도 동의한다.

이번 여행에서 가능하다면 카프카의 집을 가보고 싶다고 했으나 황금소로 22번지를 눈앞에 두고 그냥 지나쳐버렸으니…. 그때는 늦었고 그전에는 다리가 무척 아프고 너무 힘이 들어 쉴 곳만 찾느라 다른 곳이 눈에 들어오지 않았으니 눈앞에 황금을 두고도 알아보지 못한 연금술사나 다름이 없었으니…. 과욕도 무욕도 결코 도움이 되지 않는다는 것을 뒤늦게 깨달았다. 깨달음은 항상 늦게 오는 법이다.

걷다 보니 어느새 카를교 아랫길까지 왔다. 이 동네 역시 독특한 느낌의 앤틱 가게와 갤러리, 기념품점과 카페, 레스토랑이 있어 소소한 구경거리가 많아 시간 가는 줄 모르고 돌아다니다 보니 어느새 구시가지까지 왔다. 일행들과 연락이 두절된 상황이라 어떻게든 연락을 해야 했기에 와이파이가 되는 곳을 찾아 어느 호텔 노천카페에 자리를 잡았다. 자리에 앉아 한숨 돌리고 보니 오전 내내 찾아다니다 포기한 천문시계탑이 바로 코앞에 있었다. 천문시계탑은 공사 중이었는데 그래도 사람들은 기대해 마지않는 인형 쇼를 보기 위해 6시가 되자 시계탑 주변은 몰려든 인파로 북적거렸다. 12사도 인형이 창으로 잠깐 얼굴을 보여주고 돌아가는 인형 쇼가 끝나자 사람들은 순식간에 흩어졌다. 짧은 순간 무슨 플래시몹을 본 것 같은 기분이 들었다.

구시청사 옆 광장에는 15세기 종교개혁자인 얀 후스 동상이 있고 광장을 일터로 삼은 많은 거리 예술가들이 자신만의 공연을 펼치고 있다. 특히 광장에서 비눗방울 쇼를 하는 남자는 어린아이들의 인기를 독차지했는데 비눗방울과 어우러져 뛰어노는 아이들의 웃음소리가 행복하게 들렸다.

이리저리 헤매다 보니 뜻하지 않게 카프카의 동상과 마주쳤다. 반가운 마음에 카메라를 드는데 근처에서 놀던 여자아이가 카메라를 보더니 포즈를 잡으며 장난을 친다. 그 모습이 귀여워 묵직한 카프카와 함께 아이의 모습을 사진에 담았다.

다시 노천카페로 돌아와 앉아 오가는 사람들을 보고 있자니 일행이 도착했다. 많이 지쳐 있어 어디로 자리를 옮기기보다 이곳에서 저녁을 해결하기로 하고 간단한 음식 몇 가지를 주문하려 했는데 그 가격이 너무 비싸 깜짝 놀랐다. 뒤에 알고 봤더니 구시청사 근처 노천카페는 다른 곳의 3배 정도 비싸다고 한다. 음식은 맛이 있었고 음식보다는 와이파이가 잘 터지는 곳을 찾아온 것이었고 그 덕분에 일행과 합류하게 되었으니 그에 합당한 값을 지불한 것으로 생각하기로 했다.

느긋하게 저녁을 먹고 다시 카를교로 향했다. 구시가지와 밀라스트라나를 이어주는 카를교에는 어둠이 내렸다. 차가 다니지 않는 이 다리에는 많은 사람으로 북적거렸다. 초상화를 그려주는 화가, 캐리커처를 그리는 화가들, 아기자기한 기념품을 파는 노점상, 애조틱한 음악을 들려주는 거리의 음악가들이 다리 위를 자신의 일터로 살아가고 있었다.

이런 풍경이 사람이 살아가는 풍경이니 사람이 일터에서 온 마음을 다하여 일하며 살아가는 모습만큼 뭉클한 풍경이 또 있을까? 불빛이 은은한 다리를 건너며 난간의 석상을 찬찬히 볼 수 있었는데 석상은 서른 개나 되었다. 그 가운데 사람들이 유난히 많은 곳이 있었는데 소원을 이루어준다는 다섯 개의 별이 뜬 후광을 가진 얀 네포무츠키 성상 앞이었다. 사람들은 무언가에 기대 소원을 빌곤 한다. 간절한 소원 하나 없는 사람이 있을까? 누구에게나 있는 그 소원이 이루어지길 바라는 만큼 그 소원을 원하는 사람들의 마음가짐이나 행동 또한 저마다 다르다. 나도 모르게 사람들의 손길이 닿아 반질거리는 얀 네포무츠키 성상 아래 부조에 손을 얹고 오래 묵은 소원 하나 꺼내 다섯 개의 별 위에 띄워 보냈다.

어둠이 짙어 가고 다리 위에는 점점 많은 사람으로 붐볐다. 어두운 하늘에서 갑자기 불꽃이 터졌다. 화려한 불꽃은 밤하늘에 아름다운 꽃을 피웠다. 사람들은 탄성을 지르며 카메라를 들이대고 사진을 찍었고 거리 악사들의 연주와 밤하늘의 불꽃이 어우러지면서 사람들은 누군가 자신을 위해 차려준 성찬을 기꺼이 즐기는 분위기였다. 그날 그 자리에 함께했던 많은 사람이 누구인지 모른다. 하지만 그날 그 자리에 있었던 사람들이 그날 밤 프라하 야경과 불꽃, 다리 위의 사람들을 떠올릴 때 그 기억은 더없이 아름다울 것이다.

이 아름다운 도시와 아름다운 밤에 빠져들수록 세르게이 트로파노프Sergei Trofanov의 '라 보헴'이 떠올랐다. 이 밤, 이 분위기면 그 음악이 어울리겠다 싶었다. 홍성홍성 떠들썩한 분위기 탓이었을까. 거리의 악사는 '헝가리 무곡'으로 분위기를 더 띄울 생각이었던가 보다. 이 곡도 나쁘지 않다고 생각하며 구도심 광장 쪽으로 발걸음을 옮겼다.

어둠이 짙어지면서 불빛은 더 선명하게 빛났고 다운타운에서 청춘들은 팝 음악과 맥주가 있는 펍에서 행복해 보였다. 나도 그의 일부가 되고 싶어 그들과 섞여 일행들과 가볍게 맥주 한잔을 마시고 나왔다. 누군가에게는 일터이고 누군가에게는 휴식인 저 공간에서 오늘도 많은 이야기가 오고 갈 것이고…. 그렇게 도심의 저녁도 아름답게 깊어 갔고 지하철역을 찾아 낯선 거리를 배회하는 여행자에게도 이 도시의 밤은 평화롭고 아름답게 저물었다.

지하철역에서 내려 호텔로 가는 길은 작은 공원이 있어 가로질러 가는데 공원 근처 한 작은 펍 불빛 아래에도 이곳에 터를 잡고 사는 사람들의 소박한 술자리가 보였다. 지나가며 그 모습을 보자니 일을 마치고 편안하게 들이키는 한잔의 맥주만 한 위안이 또 있을까 싶었다. 슬그머니 그곳에 가서 한 자리를 차지하고 그들 사이에 끼어 그들의 시간에 귀 기울이고 싶은 마음도 있었지만 그들의 분위기를 망칠 것 같아서 마음만 그곳에 보내고 호텔로 걸어왔다.

프라하의 마지막 밤은 그렇게 흘러갔다. 프라하는 조용한 시기에 혼자서 가만히 다시 찾고 싶은 곳이라 언젠가는 다시 찾아오리라 다짐했다. 비엔나와 잘츠부르크, 할슈타트를 3년 만에 찾아갔듯이 체코를 다시 찾는 일이 어렵지 않은 일임을 잘 알기에 헛된 꿈은 아니라는 것을 나는 알고 있다.

다시 프라하에 가게 된다면 나는 구시가지 근처 오래되고 낡은 호텔에서 머물며 제일 먼저 황금소로 22번지 카프카의 집을 찾을 것이다. 그리고 프라하 사람들이 하는 대로 얀 네포무츠키가 세상을 떠난 자리에 서서 다섯 개의 별에 손을 대고 소원을 빌 고 얀 네포무츠키 성상 아래 반질반질하게 닳은 부조 위에 손을 얹고 다시 한번 더 그 소원을 빌 것이다. 그리고 골목길을 배회하며 마냥 걸어 다닐 것이다. 다시 프라하에 간다면….

티볼리 오디오에서 흘러나오던 세르게이 트로파노프의 앨범 〈집시 패션Gypsy Passion〉이 몰도바로 바뀌었다. 바이올린 소리가 오늘따라 유난히 애달프다.

암스테르담,

스히폴의 피아노맨 그리고 해피 투게더

10

어디선가 피아노 소리가 들렸다. 나는 암스테르담 스히폴 공항에서 비엔나로 가는 비행기로 갈아타기 위해 시간을 보내고 있었다. 스히폴 공항은 시간 보내기 좋은 놀이터여서 이곳저곳을 기웃거리는 재미가 쏠쏠했다. 공항에는 고흐 뮤지엄숍이 있어 자잘한 기념품을 사기도 했는데 고흐의 대표작 '해바라기'가 음각으로 그려진 노란색 지갑이 손에 쥐는 질감이 좋고 가격도 그다지 비싸지 않아 냉큼 집어 들었다.

무엇보다 신기했던 것은 공항에 튤립꽃과 구근 등을 파는 꽃집이 있다는 것이다. 우리나라 공항에서 농산물이나 식물 반입을 엄격하게 제한하는 것을 본 나는 공항에서 생화를 판다는 것이 낯설었다. 그리고 질 좋은 유제품이 많이 생산되는 네덜란드답게 온갖 종류의 치즈를 시식할 수도 살 수도 있어 즐길 거리가 많았다.

로열 델프트 도자기 모형이 장식된 카페테리아에서 간단하게 식사하고 이곳저곳을 기웃거려도 시간은 좀처럼 가지 않았고 구경 놀이에도 지쳐 라운지 의자에 앉아 웹서핑을 하며 시간을 보내고 있었는데 어디선가 피아노 소리가 들렸다. 들려오는 곡은 기분 전환하기 좋은 가벼운 곡, '아드린느를 위한 발라드'였다. 이 곡은 오래전에 유행했던 곡인데…. 누굴까? 궁금증이 앉아 있던 나를 일으켰다. 라운지에 그랜드피아노가 있었던 기억이 났다. 피아노 소리를 따라가 보니 한 청년이 피아노를 연주하고 있었다. 그가 앉은 피아노 의자 옆엔 여행 가방과 우산이 있었다.

그의 연주가 뛰어난지 아닌지는 중요하지 않았다. 그가 연주한 '아드린느를 위한 발라드'는 1976년 작곡가 폴 드 세뉴비유가 그의 딸 아드린느를 위해 만들었던 곡으로 리차드 클레이더만의 연주로 한때 선풍적인 인기를 누렸던 곡이다. 멜로디가 서정적이고 고와서 예전에 자주 들었던 곡을 공항 로비에서 들으니 느낌이 색달랐다. 그 연주는 사람들을 피아노 근처로 불러 모았다. 어떤 이는 태블릿으로, 누군가는 휴대폰으로 사진을 찍기 바빴지만 사람들 대부분은 그저 가만히 그의 연주에 귀를 기울였다.

청년은 잇달아 차분하고 아름다운 몇 곡을 더 연주하고 담담하게 가방을 챙겨 피아노를 떠났다. 그가 누구였는지 무엇을 하는 사람인지는 중요하지 않았다. 함께한 짧은 시간 동안 그는 주변 사람들을 즐겁고 행복하게 해주었다. 이름도 나이도 국적도 모르지만 피아노를 연주하던 그 남자는 오랫동안 내 기억에 남아 있다. 탑승 시간이 되어 게이트로 향하는 내 머릿속에는 그 피아노 소리가 맴돌았다. 그 기억이 암스테르담을 떠올리면 떠오르는 첫 번째 페이지다.

암스테르담의 두 번째 기억은 암스테르담을 여행하기 위해 베를린을 거쳐 뮌헨에서 밤 기차를 타고 달려 아침에 도착한 암스테르담 역이다. 기차에서 내려 역사를 빠져나오자 눈앞에 바로 운하가 보여 신기했다. 관광안내소에서 숙소 위치를 확인하고 숙소로 향했다. 숙소로 가는 길은 바람이 불고 간간이 비가 내려 8월인데도 추웠다. 어째서인지 숙소는 좀처럼 눈에 띄지 않았고 몸은 으슬으슬 춥고 떨렸다. 7, 8월의 뜨거운 날씨만 입력한 탓에 여름옷만 챙겼는데 이런 복병이 있을 줄 몰랐다. 급한 대로 스카프를 꺼내 몸에 둘둘 말고 다녔으나 때아닌 추위를 면하기는 역부족이었다.

가까스로 찾은 호스텔은 객실이 지하에 있어 더 서늘하게 느껴졌다. 그래도 비바람을 가릴 수 있는 곳이라 다행이라 생각하며 가능한 많은 옷을 껴입고 가방을 맡기고 밖으로 나왔다. 브런치라도 먹으며 몸을 녹이자고 들어온 카페는 다채로운 빨간색 세라믹으로 벽면을 꾸민 아주 힙한 카페였는데 메뉴 중에 쌀국수가 있었다. 뭔가 따뜻한 음식이 먹고 싶었던 나는 주저하지 않고 쌀국수를 주문했다. 그 카페의 쌀국수는 내가 생각한 베트남식 쌀국수와는 달라 기대하던 맛이 아니었지만 따뜻한 국물이 있어 몸을 녹일 수 있어서 좋았다.

허기와 추위를 동시에 해결하고 주위를 둘러보니 좀 이른 시간임에도 이 카페에는 젊은 층이 많았다. 흔히들 이야기하는 핫한 곳인 듯했다. 이 카페는 숙소 근처에 있어 숙소를 오가며 몇 번 더 들렀는데 그때마다 신나는 팝 음악과 함께 청춘들로 붐벼 밝고 활기 넘치는 분위기였고 테이블은 거의 만석이었다.

담 광장으로 향했다. 춥다고 느낀 사람은 나뿐 아닌 듯 아니면 이미 8월의 추위를 경험한 사람들인지 가벼운 패딩점퍼를 입은 사람, 윈드재킷 같은 방한복을 입은 사람들이 많았다. 지나는 길에 로열 델프트 도자기 가게가 있었고 소품 가게 같은 눈길이 가는 상점도 가끔 눈에 들어왔지만 생전 처음 경험한 8월의 추위는 나를 무기력하게 했다.

담 광장을 둘러보고 걸어가는데 자전거의 도시라는 수식어가 붙은 암스테르담답게 곳곳에 자전거 주차장이 보였고 엄청난 자전거 수에 놀라곤 했다. 당연하게도 이 도시에는 자전거를 타고 다니는 사람이 많았는데 자전거 도로가 핏줄처럼 잘 이어진 덕분에 도시 어디든 자전거로 다니는 데 불편함이 없어 보였다. 능란하게 한 손으로 핸들을 잡고 한 손으로 수신호를 하며 지나가는 사람들을 보고 있으니 나도 집으로 돌아가면 긴 잠에 빠진 내 자전거를 깨워 달려봐야겠다는 생각이 들었다.

암스테르담을 둘러보는 데는 보트를 타고 운하를 둘러보는 것이 좋을 것 같아 운하 투어에 나섰다. 이 선택은 더없이 좋았으나 추위에 시달리게 되는 건 어쩔 수 없었다. 한 시간이 소요되는 암스테르담 운하

투어를 마치고 숙소로 돌아왔다. 감기 기운인지 그간에 쌓인 여독 탓인지 컨디션이 좋지 않아 이불을 뒤집어쓰고 누웠다. 지하에 있는 방은 춥고 서늘했지만 이불은 두툼하고 쾌적했다. 촉감 좋은 이불이 몸을 뒤척일 때마다 바스락거렸다. 8월에 왜 솜이불이 나와 있는지를 이해하게 한 서늘함이 작은 공간에 내려앉았다. 그날은 꿈길도 추웠던가 차가웠던가 서늘한 기운이 가득한 밤이었다.

하룻밤을 푹 쉰 덕분인지 다음날은 자리를 털고 일어나는 일이 힘겹지 않았다. 숙소를 빠져나와 하늘을 보니 하늘이 입체 그림을 보는 듯 겹겹의 구름층이 델프트 화가들이 그린 풍경화 속에서 만나곤 하던 그 하늘 같았다. 멋진 하늘이라는 생각보다 오늘도 비바람을 걱정하는 건 역시 추위 때문이었다. 8월에 추위를 걱정하게 될 줄 몰랐으니 나의 무지를 탓해야 할까.

암스테르담의 독특한 건물을 구경하며 슬슬 걸어 다니다가 고흐 미술관으로 가기 위해 버스를 탔다. 페르메이르 미술관이 있는 델프트로 가고 싶었으나 빠듯한 일정 탓에 다음 기회로 미루고 고흐 미술관으로 향했는데 아뿔싸! 버스 정류장에 내리기도 전부터 기나긴 줄이 눈에 들어왔다. 긴 줄은 좀처럼 줄어들지 않았는데 3시간 정도 기다려야 입장이 가능하다고 했다. 한 시간 남짓 기다렸을까? 비가 내리기 시작했다. 비는 곧 소나기로 바뀌었고 난데없이 바람까지 불었다. 우산도 없이 내리는 비를 고스란히 맞으니 으슬으슬 추워지기 시작했다. 내 체

력으로 더는 무리였다. 과감하게 더 기다리기를 포기하고 돌아섰다. 버스를 타고 다시 담 광장 근처로 오니 비가 멎었다. 아쉬운 마음에 어렵사리 길을 물어 안네의 집으로 향했는데 그곳 또한 줄이 길게 늘어서 있어 입장까지는 2시간 남짓 소요된다고 했다.

고흐 미술관도 안네의 집도 이번 여행에선 인연이 닿지 않는 곳이라 생각하고 포기하고 골목 구경에 나섰다. 어쩌다 보니 홍등가 근처로 가게 되었는데 레인보우 페스티벌 기간인지 무지갯빛 아치 풍선이 화려한 그곳엔 단체 관광객으로 보이는 동양인 남자들이 길게 줄을 서 있었다. 뭐라 말할 수 없는 미묘한 기분으로 돌아 나와 걸었는데 운하가 보이는 횡단보도 앞에서 분위기가 멋진 두 남자가 키스를 나누고 있었다. 그 커플도 지나치는 사람들도 너무나 일상적인 풍경이라는 듯 스스럼이 없었다. 특별하지 않은 그저 사랑하는 두 사람으로 받아들이는 듯했고 그런 풍경들이 아름답다고 생각했다.

어느새 비가 그치고 하늘에 무지개가 걸렸다. 최근에 본 무지개 중 가장 완벽하게 아름다운 반원의 형태였다. 연상 작용인지 이런저런 많은 생각이 드나들었다. 내일이면 집으로 돌아가는 여행의 끝자락에서 나는 다양성에 대해 생각했다. 변화무쌍한 날씨 속에서 사람들 옷차림은 다양했다. 가벼운 여름옷에서 겨울 패딩, 혹은 윈드재킷 등 여름이라는 계절에 상관없이 자신이 느끼는 계절이나 날씨에 맞는 옷을 입은 것이니 이상할 것도 특별한 것도 없는 일이다. 사람의 취향도 마찬가지라고 생각한다. 몇몇 호사가들 말고는 타인의 옷차림에 대해 이러쿵저러쿵 이야기하지 않듯이 나는 사람들이 어떤 사람의 취향에 대해서도, 성적 취향에 대해서도 있는 그대로 받아들이면 좋겠다고 생각했다.

문득 영화 〈Happy Together〉가 떠올랐다. 원제목은 〈春光乍洩〉, 구름 사이로 잠깐 비추는 햇살이라는 뜻으로 두 남자의 사랑에 관한 이야기다. 흔들리는 화면과 함께 흔들리는 영상과 바랜 듯한 색조, 양조위, 장국영 두 남자가 풍기는 독특한 분위기, 탱고, 이구아수 폭포 그리고 그 영상에 잘 어우러진 음악, 두 남자의 사랑 이야기라는 것에 방점을 찍지 않는다면 그저 서로에게 서툰 사랑과 이별에 대한 영화라고 말할 수 있지 않을까. 누구에게나 찾아오는 고독과 좌절에 관한 이야기라고 할까, 마지막 장면에서 홍콩 가수 대니 청의 목소리로 흘러나온 'Happy Together'는 이구아수 폭포에서 흘러나왔던 '쿠쿠루 쿠쿠 팔로마'와 함께 오래도록 머릿속을 맴돈다. 사람이 사람을 사랑하는 일은 지극히 당연하고 평범한 일이다. 그 사랑이 이성이든 동성이든.

If I should call you up Invest a dime. And you say you belong to me.

And ease my mind Imagine how the world could be. So very fine So happy together.

I can't see me loving nobody but you For all my life.

When you're with me. Baby the skies will be blue for all my life.

Me and you and you and me.

No matter how they tossed the dice It had to be.

The only one for me is you. And you for me So happy together

내가 당신에게 걸 때는 동전 한 개면 돼요. 당신은 말하죠.

당신은 내 거라고 그러면 마음이 편안해져요. 세상이 어떻게 그렇게 될 수 있을까?

상상해봐요. 아주 멋지겠죠. 그럼 함께 행복하겠죠.

내 평생 당신 말고 다른 사람을 사랑한다는 건 상상할 수 없어요.

당신과 함께라면 당신의 하늘이 푸르를 거예요.

나와 당신, 당신과 나 주사위를 어떻게 던지든 이렇게 될 수밖에 없었죠.

나를 위한 유일한 사람은 당신이에요.

나를 위한 당신, 그래서 함께 행복하죠. 사랑은 그런 거니까

아바나,

밤은 음악에 젖고
여행자는
아바나에 취하고

11

바라데로에서 올드카 택시를 타고 아바나로 향했다. 올드카 택시는 겉보기에도 멋졌고 심지어 에어컨도 있었다. 그리고 80년대 향수를 불러일으키는 올드팝과 잘 어울리는 페도라를 쓰고 한껏 멋을 부린 중년 택시 기사는 그 차와 아주 잘 어울렸다. 우리는 기대에 부풀어 아바나로 향했다. 그런데 이 짧은 여정도 생각처럼 녹록지 않았다.

나의 쿠바 여행은 처음부터 파란만장했다. 쿠바는 직항이 없어 캐나다나 맥시코를 경유할 수밖에 없는데 나는 캐나다 토론토에서 환승하는 여정이어서 캐나다로 가야 했다. 그런데 마침 그 시기부터 캐나다로 가거나 캐나다를 스쳐 가는 여행사는 누구나 ETA비자가 있어야 했다. 그런데 이 여행을 진행한 여행사에서 실수로 예전 여권으로 비자를 신청한 바람에 다시 ETA비자를 발급받느라 일행들보다 이틀 늦게 혼자 쿠바로 가야 했다. 일행들이 이틀간 아바나에서 일정을 마치고 쉬고 있는 늦은 밤에 나는 토론토를 거쳐 아바나 공항에 내렸다. 도

무지 줄어들 것 같지 않았던 입국 심사대의 줄은 시나브로 줄어들었고 입국장을 빠져나와 마중 나온 여행사 박 대표와 만났다. 드디어 기대해 마지않았던 아바나 땅을 밟았다. 한눈에도 많이 낡아 보이는 녹색 올드카 택시를 탔다. 차창을 열고 아바나 밤거리를 이리저리 달리는 차창으로 매캐한 휘발유 냄새가 훅 올라왔다. 그런데 아바나에서 올드카 타기가 쿠바 여행을 하게 되면 꼭 해보고 싶었던 일이었던지라 그 휘발유 냄새마저 좋았다.

밤이 깊어 사방을 분간할 수 없는 길을 달려 아바나 리브레 호텔에 도착했다. 호텔은 아바나의 랜드마크답게 크고 멋졌으나 낡았고 객실 욕실 벽에는 깨진 타일이 그대로 방치되어 있었다. 쿠바는 물자가 매우 부족한 상태라는 이야기도 들었고 호텔 컨디션에 대해서도 미리 귀띔으로 들어서 큰 기대를 하지 않았으니 감동도 불만도 없었다. 긴 비행시간 끝에 도착한 나는 허리 펴고 누울 수 있는 곳이라면 어디든 좋았다. 짐을 정리하고 로비로 내려오라는 말에 대충 샤워를 하고 내려갔다.

엘리베이터에서 내리는 순간 먼저 온 일행들이 요란 시끌벅적한 인사로 반겨주었다. 다들 부에나 비스타 소셜클럽 공연을 보고 오는 길이라고 했다. 함께 공연을 즐기지 못한 나를 배려해서 '괜히 갔다, 볼 것도 없더라.' 같은 마음에도 없는 말로 너스레를 떨었지만 그들의 표정에서 말투에는 기분 좋은 흥겨움이 묻어 있었다.

호텔 바에서 가볍게 한잔하자기에 아바나에서의 첫술은 모히토지 하며 모히토를 주문했다. 호텔바에서 환한 미소로 반기며 주문을 받은 바텐더는 흑진주처럼 까맣고 반짝이는 눈을 가진 매력적인 쿠바 여성이었는데 무척 아름다울 뿐 아니라 친절했고 성품 또한 다정다감했다. 분위기에 취한 일행들은 모히토나 헤밍웨이가 즐겨 마셨다는 다이끼리 같은 럼 베이스의 칵테일을 각자의 취향대로 주문했다. 나는 일행들의 아바나 여행과 나의 여정을 안주 삼아 아바나에서 첫 모히토를 즐겼다.

다음 날엔 아침 일찍 택시를 타고 혁명광장으로 향했다. 혁명광장하면 떠올리는 체 게바라와 시엔 푸에고스 형상의 사인보드와 호세 마르띠 동상과 기념관이 있는 곳이다. 어제는 군인들이 훈련 중이어서 광장에 들어가지 못했다고 했는데 이른 시간이라 그런지 아무런 제재가 없어 자유롭게 돌아다녔다. 혁명광장을 둘러보고 돌아와 아침 식사를 마치고 다른 지역으로 이동하기 위해 짐을 꾸렸다. 어젯밤에 도착한 나는 아바나를 떠나야 한다는 것이 무척 아쉽고 서운했으나 다시 아바나로 돌아올 수 있을 거라 자신을 다독이며 버스에 올랐다.

몇 시간을 달려왔을까? 휴게소에서 한번 쉬고 내처 달린 버스는 시엔푸에고스에 도착했다. 바다가 보이는 레스토랑에서 점심을 먹었다. 점심은 뷔페였는데 항구 도시의 특성상 해산물이 풍성했다. 누군가 먼저 게수프를 먹어보고 꽃게탕이랑 맛이 똑같다고 하자 누구랄 것도 없이 게수프를 가져와 먹었는데 정말 우리가 평소에 먹던 꽃게탕 맛이었다. 쿠바 맥주인 크리스털 맥주 한잔을 곁들여 점심을 먹고 레스토랑 주변을 산책했는데 바다와 어우러진 독특한 푸른 색감과 분위기가 인상적이었다. 들어보니 이 레스토랑은 한때 누군가의 저택이었다가 지금은 식당으로 사용한다고 했다. 시엔푸에고스는 풍광이 좋은 바닷가가 있어 프랑스풍으로 지은 부유층의 별장이 많다고 한다.

점심을 먹고 이동하여 바에 저택과 주청사, 토마스 테라 극장을 둘러보고 호세 마르띠 공원 벤치에 앉아 있자니 하굣길 아이들이 삼삼오오 짝을 지어 집으로 돌아간다. 무리 지어 다니는 아이들 틈에는 개구쟁이 녀석 한둘이 꼭 끼어 있다. 이 무리에도 그 개구쟁이가 있어 친구들과 까불거리는 모습이 귀여웠다. 아이들의 까르르 웃음이 있으면 괜히 궁금해지고 영문을 몰라도 따라 웃고 싶어진다. 사진을 찍어도 되냐고 물었더니 멋진 포즈를 취해준다. 그 가운데 한 여자아이는 유난히 눈에 띄었는데 예쁜데다 끼가 많아 보였고 카메라를 의식하고 포즈를 잡는 모습이 예사롭지 않았다. 끼가 남다른 이 아이는 10년 후에 유명한 모델이나 배우로 무대나 스크린에서 만나게 될지도 모를 일이라는 생각이 들었다.

모든 학교 교육이 무상인 쿠바는 교육 수준이 높다고 한다. 셔츠와 바지나 치마 색으로 초, 중, 고를 구분한다고 한다. 버건디색 바지나 치마와 하얀색 셔츠, 셔츠 위에 두른 빨간색 스카프가 초등학생 교복인 모양이다. 한낮 공원의 벤치에서 느긋하게 쉬는 사람들을 보고 있으니 나도 이곳 머물면서 귀여운 아이들과 장난도 치면서 오가는 사람들, 예쁜 올드카를 구경하며 며칠 머물다 가고 싶었지만 정해진 일정과 일행이 있어 아쉬운 발걸음을 옮겼다.

트리니다드에는 저물녘이 가까워져 오는 시간에 도착했다. 무슨 착오가 생긴 것인지 일행이 묵기로 한 까사에 묵을 수가 없단다. 어느 쪽의 실수인지 모르겠으나 그 까사에 오늘이 아닌 내일로 예약되어 있었다는 것이다. 우리가 트리니다드 골목에서 한숨 돌리고 쉬는 사이 박 대표와 염 실장은 발에 땀이 나도록 뛰어다니며 우리가 묵을 까사를 구하러 다녔다.

한 시간이 지나고 우리 일행은 삼삼오오 다른 까사로 흩어졌다. 기대가 크지 않으면 실망할 일도 없으니 큰 기대를 하지 말자 생각하고 여주인을 따라 까사로 갔다. 집은 대체로 낡고 어두웠는데 냄새마저 났다. 심지어 수돗물까지 찔끔거리는 까사라니…. 이곳에서 이틀을 묵어야 하는데 이를 어쩐다지? 까사 주인은 영어를 한마디도 못했고 우리는 스페인어를 몰랐으나 손짓, 발짓으로 어찌어찌 소통할 수 있었다. 그녀는 아침을 먹을 것인지, 세탁을 맡길 것인지 물었고 물과 맥주는 자기 집에서 사 먹으면 된다고 이야기했다. 우리가 아침은 먹을 거고 맥주와 세탁은 필요 없다고 하자 왠지 실망한 얼굴이었다.

여주인은 까사를 운영해서 번 돈으로 생계를 책임지는 것으로 보였다. 20대로 보이는 덩치가 큰아들은 집안으로 들어가는 로비에서 헤드셋을 쓰고 컴퓨터 모니터를 보며 종일 노래를 흥얼거리고 있었고 그녀의 남편도 달리 하는 일이 없이 집안에서 빈둥거렸다. 그런 그녀에게 까사의 손님이 주요 수입원인 셈이니 우리에게 당연히 의지해야 하는구나 싶다가 너무 돈에 집요하고 계산적인 모습을 보이니 선뜻 마음이 열리지 않았다. 모름지기 마음이 열려야 지갑도 열리는 법인데 주인께선 뭘 모르는 것 같다.

여러 가지 불편에도 불구하고 저물녘 옥상에서 보는 하늘빛은 세상의 모든 오렌지 와 코랄 계열 색을 펴 바른 듯 황홀한 코랄 빛이어서 잊으려 해도 잊을 수 없는 아름다움이었다. 한동안 하늘을 넋을 잃고 보다가 동네 식당에서 저녁을 먹고 트리니다드에서 유명하다는 야외 클럽에 갔다. 마을 광장 한쪽을 무대로 계단을 객석으로 하는 공연장인데 입장료 1쿡을 내고 적당히 빈 곳을 찾아 들어가 앉거나 서서 살사 공연을 즐기거나 무대로 나가 살사를 출 수 있는 공간이었다. 공연을 즐기다 보면 웨이터들이 돌아다니며 모히토나 맥주 같은 마실 것을 주문받기도 했는데 가격도 저렴해 트리니다드의 살사와 밤을 즐기는 데 안성맞춤인 곳이라 다양한 인종과 국적 사람들이 살사를 즐기고 있었다.

한 시간 남짓 공연장에 머물고 나와 숙소로 가기 위해 걸어가는 골목길 곳곳에선 음악 소리가 들렸다. 이 마을 곳곳에는 크고 작은 클럽이 있어 입장료를 내고 들어가면 살사를 즐길 수 있다고 한다. 쿠바인들은 춤과 음악을 사랑한다. 어딜 가나 쿠바 특유의 경쾌한 음악과 살사를 추는 사람들을 쉽게 찾을 수 있다. 살사 공연장에서뿐 아니라 거리에서 멋진 춤을 추던 어린 커플도 있었고 바깥에서 훤히 보이는 집 거실에서 TV 화면을 보며 그 음악에 맞춰 살사를 추던 아주머니도 있었다. 언제 어디서나 음악이 들리면 몸이 먼저 반응하는 사람들이 쿠바 사람이 아닐까?

선천적으로 밝고 강렬한 것을 좋아하는 쿠바인들은 쨍한 원색을 잘 사용한다. 파란 물이 뚝뚝 떨어질 것 같은 하늘빛, 붉은 황톳빛 대지와 세롤리안 블루 아니 터키블루 같은 카리브 바다가 그대로 사람들의 삶을 물 들인 듯 집 안팎의 페인트 색상이며 다채로운 올드카의 색상, 길거리를 오가는 여인들의 의상, 학생들의 교복까지도 눈에 띄는 원색의 향연이다. 밝고 강렬한 원색만큼이나 흥겨운 음악도 쿠바인의 낙천성과 밝음에 한몫한다. 들으면 저절로 어깨춤이 추어지는 밝고 경쾌한 살사의 리듬과 특유의 어깨춤은 오래도록 기억에 남는다.

나는 2016년 11월 초에 쿠바를 다녀왔고 얼마 지나지 않은 그해 11월 25일 피델 카스트로가 사망했다. 국장 기간 내내 춤과 음악이 금지되었는데 그 시기에 쿠바를 방문한 사람들은 길게 늘어선 조문 행렬만 보았다고 했다. 춤과 음악이 없는 쿠바는 상상이 가지 않는데…. 피델 카스트로 이후의 쿠바는 어떤 변화가 있을까? 피델이 정치 일선에서 물러난 이후 동생인 라울이 집권했었기에 급작스러운 변화와 개혁은 없을 그것으로 생각하지만 앞으로 2~3년 정도 지나 여행자들이 만나게 될 쿠바는 내가 본 쿠바의 모습과는 많이 달라져 있지 않을까.

트리니다드는 많은 것을 생각하게 했다. 자본주의 경제가 스며들면서 돈에 눈뜬 사람들이 마음을 무겁게 했다. 아기와 사진 찍게 해주겠다며 돈을 요구하던 엄마, 카메라가 보이면 돈을 요구하던 사람들, 당장 현금을 손에 쥘 수 있는 까사로 돈을 벌기 위해 증축하거나 개축 중인 집들, 집에 묵는 손님들을 대상으로 돈벌이에 열을 올리는 까사 주인들…. 물론 그렇지 않은 사람들이 더 많았지만 이런 변화가, 이런 쿠바인들이 여행자의 발걸음을 무겁게 했다.

그러나 내가 만난 아름다운 쿠바 사람들이 더 많았기에 내 마음은 여전히 쿠바로 향해 있다. 서너 살쯤 보이는 딸과 갓난아기를 안고 산책 나온 눈매가 선하고 예뻤던 젊은 엄마의 미소, 하굣길 럼이 없는 모히토를 마시며 집으로 돌아가던 아이들, 유치원에서 나란히 누워 낮잠을 자던 아이들, 점심을 먹고 산책길에 나섰다가 골목길에서 만난 한국어를 잘하던 레스토랑 직원도 있었다. 늦은 밤, 길을 묻는 이방인에게 기꺼이 친절을 베풀었던 청년도 있었다. 결국, 여행은 사람들의 기억이다. 여행자가 여행지에서 어떤 사람을 만났는지에 따라 그곳의 인상은 달라진다. 모든 여행자는 자신만의 사람과 여행지에 얽힌 기억을 간직하게 된다. 그것도 오래도록….

트리니다드는 원색이 예쁜 동네, 골목길, 올드카, 살사, 음악, 마요르 광장, 옛 지주의 스페인식 저택, 그리고 뒷골목의 말똥 냄새, 뭔가 혼재되고 난감한 곳으로 그러나 매력적인 곳으로 기억된다. 뭔가 어정쩡하고 불편했던 까사였지만 그 옥상에서 본 일몰은 그 모든 것을 감수할 수 있을 만큼 황홀했다. 선명하고 강렬했던 트리니다드의 원색이 이해되는 순간이었다.

트리니다드를 떠나 근처 잉헤니오스로 갔다. 최고의 부호였던 마나까 이스나하의 이름을 딴 마나까 이스나하 지역의 노예 감시탑이 있는 곳이다. 노예 감시탑은 45m의 탑으로 스페인 정복자들이 사탕수수밭에서 일하는 노예들을 감시하기 위해 세운 탑이다. 사방이 사탕수수밭인 벌판에서 높이 솟은 탑에서 일거수일투족을 감시당하며 노동에 시달렸을 사람들…. 소수인 스페인 부호들의 주머니 불리기에 얼마나 많은 사람이 뼈아픈 고통을 겪었을까?

그 아픈 역사의 현장인 그곳에 마을 주민들이 기념품 노점을 펼쳤다. 손으로 만든 목각 공예품, 손뜨개, 수를 놓은 커버 등 직접 만든 공예품이 대부분인데 빨랫줄처럼 줄을 걸고 널어놓은 하얀 테이블보가 파란 하늘과 어우러진 모습이 인상적이었다.

그곳에서 가이드를 하고 있던 한 여성을 만났다. 조금 어리게 보였던 그녀는 이국적인 얼굴이었는데 한국어가 유창해서 반가운 마음에 인사를 먼저 했더니 환하게 웃으며 화답했다. 잠깐 이야기를 나눈 끝에 그녀는 자신을 교포 3세라고 소개했다. 할아버지가 사탕수수 농장의 인부로 이곳에 와 정착했다는 것이다. 그녀가 미국에서 온 교포 손님들을 안내하는 중이라 길게 이야기를 나누지 못하고 헤어져 아쉬움이 컸다. 그런데 예쁘고 발랄했던 이 여성을 아바나의 카디널 광장에서 다시 만났고 우리는 서로를 알아보고 무척 반가워했다.

노예탑 주변을 스치듯 돌아보고 다시 버스에 올랐다. 뭔가 생각이 많아져 골똘하게 생각에 잠긴 사람들을 태운 버스는 체 게바라의 도시로 유명한 산타클라라로 향했다. 인구 24만 명이 사는 산타클라라는 아바나에서 209km 떨어진 비야클라라의 주도이다. 1958년 12월 체 게바라가 이끄는 혁명군이 정부군의 무기와 탄약 열차를 습격하면서 승리했고 산타클라라를 점령하면서 쿠바 혁명의 전기를 만든 곳이다. 도시 곳곳에 체 게바라 벽화가 있고 'Yo Say Fidel'이라는 글이 붙어 있다. 체가 무장 열차를 탈취한 곳에는 교전비와 탄약 열차가 있어 쿠바의 중요한 근대 역사 현장임을 어렴풋이 느낄 수 있다.

산타클라라 곳곳에는 체 게바라 티셔츠와 모자, 사진, 엽서 같은 기념품을 파는 상점과 노점상이 많아 체의 도시라는 것을 실감하게 했다. 체의 흔적을 좇아 혁명기념관으로 향했다. 광장 앞에는 군복을 입고 소총을 한 손에 든 거대한 체 게바라의 동상이 있는데 전면에는 'HASTA LA VICTORIA SIMPRE(영원한 승리를 위하여)'라는 글귀가 있고 그 옆에는 피델 카스트로에게 보내는 마지막 편지가 새겨진 조형물이 있다. 혁명광장에서 조금 걸어 나오면 기념관 건물이 있는데 이곳은 쿠바인의 성지인 듯 경비가 삼엄했다. 입장료는 따로 없었지만 카메라도 휴대폰도 반입할 수 없었고 까다로운 검색을 통과해야 했다.

혁명기념관에는 사진과 함께 연대기를 전시하여 체 게바라의 탄생부터 죽음까지 한눈에 볼 수 있었고 그가 평소 사용하던 물건들과 사진, 총, 편지 등 유품들을 볼 수 있었다. 체 게바라와 그의 동지들의 얼굴을 새긴 부조와 17명의 유골이 안치된 묘지에는 영원의 불이 타오르고 있었다. 부조에 새겨진 얼굴들이 앳된 청년의 얼굴이라 가슴이 먹먹했다. 그들은 무엇을 위해 싸웠을까? 그 무엇을 목숨과 바꿀 만큼 가치가 있었을까? 그들의 이상을 위해 그들의 나라를 위해…. 어떤 죽음 앞에서나 그렇지만 특별히 청년의 죽음 앞에 서면 먹먹해진다. 안타까움과 슬픔이 복잡하게 교차하는 감정들로 마음 저리는 것은 나도 엄마이기 때문일 것이다.

산타클라라 기념품 가게에서 체 게바라 엽서 몇 장을 샀다. 체를 무척 좋아하는 작가가 떠올랐기 때문이다. 언젠가 체 엽서에 좋은 일로 좋은 글을 써서 보내 줄 수 있기를 바라면서….

산타클라라를 떠난 버스는 몇 시간을 달려 바라데로에 도착했다. 카리브해가 눈 앞에 펼쳐진 휴양도시인 바라데로는 아무 생각 없이 며칠 쉬어가기 좋은 곳이었다. 더없이 맑고 푸른 카리브해의 바다와 강렬한 원색 올드카가 멋들어지게 대비를 이루는 곳이었다. 알 카포네가 별장으로 썼다는 바닷가의 집은 지금은 바다가 보이는 레스토랑이 되어 사람들 발길을 반겼다. 굳이 식사하지 않아도 바다에 면해 있는 그 풍경을 즐길 수 있었고 테라스 쪽에서 악사들이 신명 나게 살사를 연주했는데 그 리듬에 몸을 맡기고 춤을 추는 사람들도 있었다.

올드카 택시를 타고 듀퐁 회장의 별장이라는 제나두로 갔다. 부호들이 선점한 해변은 아름답기 그지없다. 바람이 불고 푸른 파도는 연이어 철썩거리며 부서지고 모래톱은 부드럽게 빛났다. 그 아름다운 풍경 속에는 예쁜 조개껍데기를 팔러 나온 아이도 있었다. 목 주변이 늘어난 낡은 티셔츠에 자꾸 눈이 갔다. 이 아름다운 자연 속에서 우리는 모두 함께 풍요롭게 살 수는 없는 것일까?

올드카 택시, 마차, 투어 버스 등 온갖 교통수단을 갈아타면서 시내로 나갔다가 다시 호텔로 돌아왔다. 24시간 칵테일과 먹을거리를 무제한 제공한다는 리조트호텔, 이곳은 지금껏 봐 왔던 쿠바와는 다르게 모든 것이 풍족했다. 리조트에는 쿠바인이 즐겨 마시는 모히토나 다이끼리, 쿠바 리브레 같은 칵테일의 원료인 사탕수수 발효주인 럼과 쿠바의 명물 시가를 파는 상점도 환전소도 있어 관광객들이 기꺼이 주머니를 열게 했다. 올드카는 볼륨을 높이고 80년대 팝을 노래하며 여행자들을 시내로 시내에서 호텔로 실어 나르느라 분주했다. 마치 영화 〈라라랜드〉 한 장면 속으로 들어선 느낌이었다.

다음 날 나는 점심을 먹고 아바나로 떠났다. 일행들은 바라데로에서 바다 수영을 즐기며 휴식하기로 했고 다른 일행보다 이틀 늦게 도착한 나는 아바나로 가기로 했다. 헤밍웨이 박물관도, 헤밍웨이가 살았던 암보스 문도스 호텔도, 아바나의 도심 아르마스 광장의 노천책방도 궁금했다. 그리고 부에나 비스타 소셜클럽 공연도…. 안내자인 염 실장과 내가 아바나로 간다고 하자 두 사람이 아바나 여행에 따라나섰다.

우리는 올드카 택시를 타고 먼저 헤밍웨이 박물관을 거쳐 아바나로 가기로 했다. 헤밍웨이 박물관은 아바나 인근 마을에 있었다. 헤밍웨이가 살면서 《노인과 바다》를 집필했던 곳이라고 하니 더욱 보고 싶었다. 우리가 탄 택시는 부지런히 달려 헤밍웨이 박물관 마감 시간 30분 전 매표소에 도착했는데 어찌 된 셈인지 관리인이 5시에 문을 닫아야 하니까 들여보낼 수 없다고 퇴짜를 놓았다. 나는 먼 나라에서 왔고, 내일이면 쿠바를 떠나야 한다고, 빨리 둘러보고 나오겠다고 통사정을 했지만 요지부동이었다. 보다 못한 동네 꼬마들 야구를 지켜보던 젊은 엄마가 거들었지만 우이독경이었다. 20분 정도 입씨름했지만 결국 들어가지 못하고 발길을 돌려야 했다. 속상한 마음에 그 시간이었으면 돌아보고 나왔겠다고 투덜거리면서….

그런데 설상가상, 불운은 항상 같이 온다. 우리가 타고 온 택시가 주저앉아 동네 정비소로 갔다는 것이다. 이쯤 되니 이번 여행에서는 내가 불운의 아이콘인가 싶었다. 이 택시는 바라데로에서 아바나까지 왕복 200쿡으로 흥정해서 왔는데…. 택시 기사는 미안했던지 지나가는 승용차를 잡아 직접 흥정해주었다. 우리는 그 차를 타고 아바나까지 갔다.

젊은 운전자는 아바나 길을 속속들이 잘 아는 듯 복잡한 길을 피해 골목에서 골목으로 또 뒷골목으로 차를 몰았다. 덕분에 우리는 아바나 사람들의 속사정이 드러난 뒷골목 풍경도 볼 수 있었다. 그 차는 우리를 아바나 대성당 앞에 내려놓고 떠났다. 우리는 오비스뽀 거리를 지나 아르마스 광장까지 슬슬 걸어갔는데 아쉽게도 저물녘 광장의 노천 책방은 파장 분위기였다.

어둠이 내려앉는 아바나는 여행자의 기분은 묘하게 가라앉혔다. 거리의 이곳저곳에서 음악이 들려왔다. 아바나 구도심에는 크고 작은 클럽, 카페들이 많다. 특이하게 수도사 복장을 한 직원들이 서빙을 하는 레스토랑도 있었고 모던 스타일의 깔끔한 카페도 있었다. 저녁을 먹기 위해 식당을 찾았는데 일행들의 의견을 모으다 보니 일본인이 운영한다는 일본 식당으로 가게 되었다. 스시와 메밀국수를 주문해 먹었는데 한 입 먹는 순간 아, 그냥 대충 햄버거나 먹을 걸 하는 후회가 밀려왔다.

헤밍웨이가 자주 들러 다이끼리를 즐겼다는 카페 엘 플로리디따는 문을 여는 순간 경쾌한 음악 소리가 먼저 반겼고 홀은 사람들로 발 디딜 틈이 없었다. 사람들 사이를 겨우 비집고 들어가 헤밍웨이 동상 앞에서 사진을 찍고 후다닥 나왔다. 역시 유명세는 무시할 수 없는 복병이었다. 골목을 걷다 보니 분홍빛 건물이 눈에 들어왔다. 한때 헤밍웨이가 묵으며 글을 썼다는 암보스 문도스 호텔이었다. 로비로 들어가니 한쪽 벽면이 크고 작은 헤밍웨이 사진 액자로 장식되어 있었다. 헤밍웨이는 7년 동안 이곳 511호에서 머물며《누구를 위하여 종은 울리나》를 집필했다고 알려졌다. 이 호텔은 511호를 헤밍웨이 박물관으로 운영하는데 늦게 도착한 탓에 박물관을 볼 수 없었다. 나는 이래저래 이번 쿠바 여행에서 헤밍웨이에게 버림받은 처지가 되고 말았다.

굳이 바라데로에서 아바나로 다시 온 이유는 두 가지였는데 하나는 헤밍웨이의 흔적을 따라가 보는 것이었고 (결국 실패로 끝났지만) 다른 하나는 쿠바재즈로 유명한 부에나 비스타 소셜클럽 공연을 보기 위해서였다. 부에나 비스타 소셜클럽은 '환영받는 사교클럽'이란 뜻을 가진 쿠바 음악계의 백전노장들이 주요 멤버인 아프로 쿠바재즈Afro-Cuban Jazz 그룹이다. 연륜이 있는 뮤지션들의 여유로우면서도 완숙한 음악세계는 연주에 혼이 담겨 있어 진한 감동을 불러일으켜 한때 선풍적인 인기를 누렸고 〈부에나 비스타 소셜클럽〉이라는 다큐멘터리 영화로도 제작되어 인기를 끌었다. 나는 이 쿠바음악을 현지에서 들어보고 싶었다.

부에나 비스타 소셜클럽이라는 이름으로 하는 공연은 아바나에서도 몇 군데 있는데 우리가 가기로 한 곳은 부에나 비스타 소셜클럽의 원년 멤버가 있기도 하고 가장 유명한 곳이라고 했다. 사전에 예약해야 하고 1인당 30쿡이라는 만만치 않은 가격이긴 하지만 아바나에 왔다면 놓치지 말아야 할 공연이라 어렵사리 길을 나선 것이다.

우리는 공연이 시작되는 9시가 되기 전에 공연장으로 갔다. 공연장은 오비뽀스 거리에 있었는데 공연장에서 저녁 식사와 함께 공연을 즐기거나 모히토나 다이끼리, 쿠바 리브레 석 잔을 차례로 마시며 공연을 즐길 수 있다. 공연을 보기 전에 염 실장이 부에나 비스타 소셜클럽의 원년 멤버를 만나게 해주겠다며 손을 끌었다. 대기실 쪽으로 가서 인사를 하고 함께 사진을 찍었는데 아흔이 넘은 고령인데다 수전증 증세를 보여 과연 저분이 공연을 할 수 있을까 싶었다.

공연이 시작되자 어깨가 저절로 들썩이는 경쾌하고 독특한 리듬의 춤과 노래로 무대와 객석이 뜨겁게 달아올랐다. 흑진주처럼 매력적인 남녀 무용수는 관객들을 적절하게 리드하며 흥을 돋우었고 다국적 관객들은 함께 무대로 무용수들의 동작을 따라 하며 흥겹게 공연을 즐겼다. 그리고 내가 걱정해 마지않았던 그분은 자신의 순서가 되자 구부정했던 허리를 펴고 노래하고 연주하면서 순식간에 무대를 휘어잡았다. 내국인들은 이곳에 출입할 수 없는 탓에 관객들은 모두 관광객들이었다. 공연이 끝나고 공연장을 빠져나오는데 창밖에서 안쪽을 기웃거리는 사람들이 있었다. 원래는 그들이 즐긴 춤과 음악이었는데 그들이 함께하지 못하는 것이 아이러니로 느껴졌다.

우리가 클럽 안에서 쿠바재즈에 빠져 춤과 노래를 즐기는 동안 밖에서는 코카콜라를 마시며 팝을 들으며 춤추고 노래하는 청춘들도 있었다. 이제는 쿠바 젊은이들은 즐기지 않는다는 쿠바재즈, 그런데 그 시절 향수를 못 잊는 사람들도 있다. 우리가 영화를 통해서 CD를 통해서 알게 된 음악을 그들은 태어날 때부터 듣고 자랐다. 그러니 듣지 않는다고 즐기지 않는다고 없어지는 것은 아니다. 그들에겐 핏속에 흐르는 리듬이 있다. 공연이 마지막을 향해 갈 즈음 돌아갈 택시를 알아보기 위해 나갔던 염 실장이 의기양양해서 돌아왔다. 작지만 고장 나지 않을, 안전한, 메이드 인 코리아, 현대차인 택시가 기다리고 있다고 했다.

늦은 밤의 아바나는 어쩐지 처연하고 슬픈 빛이었다. 눈부시게 밝은 LED 등에 익숙했던 눈이 은은하고 조금 어두운 오렌지색 불빛을 내려놓는 알전구가 많은 탓이었을까? 우리는 모두 그 분위기를 감지했을까. 별말 없이 택시가 있는 곳으로 걸어갔다. 택시 기사는 영어로 어느 정도 소통이 가능한 밝은 성격의 청년이었는데 염 실장, 정 선생과 유쾌하게 농담을 주고받으며 밤길을 달렸다. 얼마쯤 달려갔을까? 갑자기 으슥한 도로변에 차를 세웠다. 영문을 몰랐던 우리는 잔뜩 긴장했고…. 그런데 씨익 웃으며 하는 말이 소변이 급해서란다.

서로 눈치를 보며 참고 있었던 우리도 가능한 도로변에서 보이지 않는 길섶으로 흩어져 들어가 시원스레 일을 보고 차에 올랐다. 노상방뇨라는 시원한 일탈 때문인지 공범 의식 때문인지 우리는 더 친해져 서로 다른 언어로도 수다도 떨면서 즐겁게 길을 갔다. 택시는 자정이 넘은 시간에 호텔 앞에 우리를 내려주고 길을 떠났다. 누가 먼저랄 것도 없이 우리는 밤길을 밟아갈 젊은 기사에게 걱정 어린 인사를 했는데 그는 다행히도 근처에서 자고 내일 아침에 아바나로 돌아갈 거라고 했다.

그날 저녁은 여러 생각이 들고나는 통에 잠들지 못했다. 아침이면 다시 아바나 공항으로 가서 밴쿠버로 가야 하는 일정인데 나는 여전히 아바나의 밤거리를 헤매고 있는 것 같았다. 나는 아직 그 아름답다는 말레콘 석양은 보지도 못했는데….

내게 아바나는 아쉬움으로 남아 있다. 기대한 만큼 가보지 못한 곳이 너무 많았고 더 오래 머물러 살펴보지 못했고 더 많은 쿠바노를 만나지 못했기 때문이다. 침대에서 뒤척이던 나는 살그머니 일어나 휴대폰에 저장된 〈부에나 비스타 소셜클럽〉 앨범을 열었다. 첫 번째 트랙 '찬찬chan chan'이 흐른다. 아, 머릿속을 헤집는 저 리듬 저 음색으로 오랜만에 내 심장이 두근거린다. 잠들긴 영 그른 밤이다.

De Alto Cedro voy para Marcané
Llego a Cueto voy para Mayarí
De Alto Cedro voy para Marcané
Llego a Cueto voy para Mayarí
De Alto Cedro voy para Marcané
Llego a Cueto voy para Mayarí

El cariño que te tengo

No te lo puedo negar

Se me sale la babita

Yo no lo puedo evitar

Cuando Juanica y Chan Chan

En el mar cernían arena

Como sacudía el jibe

A Chan Chan le daba pena

나는 알토 쎄 키드로에서 마르키네로 가고

쿠에토에 도착한 후에는 미야리로 가

너에 대한 나의 사랑은 감출 수가 없어

인생에 흐르는 힘 아무것도 할 수 없다네

후아니카와 찬찬이

바닷가 모래를 채로 칠 때

그녀가 모래를 채질하는 모습에 찬찬은 두근거렸다네

入口

가나자와,

체리 블로썸 혹은
사랑 후에
남겨진 것들

인천공항을 출발한 비행기는 다채롭고 황홀한 구름의 향연을 보여주더니 고마쓰 공항에 부드럽게 내려앉았다. 9월 하늘은 투명하게 푸르렀고 살갗에 닿는 바람의 감촉에도 가을의 기분 좋은 서늘함이 묻어있어 좋았다. 고마쓰 공항에서 슈퍼버스를 타고 40분 남짓을 달려 가나자와역에 도착했다. 예약한 숙소가 가나자와역 앞이라 수시로 지나다녔는데 가나자와역은 눈길을 사로잡는 볼거리가 많아 다니는 길이 즐거웠다.

가나자와역은 비와 눈이 많이 내리는 가나자와의 기후 특성을 살려 방문객에게 우산을 씌워주며 환대한다는 느낌으로 커다란 우산을 이미지화했다는 모테데나시 돔과 노가쿠의 북 모양을 나무로 만든 조형물인 스쯔미 몬, 그리고 전자시계를 연상하게 하는 물시계가 있어 오가는 사람들의 눈길을 사로잡는다. 역 앞에는 시내버스와 인근 지역으로 가는 버스 정류장이 있어 이 숙소는 여러모로 편리했다.

조금 이른 시간에 도착한 탓에 바로 체크인하지 못하고 호텔에 가방을 맡기고 나와 역 앞에서 가나자와 주유 버스를 타고 바로 21세기 미술관으로 향했다. 가나자와 주유 버스는 500엔으로 1일 승차권을 구매하면 6시 전까지 무제한으로 이용할 수 있는데 관광지가 있는 정류장에는 대부분 정차해서 여행자에겐 여러모로 편리하다. 주유 버스는 빈티지한 보닛 형태로 올드카를 연상시키는 작은 버스였는데 운전기사는 버스와 잘 어울리는 예쁜 유니폼을 입은 젊은 여성이어서 인상적이었다.

버스 뒤쪽에는 비닐우산 여러 개가 꽂혀 있었는데 비가 많이 오는 지역이라 언제든 우산을 쓰고 다니다가 다음번에 타는 버스에 두고 내리면 되는 시스템 같았다. 가나자와역에 이어 두 번째로 느끼는 따뜻한 환대 같아 기분이 좋았다.

가나자와는 이시카와현에 있는 오래된 공예 도시로서 일본 금속공예의 90% 이상을 담당하고 있는 일본에서 인정받는 수공예품의 본토라고 한다. 가나자와는 교토와 같은 고풍스러운 옛 전통 거리가 있는 문화예술의 도시로 작은 교토로 불리기도 하고 영화 〈게이샤의 추억〉의 촬영지였던 히가시차야가ひがし茶屋街는 가나자와의 전통과 문화예술을 볼 수 있는 곳으로 유명한 거리다.

가나자와는 후배 소희와 길을 나섰는데 소희는 같은 문화기획 일을 하는 마음 잘 맞는 친구다. 우리는 함께 가보고 싶은 곳이 있어 가나자

와를 찾았는데 그 첫 번째가 21세기 미술관이었다. 21세기 미술관은 2004년 개관하여 이곳 사람들이 마루비まるびい라는 애칭으로 부르는, 가나자와시의 랜드마크 역할을 톡톡히 하는 곳이다.

21세기 미술관은 지상 1층, 지하 1층 총 2층으로 규모만 보면 단순해 보이지만 현대 예술 애호가라면 탐낼 만한 일본 국내외 작가들의 회화, 설치 미술, 조각 등 현대미술 작품들이 많다. 전시품은 만지거나 앉을 수도 있는 작품들이 많은데 특히 사람들이 수영장에 빠진 듯한 재미를 느낄 수 있는 레안드로 에리히Leandro Erich의 '스위밍 풀swimming pool'이 가장 인기가 있다.

21세기 미술관은 세지마 가즈요와 니시자와 류에가 설계했는데 가나자와시 중심부에 시청과 나란히 있어 접근성이 좋다. 다양한 만남과 체험의 장이 될 수 있는 공원 같은 미술관을 콘셉트로 설계했는데 건물에는 앞뒤 구분이 없는 유리 아트써클을 사용해 관람객들이 천장의 자연광과 빛의 뜰을 통하여 빛과 개방성, 편안함과 즐거움, 편리함을 느낄 수 있게 건축한 미술관이다.

버스에서 내려 미술관으로 가는데 미술관은 울타리가 없었고 야외작품이 전시된 잔디밭을 지나면 건물로 들어갈 수 있는 형태였다. 건물 내에서도 유료 구역과 무료 구역으로 나누어 누구나 부담없이 편안하게 미술관에 접근할 수 있게 했다.

미술관으로 들어가려는데 입구가 많은 사람으로 붐볐다. 카메라를

든 사람이 많았고 골프 경기에서 갤러리들처럼 사람들이 몰려다니는 것도 보였다. 호기심에 가까이 가보니 훈도시ふんどし만 걸치고 온몸을 하얗게 칠한 남자가 퍼포먼스를 펼치고 있었다. 부토 공연이었다! 부토는 일본 전통예술과 서구 현대 무용이 만나서 탄생한 전위 무용 장르로 전후 일본 사회에 팽배했던 허무주의를 표현한 춤이다. '죽음의 춤' 혹은 '암흑의 춤'으로 불리면서 외부보다는 인간 내면에 집중하고 육체를 매개로 인간의 깊은 내면세계를 표현한 춤으로 알려져 있다.

내가 부토를 처음 접한 것은 도리스 도리 감독의 영화 〈cherry blossoms-hanami〉, 우리나라에서는 〈사랑 후에 남겨진 것들〉이라고 소개된 영화를 통해서였다. 도리 감독은 '이 영화를 통해 삶과 죽음, 사랑과 상실이라는 심각한 주제를 가볍고 유쾌하게 다루고 싶었다. 죽음을 앞에 두고서 현재를 즐기는 것이 가능한가? 무엇이 우리를 꽃피게 하고 무엇이 우리를 시들게 하는가? 나는 이런 질문들을 영화에 담아내고자 했다.'고 말했다.

죽음을 앞둔 사람들의 편안한 시간, 시한부 선고를 받은 한 남자와 아내가 함께 자식들을 찾아다니며 여행하는데 어찌 된 일인지 아내가 먼저 죽어버렸고 사랑하는 사람의 빈자리를 무엇으로 메워야 할지 모르는 남자는 아내가 그토록 가고 싶어 했던 일본으로 가서 부토를 추는 소녀 유를 만나고 그 소녀에게서 아내가 추고 싶어 하던 부토를 배운다. 그렇게 그는 아내가 하고 싶어 했던 일을 한다. 그리고 아내가 보고 싶어 했던 후지산을 보며 아내의 그림자와 함께 부토를 추다가 죽는다는 내용이었는데 독일의 작은 마을 알고이에서 베를린, 발트해를 거쳐 일본의 시부야와 긴자까지 이어지는 여행기이기도 하다. 영화를 보는 동안 잔잔한 슬픔과 외로움이 느껴져 보는 내내 먹먹했었다.

하얗게 분칠하고 춤을 추는 모습이 그로테스크하게 느껴지기도 하고 묵직한 춤사위가 담담하고도 무겁게 느껴져 언젠가 기회가 닿으면 공연을 직접 보고 싶다고 생각했었는데 바로 눈앞에서 춤사위가 펼쳐지는 모습에 조금은 당황스러웠다. 훈도시 차림인 나이 많은 남자와 기모노를 입은 젊은 여자가 펼치는 무언의 공연, 마임과 춤의 중간 지점에 있는 행위예술, 두 사람의 부토 공연은 꽤 긴 시간 동안 진행이 되었는데 이를 처음 본 소희는 컬처쇼크였다고 말했다. 영상을 통해서만 보다가 실제 눈 앞에 펼쳐지는 공연을 본 나도 충격이긴 마찬가지였다.

한참 넋을 놓고 부토 공연을 지켜보다가 미술관으로 들어갔다. 21세기 미술관 하면 떠올리게 되는 '스위밍 풀'은 전시장 보수 관계로 외부에서만 관람할 수 있었고 지하 1층에서는 볼 수 없어 아쉬웠다. 제임스 터렐의 자연광과 공간감을 이용한 명상적인 작품도 있었고 개성이 강한 다양하고 독특한 상설전시는 인상적이었다. 어떤 전시물은 보물찾기하듯 찾아다니는 재미도 있었다. 몇몇 전시실은 작품 설치 중이었고 무료로 관람할 수 있는 구역은 지역 예술인들의 서예, 문인화 작품들이 전시 중이어서 지역민들이 자유롭게 드나들며 관람하고 있었다.

투명한 유리로 된 원통 모양인 미술관 특성을 살려 미술관 복도를 무대로 활용한 현대 무용 퍼포먼스가 있었는데 관람객은 미술관 바깥 잔디밭에서 앉거나 서서 자유롭게 공연을 지켜보았다. 미술관 안팎에서 벌어지는 다양한 볼거리들로 그날 미술관을 찾은 관람객들은 모두 눈이 즐거웠을 것 같다.

다리가 아팠던 우리는 미술관 레스토랑에서 잠깐 쉬어가기로 했다. 레스토랑은 전체적으로 흰색으로 꾸며 깔끔하고 청결한 분위기였고 커피 또한 깔끔한 맛이었다. 무엇보다 유리를 통해 미술관 바깥 경치를 볼 수 있어 좋았다. 우리는 한동안 창밖 풍경과 오가는 사람들을 보며 편안한 휴식 시간을 보냈다. 아트숍 역시 21세기 미술관을 연상하게 하는 기념품들과 재미있는 소품들, 화집을 구비하여 소소한 볼거리들로 발길을 사로잡았다.

미술관을 다 둘러보고 나가 공예관 쪽으로 발걸음을 옮기는데 아직 분장을 지우지 못한 채 기모노를 입고 어디론가 걸어가던 부토 무용수와 마주쳤다. 기모노를 입은 자태가 고와서 사진을 찍어도 되냐고 물었더니 가던 길을 멈추고 흔쾌히 포즈를 잡아 주었다. 그리곤 종종걸음으로 발걸음을 옮겼다. 치마폭이 좁아 보폭이 좁을 수밖에 없는 기모노는 걷기에 좀 불편하겠다고 생각하며 공예관으로 들어갔더니 2층에서 종이공예 작품 전시가 있었다.

2차원인 종이를 접거나 오려 깊이감을 주고 3차원 입체 형태의 모빌로 만들었는데 일본풍인 것과 현대적인 느낌의 디자인으로 만든 다양한 종이 공예품이 눈길을 끌었다. 우산을 들고 버드나무 아래 서 있는 게이샤 실루엣이 아름다운 종이 모빌을 하나 샀다. 마침 그 작품을 만든 작가가 있어 이야기 몇 마디를 주고받다가 헤어졌다. 아쉽게도 그녀의 영어 실력과 내 일본어 실력이 작품과 작업에 관해 이야기하기엔 턱없이 부족했다.

다시 버스를 타고 니시차야가로 왔다. 일본의 전통 공예품이나 금박가게인 오래된 상점이 많았는데 일요일 다섯 시가 넘은 시간이니 문을 닫은 가게가 많아 주택가만큼이나 고즈넉했다. 근처에 오래된 절이 있어 슬쩍 둘러보고 다시 버스를 타고 가나자와역 근처에 있는 호텔로 돌아왔다.

가나자와의 첫인상은 부토의 강력한 기억과 현대적인 느낌의 21세기 미술관의 어우러짐, 고즈넉했던 저물녘 니시차야가의 차분한 느낌과 어우러져 다양한 색감으로 그려졌다. 오늘 우리가 만난 가나자와의 다양한 모습은 충분히 만족스러웠다. 나는 내일 만나게 될 가나자와는 또 다른 빛깔로 우리를 반길까, 또 가나자와의 어떤 모습을 만날까를 생각하며 설레느라 잠을 설쳤다.

다음 날은 창작의 숲으로 가기 위해 길을 나섰다. 창작의 숲은 시내에서 조금 떨어진 유와쿠 온천 쪽이라 주유 버스가 아닌 일반 버스를 타야 했다. 창작의 숲은 가나자와시가 일본 메이지 다이쇼 시대의 문화재인 전통 가옥 다섯 채를 포함한 가옥 7채를 전문가의 조언을 받아 매입하고 시의 외곽에 있는 숲으로 옮겨 창작의 숲으로 조성한 것이다. 창작의 숲은 시민이나 관광객들이 예술가의 도움을 받아 실크스크린, 염색, 태피스트리, 텍스타일 등을 체험할 수 있고 시민 예술가들이 작업할 수 있도록 공간을 제공한다. 창작의 숲은 전통공예 도시인 가나자와에서 전통산업이 아닌 새로운 문화와 예술을 창조하는 데 기여하는 일에 큰 의미를 둔다고 한다.

창작의 숲은 시민예술촌과 함께 가나자와 창조재단이 관리하고 있는데 시민예술촌이 문화 활동에 중점을 둔다면 창작의 숲은 시민의 창작활동에 무게가 실린 곳으로 가나자와시가 연간 4,500만 엔을 창작의 숲에 투자한다고 한다. 창작의 숲에는 쪽 염색 공방, 염직 공방, 스크린 공방, 판화 공방, 교류 연수동, 숙박 동, 창작의 숲 갤러리, 교류광장, 산책로 같은 시설이 있다.

창작의 숲은 대부분 문화공간의 사례지로 찾거나 벤치마킹을 원하는 공무원들이 많이 찾는 곳이라 외국 관광객들은 거의 찾지 않는 것 같았다. 문화기획자로 일하는 소희와 나는 시민들의 문화공간에 관심이 많아 21세기 미술관, 창작의 숲과 시민예술촌 같은 시민이 이용하는 문화공간을 찾아 어떻게 운영하고 있는지 시민들은 어떻게 활용하고 있는지 살펴보려는 의도가 컸기에 찾아간 곳이다.

창작의 숲 정류장에서 내려 입구를 찾으니 간판과 안내도가 보였다. 나무가 무성한 오르막길로 이어진 입구에는 미야자키 하야오의 애니메이션 〈하울의 움직이는 성〉에 나왔던 캐릭터인 무대가리가 서 있었고 나무 위에는 〈이웃집 토토로〉의 캐릭터 토토로가 있어 친근감을 느끼게 했다. 창작의 숲은 넓은 부지에 일본 전통 가옥으로 된 공방들이 일정한 거리를 두고 자리하고 있었다.

제일 먼저 가본 곳이 판화 공방이었는데 우리는 체험보다 공간의 형태며 운영방식에 관심이 많았는데 공방에는 두 여성이 있었다. 영어와 일본어를 섞어가며 어렵게 이야기를 이어가는데 어쩐지 한 사람이 눈에 익었다. 이곳에서 아는 일본 여성이 있을 리가 없어 갸우뚱하는데 그 여성이 먼저 인사했다. 어제 전시장에서 만났던 작가였다. 그녀는 이렇게 개별적으로 찾아온 외국인은 흔치 않다며 이 만남을 무척 신기해하며 반가워했다. 어제의 인연으로 차 한잔을 대접받으며 더듬더듬 이야기를 이어갔다. 그 작가는 이곳에서 자신의 작업을 하면서 실크스크린을 가르치기도 한다고 했다. 공방을 나올 땐 명함까지 주고받았는데 어쩐지 그다음에는 인연이 이어지지 않았다. 깊은 이야기를 나누기엔 서로 언어 소통에 어려움이 있어서가 아니었을까?

슬슬 걸어서 창작의 숲을 돌아보며 염색과 직조 공방 등을 차례로 둘러보았다. 우리가 찾은 시간이 월요일 오전이라 대부분 한산했다. 우리도 예술가와 일반인이 이렇게 여유롭고 느긋하게 쓸 수 있는 창작

공간이 생긴다면 좋겠다고 생각하며 부러운 마음으로 둘러보았다.

한 공방에서 다른 공방으로 이동하는 데는 거리가 있어 이웃으로 놀러 가듯 걸어야 했는데 곳곳에 재미있는 모습을 한 허수아비가 있어 눈길을 끌었다. 그렇게 공방들을 둘러보고 나가는데 일가족으로 보이는 사람들이 사진을 찍고 있었다. 지나치던 우리에게 사진을 찍어달라 부탁했는데 노 할머니, 할머니, 아기를 안은 젊은 아기엄마와 다섯 살 정도로 보이는 여자아이, 여성 4대가 카메라 앞에서 환하게 웃는 모습이 보기 좋았다. 뭔가 즐겁게 이야기하며 공방 쪽으로 발걸음을 옮기는 가족을 뒤로하고 겐로쿠엔으로 가는 버스를 타기 위해 버스 정류장으로 향했다.

겐로쿠엔은 가나자와시의 중심부인 가나자와 성 인근의 고지대에 자리한 일본식 정원으로 마에다 가家가 여러 대에 걸쳐 완성한 정원이고 그 규모와 아름다움 면에서 일본을 대표하는 다이묘大命 정원 중 하나라고 한다. 가이라쿠엔, 고라쿠엔과 함께 일본 3대 정원으로 불리기도 한다.

겐로쿠엔은 정원 가운데에 커다란 연못을 파고 군데군데 동산을 만들고 정자를 세워 그곳을 거닐면서 전체를 감상할 수 있게 한 정원인데 겐로쿠엔이라는 이름은 송나라 시인 이격비李格非의 낙양명원기洛陽名園記에서 유래했다고 한다. 정원 하나에는 다 갖추기 어려운 광대함, 고요함, 기교, 고색창연함, 수로, 조망 등 6개의 경관을 두루 갖추고 있다는 의미로 겐로쿠엔兼六園이라는 이름을 붙였다고 한다. 연못 주변에는 두 개의 다리가 있고 일본의 전통악기(거문고)의 현을 조율하는 안족雁足 모양의 고토지 등롱이 있는데 이 실루엣이 가나자와와 겐로쿠엔을 대표하는 상징이 되었다.

봄에는 매화와 벚꽃, 초여름에는 철쭉과 제비붓꽃, 가을에는 단풍이 장관을 이루고 매년 11월 1일부터 설치되는 소나무 등의 유키즈리雪吊り(눈의 무게를 지탱하기 위한 가지 받침)가 자아내는 환상적인 겨울 설경으로 유명한 곳이다.

일본 정원은 기회가 닿을 때마다 가서 봐왔지만, 가나자와를 소개하는 곳에는 상징처럼 있는 석등이 궁금하기도 해서 굳이 찾아보기로 했다. 입장료 310엔을 내고 들어간 겐로쿠엔은 가을 소풍 온 유치원 아기들, 초등학생, 중고생들이 많았다. 노란 모자를 쓰고 교복을 입은 아이들이 옹기종기 모여 있는 모습이 무척 귀여웠다. 내 경우에는 어느 여행지에서나 아이들이 먼저 눈에 들어오는데 그 아이들 모습은 언제나 예쁘고 사랑스러워 좀처럼 눈을 떼지 못한다. 그리고 지난 세월을 잘 살아온 흔적이 엿보이는 멋지게 나이 든 어른들에게도 눈길이 간다. 기모노를 품위 있게 차려입은 중년 여성들도 간간이 눈에 띄었는데 그분들이 겐로쿠엔을 완성해 주는 것처럼 보였고 그 풍경과 자태가 잘 어울렸다.

연못의 수면과 높낮이 차이를 이용한 자연 수압으로 만들었다는 일본에서 가장 오래된 분수 연못과 다리, 고토지 등롱이 조화롭게 어우러진 풍경은 무척 아름다워 카메라 셔터에 저절로 손이 갔다. 넓은 겐로쿠엔을 걸어 다니다 보니 다리가 아팠는데 마침 시구레테이라는 전통찻집이 눈에 들어왔다. 시쿠레테이는 한자를 우리식으로 읽으면 시우정時雨亭이다. 내 이름과 같은 한자를 쓴다. 그래서 뭔가 더 친밀해지기도 했고 다도 체험을 할 수 있다는 안내도 있어 들어가 보기로 했다. 기모노를 입은 직원의 안내로 들어간 곳은 넓은 다다미방이 있었고 먼저 온 손님들도 있었다. 눈앞에서 말차 만드는 과정을 시연해주는 것으로 생각했는데 이미 만든 말차가 담긴 다기와 화과자를 다다미에 내려놓고 갔다.

다다미방에서는 잘 가꾼 시쿠레테이 정원이 눈에 들어왔다. 사람들은 조용하게 차를 마시며 낮은 목소리로 담소를 나누거나 차를 다 마시고 툇마루에 앉아 정원을 바라보며 쉬기도 했다. 시쿠레테이는 고요했고 차분했으며 기모노를 입은 여인은 소리도 없이 물 흐르듯 유연하게 움직였다. 잠깐 고즈넉에 푹 잠겼다 나온 것 같았다. 짧은 시간이었지만 충분한 휴식이었다. 시쿠레테이를 나와 가나자와성으로 발걸음을 옮겼다. 상점가를 지나 이시카와 다리를 건너 이시카와몬을 들어서면 가나자와 성내로 들어서게 된다. 가나자와성은 지붕을 하얀 납기와를 사용했고 하얀 회반죽에 기와를 붙인 문양과 벽이 우아한 아름다움을 간직하고 있는데 전체적으로 하얀빛으로 보여 멀리서 봐도 눈길을 끈다.

가나자와성은 도요토미 히데요시豊臣秀吉의 일등 가신이었던 마에다 가家의 성이다. 이 성은 여러 번 화재로 인해 소실되고 재건하기를 반복한 끝에 일본 육군의 거점으로 가나자와대학의 캠퍼스로 사용되다가 1996년부터 공원으로 개방했고, 2001년에 히시야구라菱櫓, 고짓켄나가야五十間長屋, 하시즈메몬 쓰즈키야구라橋爪門續櫓를 복원하여 지금의 모습이 되었다.

황금 연못이라는 이름을 가진 가나자와는 이름대로 소문난 곡창지대로 풍부한 경제력이 있었다. 마에다는 야심가였던 도요토미 히데요시와는 달리 무력으로 다스리지 않았고 문화와 예술 그리고 교육을 장려하는 정책을 펼쳤다. 문화예술을 사랑했던 마에다 가문은 마에다 도시에 이후 14대에 걸쳐 300여 년 동안 전통예술과 격식을 갖춘 전통예술인 칠기, 도자기, 가가 유젠, 다도, 화과자, 가가 요리 같은 음식문화를 후원하고 장려하여 전통문화의 꽃을 피웠다고 한다. 현재의 가나자와가 전통예술의 도시로 불리고 유네스코 창의도시로 지정된 데에 마에다가의 문화예술 장려 정책이 적지 않은 영향을 미쳤을 것 같다.

가나자와성은 생각보다 넓어서 둘러보는 데 꽤 시간이 걸렸다. 성 내부는 전형적인 일본성의 형태여서 특별한 것은 없었으나 성에서 내려다보는 풍경이 아름다웠다. 성벽 아래 해자가 있고 잘 정돈된 하얀 건물들이 눈에 들어오고 멀리 가나자와 시내 전경이 보였다. 가나자와는 작은 교토라 불린다고 하는데 나는 교토보다 가나자와가 번잡하지 않고 차분하면서도 품위가 있어 더 좋았다.

우리는 가나자와성을 나와 상점가를 구경했다. 이 지역을 다녀간 기념이 될 만한 크고 작은 여러 가지 기념품을 판매하는 기념품점에는 일본 어디서나 만날 수 있는 일본적인 것과 가나자와에서만 볼 수 있는 가나자와 것이 있었다. 일본은 어느 지역에서나 그 지역 한정판으로 판매하는 기념품이나 음식들이 있다. 그 한정이 주는 제한이 얼마나 매력적인지 아는 사람은 다 안다. 아쉽게도 어느 곳을 가도 천편일률적인 우리나라 관광지의 기념품에 관한 이야기는 어제오늘 이야기도 아니고 많은 사람이 거론하는 이야기지만 크게 달라지지 않았다. 그래서 더 아쉽다. 그렇기에 우리도 우리 지역만의 것을 찾아 만들어 우리 지역에서만 살 수 있는 한정판을 가졌으면 좋겠다는 생각을 외국의 기념품점을 돌아볼 때마다 하게 된다.

가나자와성을 빠져나와 버스를 타고 다시 21세기 미술관으로 왔다. 월요일은 휴관일이라 미술관 건물이 잠자는 듯 고요했다. 사람들로 붐비던 어제와는 다른 미술관 풍경이 눈에 들어왔다. 미술관 건물 자체도 하나의 예술품으로 눈에 들어왔고 어제 놓쳤던 야외 전시 작품도 독특한 모양을 한 귀여운 야외 의자들이 옹기종기 모여 있는 모습도 눈에 들어왔다. 사람들이 없는 이 공간은 사물들이 주인처럼 존재감을 발휘했다. 여행자의 발걸음은 늘 바쁘고 분주하다. 그래서인지 여행길에서 이런 고요를 만나면 더욱더 마음을 빼앗기게 된다. 한동안 서서 그 고요를 눈에 담았다.

걸어서 근처 현립미술관까지 둘러보다가 해가 지기 전에 히가시차야가로 가기로 했다. 굳이 그 시간에 버스에 올랐던 건 어쩌면 저물녘의 히가시차야가가 보고 싶었던 것인지도 모르겠다. 에도시대의 옛 목조 가옥이 많은 그 거리가 교토의 기온 거리처럼 저물녘이 더 아름다울 것 같아서였다. 가나자와에는 히가시차야가, 니시차야가, 가즈에마치 세 곳의 차야가 있는데 규모가 가장 큰 곳이 히가시차야가다.

차야는 에도시대부터 게이샤의 일본 전통적인 춤과 악기 연주를 즐기며 술과 식사를 하던 전통 요정으로 원래 도시 중심부에 흩어져 있었으나 1820년에 중심부에서 멀리 떨어진 네 개 지역으로 모이면서 굳어졌다. 히가시차야가는 교토 기온, 가나자와 가즈에마치와 함께 역사적인 차야가로 일본 문화재로 지정되었다. 이 중에서 규모가 가장 큰 곳이 히가시차야가다. 차야의 건물은 독특한 구조의 목조건물인데 에도시대 때 일반에게는 금지했던 2층을 차야에는 허용했다. 바깥쪽에 기무스코木蟲籠라는 아름다운 격자무늬 장식이 있는 1층과 접객용 방이 있는 2층이 있는 것이 차야 건물의 특징이다. 180년 전에 지어진 찻집 내부를 견학할 수 있는 가이카로도 있고 전통 가옥을 리모델링하여 음식점과 다실, 지역 특산물인 금박가게, 기념품점으로 탈바꿈한 곳도 많다.

더듬더듬 길을 찾아 히가시차야가에 도착한 시간은 오후 5시쯤이었다. 저물녘의 히가시차야가는 한산했고 오래된 목조주택이 고풍스럽게 느껴졌다. 비슷한 형태의 목조건물들이 나란히 줄지어 있었고 고급스러운 금박공예품을 전시하고 판매하는 가게, 기념품을 판매하는 가게, 찻집 같은 분위기의 가게들이 있었다. 사람들은 호기심 어린 눈빛으로 골목을 걸으며 가게들을 기웃거렸다.

미로 같은 골목들을 천천히 걸어 다니며 이 거리에 어둠이 내려앉는 풍경을 지켜보기로 했다. 하늘색이 코발트 빛으로 짙어지고 등불 모양을 한 거리의 가로등 불이 켜지면서 격자창으로 오렌지 전구 불빛이 새어 나왔다. 저녁이 내려앉은 거리는 고즈넉하고 아름다웠다. 히가시차야가에 어둠이 내리는 풍경은 기다린 시간을 충분히 보상받을 만큼 멋진 선택이었다. 히가시차야가의 불빛을 뒤로하고 돌아서는 발걸음은 뭔지 모를 아쉬움이 남았다. 기회가 된다면 환한 낮에 한 번 더 찾아가 그 시간의 풍경을 보고 싶다는 생각이 들었다.

다음 날 아침에는 나가마치에 있는 무사 저택지를 찾았다. 나가마치 무사의 저택지는 1583년부터 약 280여 년간 마에다家가 지배했던 가가번의 조카마치城下町(성을 중심으로 발달한 상공업 중심지)였다. 나가마치 부근에 가가번의 가신 8명 중 두 사람의 주택이 있었고 가가번 관리와 중급 무사들도 살았다. 지금은 고급 주택가로 바뀌었지만 좁은 골목이나 토담, 수로 등은 여전히 과거의 모습을 간직하고 있었다. 이곳에서 매년 12월 초순부터 3월 중순까지 내리는 폭설을 대비해 토담에 거적을 씌우는 '고모카케' 작업은 겨울철의 진풍경으로 알려져 있다.

무사의 저택지는 가나자와 번화가인 고린보 뒷길을 걷다 보면 만나게 된다. 크고 작은 목조주택이 눈에 들어오는 잘 정돈된 고풍스러운 마을의 황토색 토담이 인상적이었다. 이 마을은 항구에서 가나자와 시내로 물자를 들어왔다는 오노쇼라는 수로가 있어 더 여유롭고 풍부해 보였다. 골목길을 따라 걷다가 화려하지 않지만 절제되어 더 아름다운 어느 무사의 정원을 구경하기도 했다.

누군지 모를 옛사람이 살았던 집을 둘러보고 그가 꾸민 집 그리고 정원에 대해 생각한다. 그는 어떤 집을 원했을까? 그가 생각하는 아름다움은 어떤 것이었을까? 이름을 남긴 사람은 나름의 여유가 있는 사람이었을 것이다. 그렇다면 나머지 하급 무사 혹은 이름 없이 살다 간 평범한 사람들의 삶은 어떠했을까? 무사의 저택지를 돌아다니다 이런 저런 생각이 많아졌다.

발걸음은 오야마 신사로 이어졌다. 오야마 신사는 1873년 역대 가가번주가 살았던 옛 가나아 어전 터에 세운 신사다. 초대 가가번주인 마에다 도시이에와 부인인 마쓰에를 위한 곳으로 스테인드글라스로 장식한 독특한 신문神門이 인상적인 곳이다. 3층으로 된 이 신문은 일본식과 서양식의 건축양식이 버무려진 느낌인데 보통 일본 신사의 고풍스러운 느낌보다는 빈티지 느낌이 강했다.

도심에 있는 이 신사는 이곳 사람들에게 좋은 산책로 역할을 하지 않을까 생각될 만큼 슬슬 거닐기 좋았다. 오래된 나무들과 푸른 풀잎들이 만들어내는 상쾌한 공기와 여러 가지 모양의 석등, 석등 위에 내려앉은 푸른 이끼들. 기분 좋게 내리쬐는 햇볕, 걸으면 자르락 소리가 나는 바닥의 자갈돌까지 쉼이라는 단어가 저절로 떠오를 정도로 기분 좋았다.

신사에서는 한 청년을 앞세운 한 가족이 의관을 제대로 갖춘 신관과 무녀의 주도로 어떤 의식을 집전하고 있었다. 일종의 기원이 담긴 의식이 아닐까 짐작했으나 자세한 것은 알 길이 없지만 간절함의 깊이만큼 그들이 원하는 무언가를 얻기를 기원하며 발길을 옮겼다. 신사에는 그다지 번잡하진 않았지만 사람들의 발길이 끊임없이 이어져 이곳 사람들의 사랑을 받는 장소라는 느낌이 들었다. 현장학습 나온 초등학생 아이들이 귀를 쫑긋 세우고 선생님의 설명에 귀를 기울이는 모습이 귀여워 그 아이들을 눈으로 좇고 있었는데 왠지 눈에 익은, 긴 백발을 느슨하게 묶은 남자가 눈에 들어왔다. 어디서 본 사람인지 기억을 더듬어 보다가 깜짝 놀랐다. 그는 어제 부토 공연을 했던 그 남자였다.

어제 만난 그 사람은 얼굴과 온몸을 하얗게 분칠하고 긴 머리를 늘어뜨리고 있었고 오늘은 캐주얼한 옷차림으로 머리를 묶고 있다는 차이였는데 달라도 너무 달라 보였다. 이리저리 기억을 떠올리다 그의 얼굴 윤곽을 보고 확신했다. 뭔가 말을 걸고 싶었지만 나의 짧은 일본

어로는 목에까지 찬 궁금증을 해결할 수 없을 것 같아 아이들 무리를 따라가는 그 남자를 바라보기만 했다. 지금의 나라면 어쭙잖은 일본어로라도 인사하고 몇 마디 이야기를 나누었을지도 모르겠지만 그때는 그랬다. 그리고 가을의 신사에서 느긋한 시간을 보내는 그를 방해하고 싶지 않았다는 이유도 있었다.

간혹 여행 중 스쳐 갔던 사람들을 다른 장소에서 마주치기도 하는데 그 사람이 나를 알든 모르든 무척 반갑다. 누군가에게 스스럼없이 먼저 말을 거는 용감한 성격이 아니어서 대부분 마음속으로 혼자 아는 척하는 경우가 대부분이지만 그래도 낯선 곳에서 아는 얼굴을 만났다는 것만으로 은근히 위안이 될 때가 있다. 오야마 신사에서 느슨하게 쉼표를 찍고 다시 거리로 나왔다.

발걸음이 니시차야가로 향했다. 니시차야가는 히가시차야가보다 규모가 작은 편이었고 아직 이른 시간이라 그런지 한산했다. 니시차야가에서는 차야를 재현한 관광안내소가 있어 들어갔다. 정갈하게 꾸민 내실에는 게이샤들이 연주했던 샤미센을 전시하고 있었다. 붉은색으로 벽을 칠한 내실은 단출하지만 갖출 건 다 있었고 차야 특유의 차분하고 단정한 느낌이 있었다.

니시차야가에서 테라마치로 발걸음이 이어졌다. 골목길을 돌아나가는데 목욕탕에라도 다녀오는 것인지 비누향이 채 가시지 않은 젊은 여성 둘과 마주쳤다. 머리를 틀어 올린 목선이 아름다웠고 걸어가는 자태가 곱다고 생각했는데 그녀들의 걸음걸이며 자세가 일반적인 젊은 여성과 달라 보여 자꾸 눈길이 갔다. 아, 이 사람들은 마이코구나, 라는 느낌이 들었다. 마이코는 게이샤가 되기 위해 수련 중인 여성을 가리킨다. 그녀들은 사복을 입고 있었고 신분을 증명할 것을 보여준 것이 없었음에도 그녀들의 직업을 짐작할 수 있었던 것은 그녀들의 자세였고 태도였다. 그녀들을 보며 나는 평소 어떤 자세이고 태도로 살아가고 있을까에 생각이 머물렀다. 그리고 그 모습을 보고 사람들은 나를 어떤 사람으로 생각할까, 잠시 나를 돌아보게 되는 순간이었다. 아니나 다를까 그녀들은 어느 차야의 문을 열고 들어갔다.

인상적인 마주침으로 잠시 상상의 나래를 펼치다 보니 테라마치에 다다랐다. '테라'는 절이고 '마치'는 거리라는 뜻이니 절의 거리라는 뜻이다. 이곳은 그 이름대로 많은 절이 모여 있다. 많은 절이 주택가에 있다는 것은 흔치 않은 일인데 한 집 건너 한 집이 절집이었다. 마당에 동자상이 빼곡히 서 있는 절이 있는가 하면 두꺼비상이 있는 절, 여우상이 있는 절, 그리고 묘류지라는 이름의 절은 닌자들이 사용하는 트릭 같은 비밀장치가 많은 절이라 닌자의 절로 불린다고 한다. 그런 독특함으로 그 절은 찾는 사람들이 많아 예약해야 입장이 가능하다고 한다. 국화와 칼의 나라인 일본다운 절이라는 생각이 들었지만 굳이 가보고 싶진 않았다. 살생을 금하는 절과 닌자라니 어울리지 않는 조합이라는 생각이 들었다. 다양한 형태의 절집을 구경하며 테라마치를 돌아보고 시민예술촌으로 가는 버스를 타기 위해 다시 고린보로 나왔다.

시민예술촌 또한 관광객들이 흔히 찾는 장소는 아니다. 기획자로서 궁금증과 호기심이 우리를 그곳으로 이끈 것이다. 관광안내소에서 시민예술촌으로 가는 길을 물었더니 정말 거기에 가려고 하냐고 되물었다. 버스로 이동하긴 쉽지 않은 곳이니 택시를 타야 할 거라는 이야기도 했다. 우리는 버스를 고집했고 덕분에 좀 헤맸고 많이 걸어야 했지만 어렵사리 찾은 만큼 기쁨도 컸다. 시민예술촌에 들어서면서 먼저 넓은 부지에 놀랐다. 도쿄돔의 2배 크기라고 하는데 그 넓은 공간은 푸른 잔디가 깔려 있었고 붉은 벽돌 건물들이 눈에 들어왔다. 건물 앞쪽은 개울처럼 물이 흘렀고 돌로 섬의 형태를 만든 조형물이 인상적이었다. 먼저 PIT 1이라고 쓰인 건물로 들어갔다. 전시 공간 같기도 하고 공연장 같은 독특한 공간이 인상적이었다.

가나자와 시민예술촌은 야마토 방직공장이 문을 닫게 되자 가나자와시에서 공장을 매입해 시민들과 시장이 함께 방직공장의 활용 방안을 두고 여러 번 머리를 맞대고 논의한 끝에 공장을 개조하여 시민들의 여가와 지역 활성화를 위한 지역 커뮤니티 공간으로 만들어 가나자와 시민예술촌으로 사용하게 되었다고 한다.

가나자와 시민예술촌은 '예술은 자유로워야 한다!'라는 캐치프레이즈로 누구나 언제든지 이용할 수 있는 편안한 공간을 표방하며 연중무휴로 24시간 시민들에게 열린 예술 창조 공간이다. 시민예술촌은 드라마 공방, 음악 공방, 에코라이프 공방, 아트 공방, 다도실 등 총 400여 개의 공방으로 구성되어 있는데 PIT 1~5와 조금 떨어진 공원에 있는 퍼포밍 스퀘어로 이루어졌다. 5개의 스튜디오는 그 기능에 따라 나누어지는데 PIT 1은 마루치 공방, PIT 2는 드라마 공방, PIT 3은 오픈스튜디오, PIT 4는 음악 공방, PIT 5는 예술 공방으로 연극 공연을 할 수 있는 공간과 음악 연습실 그리고 전시 공간, 무대를 큰 공간을 효율적으로 각각의 공간 기능에 맞게 분배하여 사용하는데 우리가 갔을 때도 여러 연습실에서 사람들이 피아노나 드럼 같은 악기를 연습하고 있었다.

시민예술촌은 가나자와예술창조재단이 가나자와시로부터 연간 1억 5천만 엔 정도의 비용을 지원받아 위탁운영하고 있다고 한다. 연간 20~30만 명의 시민들이 이용하고 있는데 모든 시설은 100% 예약제로 사용을 원하는 시민은 6개월 전부터 인터넷으로 예약할 수 있다. 각 시설의 사용료는 무척 저렴한데 피아노가 설치된 개인 연습실의 대여료는 2시간에 300엔, 대규모의 음악 연습실은 6시간에 1,000엔 정도로 사용할 수 있다. 각 연습실에는 피아노, 드럼 등 운반이 어려운 악기들이 갖춰져 있고 에어컨이나 조명은 사용자의 요청에 따라 조정할 수 있다.

시민예술촌은 시민투표를 통해 시장이 임명한 촌장과 총감독을 중심으로 꾸려지는데 촌장은 주로 행정실무를 담당하고 예술 분야 대학

교수인 총감독은 시민예술촌에서 이뤄지는 예술 창작활동의 관리와 더불어 각 분야의 감독들을 선발하고 이들의 활동을 관리하는 역할을 담당한다. 그리고 예술 활동을 지원하기 위해 연극, 음악, 미술 등 분야별 감독을 각 2명씩 6명을 두고 시민들이 다양한 예술 활동에 참여하고 발표할 수 있도록 돕고 있다. 감독들에게는 월 10만 엔 정도의 월급과 별도로 600만 엔을 지원하고 감독들이 시민들을 대상으로 그룹을 구성하고 시민예술촌 시설을 활용하여 예술 활동을 발굴하고 추진할 수 있도록 지원하고 있다. 이처럼 시민예술촌은 단순한 공간대여라기보다 복합적인 기능을 수행하면서 시민들의 예술 활동 지원을 위한 완전한 스튜디오의 모습을 갖추고 있다.

시민예술촌의 경우 시민문화와 시민이 자발적이고 자립적으로 문화예술 활동에 참여하고 성장할 수 있도록 돕는 좋은 사례라고 할 수 있다. 이런 공간에 기획자로서 관심을 두는 것은 어쩌면 당연한 일이었는지도 모른다. 공원 같은 넓은 공간에서 마치 소풍을 나온 것처럼 휴식을 취하거나 자유롭게 창작하고 연습하는 사람들을 보니 작업실 하나 제대로 없어 카페로 도서관으로 이리저리 돌아다니며 글을 쓰는 처지인 나는 가나자와 시민이 한없이 부러웠다. 우리는 왜 그런 공간을 가지지 못할까? 문화예술을 대할 때 멀리 보는 안목과 느긋하게 기다려줄 줄 아는 여유를 가진 지역 자치단체장이 많았으면 좋겠다고 생각했다.

질투와 부러움이 섞인 눈으로 시민예술촌을 돌아보고 나오니 왠지 모를 허기가 졌다. 이탈리안 레스토랑으로 사용되는 공간도 있어 그곳에서 잠깐 쉬어가기로 했다. 소희와 나는 자연스럽게 이 공간에 관한 이야기를 이어갔다. 다양한 시민문화공간과 운영방식, 그리고 부러움까지…. 우리는 해가 지기 전에 숙소 근처로 돌아가기 위해 버스 정류장으로 갔다. 올 때와 달리 가는 길은 비교적 쉬웠다. 자주 가나자와역을 지나다녔더니 가나자와역이 내가 사는 동네처럼 편안해졌다. 저녁은 가나자와역사 내에 있는 식당에서 먹기로 하고 식당가를 찾았다. 피곤함을 씻어주는 생맥주를 곁들여 야키소바와 오코노미야키로 저녁을 먹었다.

일본 대표적 전통공예의 도시, 일본에서 생산되는 섬세한 금박을 99% 생산하는 도시, 가가 요리의 도시, 전통문화 예술이 꽃피는 도시 가나자와를 수식하는 이름은 수도 없이 많다. 대부분 전통예술에 기반을 두는 이름들이다. 그러나 가나자와는 과거의 옛것의 아름다움에만 기대고 머물러 있는 것이 아니라 전통예술에서 한 걸음 더 나아가 현대적인 것, 창조적인 것을 접목시켜 과거형의 도시가 아닌 현재형 더 나아가 미래형으로 성장하고 발전해 나가는 도시로 성공한 것으로 보여 무척 부러웠다.

변함없이 반가운 얼굴로 인사하는 호텔 리셉션을 지나쳐 객실로 올라가면서 야경을 바라보았다. 내일이면 이 아름다운 도시를 떠나야 한다는 것이 아쉬웠다. 아쉬운 밤도 그렇게 흘러간다. 잠자리에 누워 유튜브로 〈사랑 후에 남겨진 것들〉을 검색해보았다.

유의 부토와 함께 뜻을 알 수 없는 노래가 흘러나온다. Shibusa Shirazu의 'iko-Ki'라는 곡이다. 확실하진 않지만 연주하는 악기가 샤미센 같다. 나는 가나자와와 부토를 따로 두고 생각하지 못할 것 같다. 가나자와와 부토 어떤 면에서 닮은꼴일 수도 있겠다. 전통적인 것 위에 새로운 것을 더한 것으로….

日本の火祭り 青森ねぶた

아오모리,

바람에 흔들리는 푸른 옷소매

13

어디든 좋으니 푸른 숲이 있는 고요한 곳에서 사나흘 쉬고 싶다고 생각할 때가 있다. 일이나 인간관계에서 오는 피로감이 극에 달했을 때이다. 나는 한 며칠 누구에게도 방해받지 않고 쉬고 싶을 때 떠올리는 곳이 몇 군데 있다. 그중 한곳이 일본의 아오모리다. 몇 년 전 짧은 일정으로 떠났던 아오모리 여행은 정말 생각 없이 흐름대로 따라갔던 여행이었다. 아오모리를 떠올리면 원시림이 떠오른다. 아오모리는 이름조차 아오모리靑森, 즉 푸른 숲이다. 정말 이름처럼 무성한 활엽수 원시림 속에서 나까지 초록으로 물들 것 같은 곳이었다. 그곳에서 나는 초록에 푹 잠겼다가 나온 것처럼 몸도 마음도 싱싱해져서 돌아왔다.

여름 더위가 뜨겁게 시작될 무렵인 7월 중순, 일요일 오전에 인천공항을 이륙한 비행기는 두 시간 반 만에 아오모리 공항에 착륙했다. 아오모리 공항은 생각보다 아담했다. 공항에서 기다리고 있던 버스에 올라 차창 밖으로 보이는 시골 마을 풍경을 눈에 담으며 곧바로 츠타 료칸으로 갔다.

아오모리시에서 핫코다산을 넘어 오이라세 계류溪流로 가는 도중에 있는 츠타 료칸은 '츠타나나누마'로 불리는 늪지대와 너도밤나무 숲에 둘러싸여 있다. 츠다 료칸은 일부러 찾아가지 않으면 보이지 않는 곳에 있었다. 1909년 문을 연 유서 깊은 이 료칸은 자신들만의 비법 약초를 넣은 온천탕으로 유명한 아오모리현의 대표적인 료칸이라고 한다. 츠타 료칸은 너도밤나무나 침엽수를 사용하여 지은 목조건물로 일본의 다이쇼 시대의 형태가 남아 있어 일본 옛날 료칸 특유의 고즈넉한 분위기와 차분함을 느낄 수 있었다.

겉보기에도 낡고 오래된 이 료칸은 나무로 된 외벽이 지나온 시간과 흔적들을 고스란히 보여주고 있었다. 료칸 입구의 간판도 본관 건물도 오래되어 낡아 보였는데 100년이라는 짧지 않은 시간이, 이야기가 켜켜로 쌓여 있는 것 같았고 조금은 으스스하기도 했다. 료칸에 도착할 때는 비까지 추적추적 내려 그 느낌이 한층 더했는데 그 때문이었는지 본관 앞에 빨간색 원형 우체통이 도드라지게 눈에 띄었다. 그래서일까? 료칸에 들어선 순간 나는 시간이 100년 전으로 거슬러 올라간 느낌이 들었다.

료칸 주변에는 무성하게 푸른 나무들, 숲뿐이었다. 복도가 나무 바닥이어서 마루를 걸으면 삐걱거리는 소리가 났다. 오래된 료칸이지만 바지런하고 꼼꼼한 사람의 손길이 닿은 듯 나무 마루는 반짝거렸고 격자무늬 창살 문의 유리도 잘 닦여 있었다. 정원은 제철을 맞은 꽃들이 제각기 아름다움을 뽐냈고 빗방울이 닿자 몸서리치는 나뭇잎들이 생기를 더하고 있었다.

체크인할 동안 직원의 안내로 들어간 방에서 따뜻한 차를 대접받았다. 긴 이동 거리에서 온 피로가 풀리는 듯했다. 공항에서 처음 인사를 나눈 김 선생과 한방을 쓰게 되었다. 객실로 들어가니 다다미방에 차를 마실 수 있게 뜨거운 물과 차와 과자가 담긴 찬합이 찻상에 준비되어 있었다. 이중문으로 된 창문을 여니 비에 젖어 더 푸르른 나무들이 보였고 타닥타닥 나뭇잎에 떨어지는 빗소리가 들렸다. 그 순간 대책 없이 흘러나온 말이 '아, 좋다'였다. 말수 적은 김 선생 또한 마찬가지였던 듯 우리 입에서는 동시에 감탄사가 흘러나왔다. 아무것도 하지 않고 이대로 사나흘 이 분위기에 빠져 있고 싶었다.

생각 같아서는 그대로 쉬고 싶었으나 대충 짐을 정리하고 일행들과 츠타누마로 산책하러 가기로 했다. 복도를 걸을 때마다 오래된 마룻바닥에서 나는 삐거덕거리는 소리가 그렇게 듣기 좋았다. 그래서 나는 가끔 일없이 마루를 걷기도 했다. 비 긋는 오래된 료칸의 풍경은 멀리서 보기에도 감정을 자극하는 뭔가가 있어 마음이 설레었다. 일행들이 푸르른 숲에서 각자 다른 색깔의 우산을 쓰고 걷는 모습도 나뭇가지를 두드리는 빗줄기도 보기 좋았다.

츠타 료칸과 츠타누마는 일본 메이지 시대의 고우치현 출신 작가인 오오마치 케이게츠大町桂月가 호적을 옮겨 노년을 보낸 곳으로 핫코다산의 울창한 자연과 적막을 느끼기에 더없이 좋은 곳이다. 그는 생전에 이 지역에 관한 글을 남겨 일본 전국에 아오모리의 원시적이고 때묻지 않은 자연을 알렸다고 한다. 그래서인지 이 료칸 마당에는 오오마치의 흉상이 있었고 숲으로 조금 걸어가면 그의 묘가 있다.

'츠타'는 포도과에 속하는 덩굴성 낙엽수를 가리키는 말이고 '누마'는 늪이나 작은 연못, 또는 호수 등을 뜻하는 말로 덩굴나무가 우거진 숲속에 크고 작은 늪이 많이 있다고 해서 '츠타나나누마'라는 이름이 붙었다. 카가미누마, 츠키누마, 나가누마, 스게누마 등이 있지만 그중에서 가장 큰 것이 츠타누마다. 가을이 되면 단풍이 들어 산과 호수에 비친 산이 온통 붉게 변해 일대가 장관을 이룬다고 한다. 그래서 그즈음이면 이 풍경을 담기 위해 일본의 사진작가들이 이곳으로 몰려든다고 한다.

료칸 뒤쪽에서 이어지는 산책길에는 츠타누마를 시작으로 다양한 크기의 매력적인 늪이 있다. 푸른 나무와 산에서 내려오는 부드러운 바람, 크고 작은 늪, 그 늪들을 연결하는 아기자기한 산책코스가 걷는 사람들을 매료시켰다. 산책길에서 들린 소리는 나뭇잎을 두드리는 빗소리와 사람들의 발소리, 낮은 목소리로 두런두런 이야기를 나누는 일행들의 말소리뿐이었다. 굳이 가을이 아니어도 츠타누마는 푸른 나무들과 어우러져 무척 아름다웠다. 빗줄기가 수면에 닿아 동그랗게 퍼지는 파문도, 사람들이 쓰고 있는 여러 가지 빛깔 동그란 우산도 나무로 만든 산책길과 함께 그 일부인 것처럼 녹아들었다. 그저 바라보기만 해도 주눅이 드는 울창한 원시림 앞에서 인간은 한없이 여리고 작은 존재임을 다시 깨닫게 된 자리기도 했다.

맑은 날 다시 오기로 하고 가벼운 산책길에서 돌아온 우리는 온천욕을 즐기기로 했다. 츠타의 온천은 일본온천협회가 선정한 최고의 음이온 온천으로 외상이나 피부병, 피부미용에 좋은 온천수가 너도밤나무로 된 욕조 바닥에서 보글보글 나오는데 공기와 접하지 않은 원천을 접할 수 있는 일본에서도 희소성 있는 온천이라고 한다. 부드럽고 투명한 온천수는 반복해서 탕을 드나들어도 피곤하지 않아 숙박하면서 온천을 즐기면 좋다고 하는데 이 료칸의 온천탕은 두 곳이었다. 하나는 구안이라고 불리는 오래된 탕으로 남녀가 시간을 정해놓고 번갈아 사용할 수 있었고 한 곳은 남녀 탕이 따로 있어 언제든 이용할 수 있었다. 오래된 탕은 여성이 사용할 수 있는 시간이 아니어서 새로 지은 탕으로 갔다. 새로 지은 탕이라고는 하나 이곳도 시간이 제법 많은 흔적을 남긴 것을 볼 수 있었다. 나무로 된 욕조 아래서 뽀글뽀글 올라오는 공기 방울이 신기했다.

온천을 마치고 객실로 돌아와 비 긋는 소리에 귀 기울이고 있었다. 아무것도 하지 않아도 개운하고 충만한 시간…. 늘 바삐 돌아다니는 여행에 익숙한 여행자였던 나는 이렇게 느긋하게 쉬는 여행은 새로운 경험이었다. 앞으로는 속도를 늦추는 이런 여행도 자주 다녀야겠다고 생각했다.

저녁을 먹기 위해 식당으로 갔다. 저녁에는 일본 료칸 정통 연회 요리인 카이세키가 준비되어 있었다. 아오모리 쌀로 지은 윤기 흐르는 밥, 산이 깊고 물이 풍부한 지역답게 지역의 산에서 나는 버섯, 산채와 바다에서 나는 생선, 조개 같은 지역에서 나는 재료로 만든 음식들은 담백하게 조리되어 식재료가 가진 고유한 맛이 그대로 살아 있었다. 그 음식들은 각자 어울리는 크고 작은 도자기 그릇에 담겨 입맛을 돋웠다. 며칠을 머물면서 한 번도 같은 음식이 상 위에 올라온 적이 없었던 것을 생각하면 료칸 요리사의 고심과 정성이 느껴져 새삼스레 감사한 마음이 들었다.

그리고 그 며칠간 식당에서 우리 일행의 식사를 도와준 료칸 직원인 미도리라는 직원이 있었는데 밝고 시원스러운 성격으로 모두에게 호감을 얻었다. 초록을 뜻하는 미도리라는 이름처럼 초록이 연상될 정도로 맑고 선한 얼굴에 시원스러운 소년 같은 성격으로 친절하기까지 해서 일행들의 사랑을 듬뿍 받았다. 미도리가 무척 마음에 들었던지 김 선생은 저런 친구가 며느리가 되었으면 좋겠다고 이야기했을 정도였다. 그래서인지 미도리는 이 여행을 떠올릴 때 가장 많이 생각나는 사람이다. 그래서일까. 내가 떠올리는 아오모리는 7월의 숲과 함께 늘 초록이었다. 머리가 복잡해 쉬고 싶은 순간, 어디론가 떠나고 싶은 순간이면 떠오르는 그 푸르름과 오래된 료칸이 변하지 않고 그 자리에 있다면, 다시 미도리를 만날 수 있다면 언젠가 다시 가서 잠시 시간을 잊고 머물고 싶은 곳이 아오모리가 되었다.

우리 일행은 매일 저녁을 먹고 나면 휴게실에 모여 담소를 나누는 시간을 가졌다. 이번 여행길에서 처음 만난 사이거나 익히 알던 사이인 20대에서 80대까지 다양한 나이대 사람들이 함께 차를 마시며 서로 소개하고 일상적이거나 비일상적인 소소한 이야기를 나누었던 시간은 나 아닌 타인에게 집중하고 귀 기울인 시간이니 그 시간은 아주 특별한 기억으로 남아 있다. 저녁이면 오렌지빛 전구 아래 모여 앉아 간간이 들려오는 풀벌레 소리에 가만히 귀 기울이는 것도 좋았다. 첫날 밤 차모임은 서먹한 일행들이 조금 더 가까워진 시간이었다. 어느샌가 비가 그쳤고 잘 자라는 인사로 소박한 친교 모임을 끝내고 객실로 들어오니 이부자리가 정갈하게 펼쳐져 있었다. 누군가가 나를 위해 이부자리를 봐주는 낯선 일이 고마우면서 미안한 마음이 들었지만 이 또한 일본 료칸의 정통적인 서비스이니 이 호의를 기꺼이 받아들이며 잠자리에 들었다.

다음 날 아침은 맑았다. 아침을 먹고 일행들과 산책길을 나섰다. 츠타 료칸 근처의 연못 중에서 가장 큰 늪인 츠타누마를 시작으로 오솔길을 따라 활엽수로 이루어진 원시림을 걷다 보면 츠타나나누마와 만나게 된다. 카가미 누마, 츠키 누마, 나가 누마, 스게 누마같이 입에 잘 붙지 않는 낯선 이름을 가진 크고 작은 늪들은 묘한 상상력을 자극한다.

이곳을 자주 찾는 한 일행이 일본에서도 파워 스폿으로 알려진 곳이 있다며 숲으로 일행을 이끌었다. 감각이 아무리 둔한 사람도 이 숲에 서면 기의 흐름을 느낄 수 있다고 했다. 일행들과 나는 저마다 눈을 감고 두 팔을 벌리고 가만히 서 있었다. 과연 손끝에 찌릿한 느낌이 왔다. 파워 스폿이 아니어도 무성하고 신비로운 너도밤나무숲에 서 있으니 태초의 숲이 이런 느낌일까 싶어 숲에 대한 경외심마저 들었다. 두 시간 남짓 산책을 마치고 도와다호수를 보기 위해 길을 나섰다.

도와다호수는 아오모리현 도와다 시와 아키타현 가즈노군 고사카정에 걸쳐 있는데 도와다하치만타이 국립공원 안에 있다. 도와다호수는 일본에서 세 번째로 깊은 호수이며 전형적인 이중식 칼데라 호수로 짙고 푸른 수면에는 푸르고 무성한 나무들의 그림자가 비쳐 아름다운 풍경을 물 위에 그려내고 있었다. 도와다호수는 어느 계절에도 아름답고 환상적이지만 특히 단풍이 아름답다고 하는데 10월 중순에 단풍이 물들기 시작하면서 절경을 이루는데 10월 하순까지 가장 아름다운 단풍을 볼 수 있다.

너도밤나무와 사스래나무가 무성한 나무 그늘을 느릿느릿 걸어가며 풍경을 눈에 담았는데 독특한 브론즈상이 눈에 들어왔다. 소녀상이라고 부르는 이 조각상은 이곳이 국립공원으로 지정된 지 15년이 되던 해인 1953년에 제작했다고 한다. 이 소녀상은 시인이며 조각가인 다

카무라 고우타로의 작품으로 두 여인이 서로 마주 보고 왼손을 맞대고 있는 형상인데 고우타로의 아내인 지에코를 모델로 만들었다고 한다.

도와다 신사나 고젠가하마, 도와다호수 주변의 숲을 산책하고 호숫가의 한 식당에서 이 지역에서 유명하다는 국물 없는 붓카게우동으로 점심을 먹었다. 점심을 먹고 호수가 보이는 카페에 앉아 커피를 마시며 보는 풍경도 잔잔하고 평온해서 좋았다. 우리 일행은 도와다호수 일부분을 산책했지만 도와다호수의 병풍 같은 절벽 비경과 아름다움을 가까이서 느끼고 싶다면 유람선이나 카누를 이용하는 방법도 좋을 것 같다.

도와다호수를 둘러보고 시내버스를 타고 오이라세 계류로 가기로 했다. 아오모리 여행에서 꼭 가봐야 할 곳을 꼽자면 오이라세 계류이다. 이곳은 천 년이 넘는 수령을 가진 너도밤나무로 이루어진 원시림이 있는데 계류는 산처럼 올라가는 곳이 아닌 강처럼 평평하게 흐르는 숲속의 계곡을 뜻한다고 한다. 계류는 좁고 구불구불한 길을 따라 걷는 산책로가 이어졌다.

우리는 버스를 타고 가다가 오이라세 계류의 가장 아름다운 일부 구간이라는 중간 지점에서 내려 걸었다. 도와다호수에서 연결되는 오이라세 계류는 울창한 원시림과 함께 변화무쌍한 계곡물과 크고 작은 폭포가 계속 이어져 일본에서 최고의 하이킹 코스로 손꼽는다. 도와다호수에서부터 시작된 계곡이 14km 정도로 이어지는데 오이라세 계류는 고요한 도와다호수와는 대조적으로 풍부한 수량으로 인해 길을 따라 걷는 내내 우렁차게 흘러내리는 물줄기와 물소리가 인상적이었다.

여름 오이라세 계류는 울창한 원시림 특유의 무성함과 푸르름으로 초록의 향연이 펼쳐져 세상 모든 초록을 한곳에 모은 듯 눈부신 아름다움으로 초록의 절정을 볼 수 있었다. 그런데 오이라세 계류가 가장 아름답게 빛을 발하는 시기는 가을 무렵 단풍이 들 때라고 한다. 10월이 되면 이곳은 조금씩 붉고 노란색의 단풍이 시작되는데 바위에 앉은 이끼의 녹색과 더불어 화려한 색채의 향연이 펼쳐진다고 한다. 구모이노타키, 쵸우시오타키, 아슈라노나가레, 구쥬쿠시마 등 열 군데가 넘는 아름다운 폭포와 물줄기가 많은 오이라세 계류는 어느 지점을 걸어도 표정이 풍부하고 아름다운 흐름이 멋져 이 시기에는 관광객뿐만 아니라 정신없이 셔터를 누르는 사진가들로 넘쳐난다고 한다. 오이라세 계류는 끊어질 듯 이어진 길이 많다. 최대한 자연을 해치지 않은 선에서 사람이 걸을 수 있는 길을 만드느라 그런 게 아닐까 싶었다.

한 시간 정도 예상했던 산책이 두 시간 반을 넘겼다. 이런 길이라면 몇 시간이고 너끈히 걸을 수 있을 것 같았다. 두고 오기 아쉬운 오이라세 계류를 뒤로하고 숙소로 돌아왔다. 숙소로 돌아온 나는 구안이라 부르는 오래된 탕으로 갔다. 탕의 안팎이 모두 나무로 되어 있고 시간의 흔적이며 세월의 더께가 고스란히 묻은 얼룩이 듬성듬성 있어 어쩐지 으스스하기까지 했다. '낡음'보다 '오래된'에 방점을 찍고 100년이 넘은 시간 동안 지켜온 것들에 의미를 부여하며 그곳을 다녀간 무수히 많은 사람처럼 나도 하루의 피로를 풀기 위해 물을 끼얹었다.

그날 밤, 어둠이 내려앉아 깜깜해진 하늘에 별들이 무성하게 빛나는 시간에 미도리와 함께 반딧불이를 보러 가기로 했다. 저녁 식사 중 우연히 들었던 이 근처에는 반딧불이가 많다는 이야기가 반딧불이 구경의 시작이었다. 이곳이 청정한 지역이라서 반딧불이가 많을 것이라는 당연한 이야기를 하며 화장품 향이 나면 안 되니까 얼굴이나 몸에 아무것도 바르지 말 것과 조용히 할 것 두 가지를 지켜야 한다는 미도리의 말을 새기며 유카타와 장화라는 괴상한 조합으로 길을 나섰다.

미도리와 한 직원이 손전등을 켜고 우리를 이끌었다. 우리는 미도리가 이끄는 대로 조금 한갓진 길로 접어들었다. 그곳에 개울이 있는 걸까? 반딧불이는 물가에 산다고 알고 있었는데 우리 일행 말고는 아무도 없는 곳, 고요하고 어두운 곳에서 들리는 소리는 우리 발소리뿐이었다. 어느 지점에 이르자 미도리는 들고 있던 손전등마저 껐다.

잠시 침묵이 흐르고 몇 분이 지났을까. 어디선가 작은 불빛이 날아왔다. 이어서 하나둘씩 반짝거리는 불빛이 늘어났다. 잠시 후 무수히 많은 작은 빛들의 비행이 시작되었다. 우리는 어둠 속에서 숨을 죽이고 이 광경을 지켜보고 있었다. 나는 그때까지 반딧불이를 본 적이 없다. 처음 본 광경 앞에 넋을 놓고 있었다. 아니 엄밀히 말하자면 반딧불이가 내는 빛을 보는 것일 뿐이지 반딧불이를 본 것은 아니었지만 그날 본 풍경은 각인이 되어 평생 잊지 못할 밤이 되었다. 일행 모두 황홀경에 빠진 듯 그 아름다운 빛의 비행 앞에서 아무 말이 없었다. 돌아오는 길 개울에서 벗어난 뒤에야 비로소 수런수런 말소리가 들렸으니…. 그날 밤은 일행들은 내가 그러했듯이 세상에서 가장 아름다운 경험이라는 보석을 하나씩 품고 잠자리에 들었을 것 같다.

다음 날 아침엔 츠타누마로 혼자 산책에 나섰다. 언제 가도 잔잔하고 고요한 수면, 수면 위로 비친 푸른 산 그림자가 맑고 깊다. 파워 스폿이라고 했던 그 숲에선 산들바람의 부드러운 기운이 느껴졌다. 이곳에 오래 머물며 생각하고 산책하고 글을 쓸 수 있다면 사유가 깊은 멋진 작품을 쓸 수 있을 것 같았다. 은각거사라 불리던 오오다찌가 왜 방황을 멈추고 이곳에 정착했는지 알 것 같았다. 숙소로 내려오면서 나무 데크를 타박타박 걷는 느낌도 좋았다.

아침을 먹고 일행들과 길을 나섰다. 일정의 시작은 히로사키공원이었다. 가는 길에 수제 땅콩 센뻬이로 유명한 한 가게에 들렀다. 일행 중 한 사람이 이곳에 올 때마다 찾는 가게라는데 겉보기에는 흔한 관광지 근처의 작은 가게일 뿐이었다. 그런데 그 가게에 들어서자 근처에는 센뻬이를 만드는 가게가 몇 집이 있었음에도 유독 이 집을 고집한 이유를 알 것 같았다. 여든은 족히 넘겼을 것으로 보이는 노인과 그 부인으로 보이는 두 사람이 한 장 한 장 손으로 빚고 땅콩 몇 개를 껍질째로 넣고 화덕에 구워내고 있었다. 맛보기로 몇 조각을 맛본 일행들은 너나없이 몇 봉지씩 샀다. 음식에 정성이 깃들어 있다는 것, 좋은 재료로 만들었다는 것, 그 일을 오래 해온 사람의 손맛이 느껴진다는 것, 그런 것들이 보이면 사람들은 기꺼이 지갑을 연다. 음식을 만드는 사람들이 가져야 할 가장 기본적인 덕목이 과자 하나에 가득 채워져 있었다.

벚꽃이 피면 가장 아름답다는 히로사키공원은 일본답게 잘 다듬어진 곳이라는 느낌이 강했다. 오래되고 독특한 형태의 나무들과 함께 붉은 난간이 인상적인 다리, 도시의 전경이 한눈에 보이는 전망, 그리고 히로사키성이 있었다. 하얀 히로사키성은 해자, 석벽, 성루 등 성곽의 전체적 모습이 거의 성이 폐성 될 때의 원형을 간직한 성으로 일본 문화유산이라고 한다. 느긋하게 히로사키공원을 둘러보고 아오모리 시내로 들어왔다. 시내에서 유명하다는 향토 요리로 점심을 먹었는데 여관에서 먹었던 가이세키 요리와 별반 다를 것이 없어서 그런지 특별한 느낌이 없었다.

점심을 먹고 요시토모 나라의 작품 '아오모리 켄'으로 유명한 아오모리 현립미술관으로 갔다. 아오모리 현립미술관은 근처의 산나이 마루야마 유적 발굴 현장을 이미지로 디자인했고 외관과 내부까지 온통 하얀색이었다. 외벽에는 아오모리를 상징하는 A 혹은 나무 모양의 네온 상징 외에는 글자 하나도 없는 심플, 그 자체였다. 미술관은 도쿄 오모테산도의 루이비통을 설계한 아오키 준의 작품으로 깔끔하고 심플한 구조와 동선으로 군더더기 하나 없었다. 이 미술관에는 샤갈이 그린 발레 알레코 무대 배경화 4점 중 3점이 상설 전시되어 있다. 샤갈의 무대화는 작품성뿐 아니라 그 크기에 압도당한다. 큰 전시홀에 걸린 이 작품은 하얀색 전시실 벽으로 그 상상력을 확장해 감상할 수 있어 좋았다.

이 미술관은 2006년 개관하여 무나카타 시코, 데라야마 슈지, 요시토모 나라, 나리타 토오루 등 개성 넘치는 아오모리 출신 아티스트 작품을 전시하고 있어 아오모리 출신 예술가들의 작품을 한꺼번에 만날 수 있어 좋았다. 특히 요시토모 나라의 '아오모리 켄'은 거대한 강아지 모양인데 이 미술관의 심볼로 유명해졌다. 요시토모 나라의 고향은 아오모리현 히로사키시이고 그곳에서 고등학교까지 다녔다는데 그의 까칠하고 삐딱한 캐릭터가 만들어지는 데 영향을 미쳤을 그의 어린 시절은 아오모리에 뿌리를 둔 것이라고 할 수 있을 것 같다.

'아오모리 켄'을 제외한 미술관 내부를 촬영할 수 없어 '아오모리 켄' 근처에서 기념사진을 남기는 사람들이 많아 '아오모리 켄'은 이래저래 이 미술관을 대표하는 상징물일 수밖에 없겠다는 생각이었다. 미술관을 찾은 날은 다음 기획 전시를 준비 중이었는데 만화나 애니메이션에 기반으로 한 소녀들이 주제였는지 여기저기 애니메이션 특유의 과장된 큰 눈과 함께 다양한 파스텔 색상 소녀 이미지가 넘쳐났다. 조금 진지한 전시를 기대했는데 2D 소녀를 그린 작품들이 설치되는 과정만 본 아쉬움은 있었지만 다양한 작품 전시라는 측면에서는 이의가 없었다. 환상적인 샤갈의 작품을 세 점이나 만난 것을 행운으로 생각하며 미술관에서 나왔다.

미술관에서 이동하여 네부타 박물관 와라세로 갔다. 와라세는 아오모리의 유등축제인 네부타에 관련된 자료들을 모아놓은 네부타 박물관이다. 아오모리현은 삼면이 바다로 둘러싸여 있고 중앙에는 핫코다산이 있는 그 독특한 지형과 기후로 지역에 따라 풍습이 달라서 다양한 역사와 문화가 태어났다. 아오모리현에는 아오모리의 문화나 역사를 체감할 수 있는 건축물이나 유적군 등이 많이 남아 있고 봄 히로사키 성의 벚꽃, 여름의 네부타 축제, 겨울의 하치노헤 엔부리를 시작으로 한 전통적인 축제가 지금까지 이어지고 있다.

아오모리의 네부타 축제는 매년 8월 2~7일 사이에 열리는 축제인데 1980년 일본 중요 무형민속문화재로 지정되었다. 네부타 축제는 일본 국내외에서 300만 명이 넘는 관광객이 찾을 정도로 인기 있는 대규모 축제인데 축제가 시작되면 가부키와 함께 역사와 신화를 소재로 만들어진 강렬한 색의 거대한 네부타 20여 대가 퍼레이드를 벌인다. 2~6일은 밤에, 마지막 날인 7일은 낮에 형형색색의 의상을 몸에 두른 하네토(춤꾼)이 피리나 큰북 주자들과 함께 네부타 행렬을 시작하는데 밤에는 불꽃놀이와 함께 네부타의 해상행렬도 진행된다고 한다.

아오모리 네부타 축제는 칠석제의 변형이라고 하는데 그 기원은 분명하지 않다. 중국의 칠석제와 츠가루의 풍습과 행사가 합쳐져 종이와 대나무, 양초로 등롱을 만들었는데 세월이 흘러 네부타가 되었다는 것이다. 네부타는 옛날에는 동네 단위로 만들어져 매년 열렸으나 지금은 기업이나 단체가 중심이 되면서 규모도 대형화가 되어서 일본을 대표하는 축제 중 하나가 되었다. 네부타는 '랏세라! 랏세라!'라는 구호에 맞춰서 뛰면서 춤을 추는 사람들을 '하네토'라고 하는데 4,000엔 정도면 빌릴 수 있는 하네토 정식 의상만 차려입으면 누구나 축제에 참여할 수 있다.

와라세관은 이런 네부타 축제의 모든 것을 기록으로 전시물로 남긴 곳이라고 할 수 있다. 와라세관을 들어서면 매년 우승한 검붉은 색이 강렬한 거대한 네부타들이 전시되어 있어 보는 관람객을 압도한다. 네부타가 만들어지는 과정과 네부타 축제 행렬을 모형으로 볼 수 있었고 네부타뿐 아니라 여러 가지 등과 함께 귀여운 물고기 모양 등도 있고 여러 가지 체험을 할 수 있는 체험 코너와 지역의 특산물 코너까지 있어 네부타 축제 홍보와 함께 아오모리라는 지역을 홍보하는 데 기여하고 있다.

나는 네부타 축제에 참여한 경험이 없어 와라세관을 둘러보는 느낌은 거대하고 강렬한 네부타가 많다는 것 외에는 특별한 느낌은 없었다. 그러나 하네토가 되어 네부타 축제에 참여한 경험이 있는 사람은 그 느낌이 다를 것이다. 지역 축제가 지역민들을 하나로 만들어 함께 즐기고 그 축제를 보기 위해 많은 사람이 찾는다면 그 파장은 대단할 것이다. 축제는 지역민들에게 활력이 되고 그 지역을 찾는 사람에겐 신선한 볼거리와 즐길 거리가 되어 오래도록 좋은 추억거리가 될 것이다. 그런 의미에서 한 지역을 대표하는, 그리고 지역색을 잘 살린 의미 있는 축제가 지역마다 하나씩은 있으면 좋겠다는 생각이 들었다.

와라세관을 나와서 다시 숙소로 향했다. 아오모리에서는 뭔가를 많이 보고 찾아다니기보다 어느 곳이든 산 좋고 물 깊은 곳에서 그 근처에서 걷고 숨 쉬고 쉬는 것이 가장 좋은 여행인 것 같다. 굳이 힐링 운운하지 않아도 몸과 마음이 편안해지고 머리가 맑아지는 데는 이만한 곳이 없겠다 싶었다. 더욱이 오래된 목조여관이 있고 그 근처에 멋진 늪지가 있고 언제든 걸어갈 수 있는 곳에 원시림이 있다면 그보다 더 좋을 순 없을 것이다.

숙소로 돌아온 나는 습관처럼 다시 츠타누마로 향했다. 집 근처에 이런 곳이 있다면 얼마나 황홀할까 이런 상상도 하면서 고요한 츠타누마가 뭐라 말을 걸어올 때까지 나무 데크 위에 앉아 있었다. 나는 츠타료칸에 머물면서 매일 아침과 저녁에 츠타누마 주변을 산책했던 것 같다. 언젠가 기회가 닿는다면 그 불붙는 듯 장엄하고 화려하다는 츠타누마의 단풍이 보고 싶었다. 그런 기회는 언제 올까?

아오모리는 일본 사과 생산량의 절반 이상을 생산하는 사과 산지로 유명한 곳이다. 그러나 나의 아오모리 기억은 사과보다 푸른 숲으로 남았다. 마침 내가 간 시기가 가장 나무며 풀이 푸르른 시기인 7월 중순이어서 그랬을까? 나는 그처럼 울창한 원시림을 본 기억이 없다. 아오모리의 풍부한 초록과 물을 머금고 있는 숲의 기운은 싱그럽다 못해 튕겨 나갈 것 같은 푸르름으로 나를 매료시켰다.

아오모리 숲의 푸른 나뭇가지는 산들바람에 흔들리는 푸른 옷소매 같았다. 정말 느닷없이 생각나는 노래가 있었다. 'green sleeves', 푸른 옷소매는 영국의 민요로 알려져 있으나 원래는 캘틱의 노래라고 한다. 16세기부터 애창되었다는 이 노래는 셰익스피어의 〈윈저의 즐거운 아낙네들〉에게서도 언급이 되었고 다양한 내용의 가사가 있다. 변덕쟁이 아가씨를 사모하다 실연당한 내용으로 불리기도 하는데 영국의 작곡가 본 윌리엄스도 이 멜로디로 푸른 옷소매 환상곡을 곡으로 만들었다. 연주곡으로 다양한 악기로 연주되었고 많은 가수가 이 노래를 불렀다. 나는 hans meijer의 류트 반주로 노래하는 소프라노 paula bargiese의 연주를 좋아한다. 그 숲 아래에서 팔을 크게 벌리고 서서 귀 기울이면 그 아름다운 노래가 들려오는 것 같았다. 손끝이 찌릿한 감각과 함께 나를 관통하던 그 멜로디…. 왜 하필 이 노래였을까? 나뭇가지가 나에겐 푸른 옷소매로 여겨졌는지도 모르겠다.

Alas my love you do me wrong

To cast me off discourteously.

For I have loved you well and long
Delighting in your company.
Green sleeves was all my joy
Green sleeves was my delight
Green sleeves was my heart of gold
And who but my lady green sleeves
who but my lady green sleeves.

아 추억도 새롭구나! 그대 푸른 옷소매여
나 그대와 함께 항상 기쁜 나날들을 보냈네
그대 푸른 옷소매여 기쁨과 즐거움을
이제 멀리 사라졌네! 내 가슴의 그린 슬리브

나는 아오모리의 푸른 숲과 상큼하고 눈빛 맑은 미도리, 츠타나나누마와 반딧불이 그리고 너도밤나무로 지은 그 낡고 오래된 여관을 잊지 못할 것 같다. 여관 앞에 빨간 우체통과 함께…. 아오모리를 떠올리면 어디선가 푸른 옷소매 같은 부드럽고 푸른 바람이 불어오는 것 같다.

오타루,

메르헨의 도시,

old is but

good is

14

겨울 홋카이도는 눈의 제국이다. 모든 것이 눈에 파묻혀 존재감을 잃을 정도라고 하니까. 그래서 홋카이도를 떠올리면 눈축제, 겨울, 폭설을 먼저 떠올리게 된다. 추위에 약한 나는 겨울 홋카이도에는 그다지 매력을 느끼지 못했다. 그런데도 한 번은 홋카이도 쪽으로 여행하고 싶다는 생각을 늘 하고 있었다. 그런데 생각보다 기회가 빨리 왔다. 직장을 그만두고 잠시 쉬던 여동생이 어디로든 떠나고 싶어 했다. 아직 아이들이 어려 장거리 여행을 할 수 없지만 며칠 정도 시간을 낼 수 있으니 언니와 같이 가고 싶다는 것이다.

가까운 곳, 며칠, 여름이라는 계절을 떠올리며 생각해 낸 곳이 홋카이도였다. 가까운 지역인 일본, 일본에서도 서늘한 지역이라는 것에 점수를 후하게 줬다. 홋카이도는 동생도 나도 처음이라 여행을 앞둔 며칠간은 정보의 바다에서 넘쳐나는 여행 정보를 건져 올려 공유하느라 시간 가는 줄 몰랐다.

나는 한 도시에 머물며 천천히 둘러보는 여행을 좋아하지만 이번엔 시간이 넉넉하지 않아 짧은 여행에 만족해야 했다. 홋카이도는 일본 북쪽에 있는 섬으로 도내 지역이 넓어 길을 나서는 여행자들이 대부분 렌터카로 이동하는 경우가 많다. 우리는 일주일이 되지 않은 짧은 일정이고 삿포로 시내와 오타루, 후라노, 비에이 지역을 돌아보는 정도라 대중교통을 이용하기로 했다. 삿포로 오도리 공원 근처에 호텔을 잡고 가까운 거리는 걸어 다니고 먼 지역은 지하철과 기차로 이동하기로 했다.

나의 여정은 동생이 사는 부산으로 가는 것으로 시작했다. 다음날 새벽 김해공항으로 갔다. 출국 절차를 거쳐 예약했던 와이파이 공유기를 찾아 비행기에 올랐고 두 시간 반 만에 신치토세 공항에 내렸다. 공항에선 만화 캐릭터인 도라에몽 모형이 사람들을 반갑게 맞이했다. 공항에서 버스를 타고 삿포로 시내로 들어갔다. 버스 차창으로 본 삿포로는 지금까지 봐 온 일본 대도시들과 또 다르게 덜 세련되어 수수해 보였다. 예약한 숙소는 오도리 공원 근처에 있어 찾기 쉬웠다.

체크인을 하고 나와 슬슬 걸어서 오도리 공원으로 갔다. 오도리 공원에는 알록달록한 꽃들과 키가 큰 나무들이 도심에서 푸르름을 내뿜으며 존재감을 과시하고 있었다. 삿포로 시내에서 걸어서 다닐 수 있는 거리에 있는 삿포로시계탑을 거쳐 옛 도청건물인 아카렌카까지 걸어 다니며 구경했는데 아카렌카에서는 지역 축제 같은 행사가 열리고 있어 많은 사람으로 붐볐다. 행사가 끝날 무렵이었는지 파장 분위기였으나 다양한 부스가 눈길을 끌었다. 특히 홋카이도 지역 홍보부스에서는 한여름에 어떻게 준비한 것인지 눈이 쌓여 있었고 작은 눈사람까지 장식해 두어 신기했다. 아카렌카의 큰 홀에서는 강연회가 열려 많은 청중이 모여 있었다. 지역 문화재를 문화재로 지정해 보존하면서 관람용으로만 사용하는 것이 아니라 유용한 문화공간으로 쓰이는 것도 보기 좋았다.

이번 여행은 어떤 장소를 찾아갈 때 구글맵을 사용했다. 예전과는 달리 사람들에게 길을 묻지 않아도 쉽게 길을 찾을 수 있는 점이 좋았지만 예전에 지역 사람들에게 길을 묻고 답해주면서 생겼던 짧지만 기분 좋은 관계 맺음이 사라져 한편으로는 아쉽기도 했다. 편리함을 얻고 인간미를 잃었다고 할까? 모든 것은 다 좋은 것만 있는 것이 아니고 다 좋을 수만은 없는 것 같다.

다음 날은 오타루에 가기로 했다. 아침에 일어나니 하늘이 잔뜩 찌푸렸고 비 소식이 있어 우산도 챙겨 길을 나섰다. 삿포로에서 오타루로 가려면 JR삿포로역에서 기차를 타면 된다. 슬슬 걸어서 삿포로역으로 가는 길엔 출근길을 서두르는 직장인들이 많았다. 어느 도시에서나 짙은 블루 슈트에 하얀 셔츠는 회사원들의 상징이다. 머리를 단정히 묶고 무릎 길이의 검은색 스커트와 하얀 블라우스 정장을 입은 여성들이 유난히 눈에 많이 뜨인다. 저 옷차림이 일본 직장여성들의 암묵적

유니폼인가 싶었다. 자신만의 개성을 살릴 수 없는 옷차림이고 단순한 상하 흑백이라 좀 답답해 보였다.

오타루로 가는 기차는 지정석이 있는 특급도 있고 여러 역을 더 거쳐 가는 완행에 해당하는 로컬도 있는데 우리는 서두를 필요가 없어 로컬 기차를 탔다. 기차는 차창을 스크린 삼아 다양한 풍경화를 펼쳐주었다. 나지막한 주택과 활엽수들로 이루어진 숲으로 이어지는 전형적인 일본의 전원풍경이 이어지더니 어느샌가 바다가 보였다. 흐린 날의 바다는 물빛마저 회색빛이다. 어디선가 물비린내가 나는 듯도 했다.

오타루역을 한 정거장 앞둔 미나미오타루역에서 내리기로 했다. 초행길이라 구글맵을 길잡이 삼아 걸었다. 길을 따라 걷다 보니 크고 작은 건물들 사이에서 한눈에 들어오는 고풍스러운 집이 있었다. 겉보기에도 오래된 집으로 보였는데 안내판이 눈에 들어왔다. 오타루시 지정 역사적 건축물, 이노마타 저택이란다. 목조건축물인데 돌창고, 돌담, 돌문을 포함하여 보존한다는 글이 적혀 있다. 살짝 들어가 보니 잘 가꿔진 정원이 눈에 들어왔고 정갈하게 정돈된 청소도구가 눈에 들어왔다. 누군가 아직 사는 것 같았다. 집은 역시 사람의 손길이 닿아야 한다. 빈집이나 빈 건물은 금방 망가진다. 역사적 장소건 근대유적이건 사람이 살면서 보존하는 게 맞는 것 같다. 어떤 건물이건 그곳을 좋아하는 사람이 살면서 보수하고 가꿔야 한다고 생각한다.

이노마타 저택을 조심스럽게 둘러보고 걸어 내려오니 한눈에도 눈에 뜨이는 고풍스러운 건축물들이 모여 있는 거리가 나왔다. 메르헨 교차로였다. 메르헨 교차로는 다섯 갈래 길이 모이는 교차로인데 그 주변에는 오르골당, 유리공예관, 르타오 본점, 사카이마치도리 등 오타루에서 사람들이 많이 찾는 장소가 다 모여 있다.

메르헨Märchen은 독일어로 동화라는 뜻인데 말 그대로 동화에서 나올 법한 예쁜 오래된 건물들 오밀조밀하게 모여 있었다. 그런 건물들이 우체국이나 오르골박물관, 유리공예관, 공방으로 쓰이고 있었다. 동화 속에서 툭 튀어나온 것 같은 예쁜 오르골과 유리 공예품은 아이들뿐 아니라 어른들을 매료시키며 사람들을 불러 모은다. 홀리듯 들어간 오르골당은 투명하고 반짝이는 예쁜 것들로 가득했다. 크고 작은 오르골은 동물, 천사, 인형, 때로 스시같이 다양한 모양을 하고 여기저기서 맑고 투명한 소리를 냈다. 이곳은 메르헨이라는 말처럼 오르골로 동화적 판타지를 구현해 놓은 곳 같다.

메르헨 교차로에서 오타루 운하까지 이어진 길은 근대로 시간여행을 하듯 오래된 건물들이 많은데 그 건물들은 대부분 오르골당, 박물관, 유리공예관, 공방, 공예품점, 식당, 기념품점 같은 용도로 쓰이면서 사람들을 매료시키고 끊어질 듯 이어진 골목길은 소박하고 맛있는 식당, 개성 넘치는 가게들이 있어 사람들의 허기와 호기심을 충족시켜주었다.

오타루는 근대 건축물이 잘 보존되어 있다. 그저 보존되어 전시되는 것이 아니라 그 건물이 현재에도 용도를 달리해 사용하고 있다는 사실을 눈여겨봐야 한다. 오타루 운하를 따라 늘어선 예전에는 공장으로 창고로 사용되었던 오래된 벽돌 건물들이 지금은 지나온 시간의 결이 그려둔 무늬 위에 담쟁이넝쿨이 더해져 고풍스러운 식당으로, 공방으로 사용되면서 많은 사람의 발길을 끌어모으고 있다.

해가 지고 어둠이 오는 시간에 켜지는 은은한 가스등 조명이 더해져 오타루 운하의 야경은 오타루를 찾은 사람들이 꼭 봐야 할 매력적인 시간과 장소로 꼽는 오타루의 풍경이 되었다. 오타루의 건물들은 그렇게 시간의 흔적을 고스란히 간직하고 있어 고풍스럽고 운치가 있다.

오타루 역으로 향하는 길은 현대적인 느낌의 건물들이 대부분이었지만 그 가운데서도 몇몇 눈에 뜨이는 오래된 건물이 있었다. 이곳은 예전에 은행으로 쓰였던 건물이고 이 건물은 상사건물이었다는 명패를 달아 보여주면서 사람들의 관심을 환기하고 있었다.

'old is but good is'라는 말이 있다. 오래되었지만 좋은 것이라는 의미인데 오타루는 그 말을 눈으로 보여주는 매력적인 도시라고 생각한다. 무심코 걷다 보면 오래되어 시간의 결을 덧입힌 고풍스러운 건축물을 만난다. 그 건물 안으로 들어가면 오늘 청춘들이 만든 아기자기한 공예품이 다양한 표정과 얼굴로 사람들을 맞는 모습에 다시 즐거워진다. 어제와 오늘이 만나 만들어 낸 매력적인 풍경들이다.

우리나라를 떠올렸다. 참 아깝다 싶은 건축물들이 허물어지고 그 자리에 새로운 건물들이 들어선다. 이렇게 간다면 '고풍스러운' 혹은 '오래된'이란 단어를 붙일 수 있는 건물이 몇이나 될까? 이제라도 남아 있는 역사적인 건물에, 오래되어 더 멋진 건물에 이름표를 달아주고 그 건물들에 눈길을 한번 더 주고 그 건물들이 청춘들과 만나 살아 반짝이게 하면 어떨까?

누군가 새로 건물을 짓고 있다면 오늘 짓는 이 건물이 오랜 시간이 지난 후 어느 날엔가 사람들이 좋아하고 아끼는 추억의 장소가 된다는 생각으로 짓는다면 대충, 겉보기만 그럴싸하게 짓는 일을 없을 것이다. 이런저런 생각을 하며 삿포로로 돌아오는 기차 창밖은 간간이 비가 내렸고 안개 속처럼 어두웠지만 머릿속으로 그려 본 새것과 오래된 것이 공존하는 도시는 상상만으로 가슴이 설레었다.

다음날은 후라노와 비에이 지역을 가기로 했다. 삿포로, 후라노, 비에이라는 동선은 차편도 그렇고 시간도 효율적으로 쓰기 힘들 것 같아서 1일 로컬 투어를 신청했다. 1일 로컬 투어는 효율적인 동선과 함께 가이드가 동행하여 적절한 안내를 해줘 편안하게 보고 즐기며 다닐 수 있어 여행 중에 가끔 이용하는데 합리적인 비용에 쾌적하게 여행할 수 있어 좋다.

이 투어는 이른 아침 삿포로 테레비탑 근처에서 출발했다. 후라노의 아름다운 라벤더 팜은 라벤더뿐 아니라 다양한 색깔 꽃을 무지갯빛으로 가꿔 눈길을 사로잡았고 라벤더 아이스크림을 비롯하여 라벤더를 이용한 여러 제품을 만들어 파는 기념품 가게가 있어 구매욕을 자극하곤 했다. CF에 나온 나무라는 이유로 유명해져 많은 사람이 찾는 켄과 메리의 나무, 세븐스타 나무, 마일드세븐의 언덕. 패치워크의 길을 버스는 가다 서다 반복했다. 사람들은 내려 사진을 찍고 거닐었는데 이보다 아름다운 나무나 언덕은 우리나라도 많은데 우린 왜 이런 스토리텔링을 하지 않는 걸까? 그런 생각을 잠시 했었다.

비에이에서는 비에이역에서 각자 점심을 먹고 돌아와 흰수염 폭포와 청의 호수로 이동했다. 흰수염 폭포는 겨울에 눈과 함께 빙벽이 된 풍경이 압도적이라 하고 청의 호수는 여름, 바람 없는 맑은 날에 그 진가를 발휘한다고 한다. 그날 내가 본 청의 호수가 그랬다. 그래서 독특한 색감의 청색 물빛이 환상적이었던 청의 호수는 지금도 선명하게 남아 있다. 다시 버스를 타고 이동하여 후라노 지역의 허브팜에 들러 오렌지색 속살이 독특한 유바리 멜론을 맛보는 것으로 일정이 끝이 나고 사람들은 처음 만났던 그 자리에서 삼삼오오 흩어졌다.

동생과 나는 삿포로 사람들이 즐겨 먹는다는 커리수프를 저녁으로 먹기 위해 구글맵을 다시 켰다. 커리수프는 삿포로 사람들이 즐겨 먹는 음식으로 사람들에게 추천받은 식당이 몇 군데 있었지만 우리는 사무라이라는 식당을 찾아가기로 했다. 어렵지 않게 찾아간 그곳은 주의를 기울이지 않으면 지나칠 만큼 작은 간판 하나가 있을 뿐이었다. 가게 안은 마치 다락방 같은 분위기의 좁은 공간이었는데 저녁을 먹기엔 조금 늦은 시간이었음에도 다국적 사람들이 자리를 가득 채워 빈자리가 없었다. 주문하고 꽤 시간이 흐른 후에 나온 커리수프를 한입 먹어본 우리는 과연이라는 감탄사와 함께 눈이 마주쳤다. 추운 겨울밤 속을 따뜻하게 데우는 데는 이만한 음식이 없을 것 같다. 여름에 먹어도 이렇게 맛있는데, 라며 마파람에 게 눈 감추듯 그릇을 싹싹 비웠다.

다음날은 삿포로 교통 1일권을 서서 돌아다녔는데 홋카이도 신사가 있는 마루야마 공원을 시작으로 시로이 고이비토 즉 하얀 연인白い恋人パーク이라는 과자로 유명한 과자 회사에서 운영하는 시로이 고이비토 파크로 갔다. 이곳은 〈찰리와 초콜릿 공장〉이 생각날 정도로 예쁜 정원과 함께 멋진 빅토리아풍의 건물이 있었는데 건물 안으로 들어가면 과자 공장의 내부를 볼 수 있게 만든 대형 유리창이 있었고, 장난감 박물관과 함께 여러 가지 볼거리가 많아 아이들은 물론 어른들도 즐겁게 시간을 보낼 수 있었다. 안내직원들이 유럽풍의 고풍 의상을 입고 안내하는가 하면 AI 로봇이 도우미 역할을 하기도 한다. 서로 다른 시대가 한자리에 있는 느낌이라 새로웠다. 우리나라 과자 회사들은 왜 이렇게 멋진 공간을 만들 생각을 안 하는 걸까 아니 못하는 걸까 그런 생각을 잠시 하기도 했었다.

다음 일정은 삿포로 맥주박물관을 둘러보는 것이었다. 맥주박물관을 둘러보고 그곳 식당에서 삿포로의 대표 음식으로 꼽히는 양구이 요리인 징기스칸을 먹었다. 양고기 특유의 냄새가 나지 않아 맛있게 먹었는데 어찌 된 셈인지 밖으로 나왔을 때 옷에 배인 양고기 냄새가 좀처럼 가시질 않아 당혹스러웠다.

왔던 길을 되밟아 숙소가 있는 오도리 공원으로 돌아오니 맥주 축제가 열리고 있었다. 그날이 한 달 동안 열리는 삿포로 맥주 축제 첫날이었다. 일본 맥주 브랜드인 삿포로, 산토리, 아사히, 기린 네 회사에서 각각 대규모 부스를 운영하면서 다양한 맥주와 함께 음식들을 판매했는데 회사마다 운영방식도 조금씩 다르고 메뉴도 대형 피처도 모양이 달라 구경하는 재미가 있었다. 각 부스에는 흥겨운 축제 분위기와 함께 직장동료나 친구들과 온 사람들로 넘쳐났다. 축제란 거기 있는 모든 사람이 즐거워야 하는 법! 맥주의 향기에 취하는 사람도 그 사람들을 보는 사람도 다 즐겁고 유쾌해 보였다.

흥청거리는 축제장을 뒤로하고 골목길을 걸었다. 몇 블록 떨어진 곳은 축제의 열기와 무관하게 평온하다. 무관심을 가장한 그런 평온도 좋다. 삿포로에서 마지막 밤에는 그렇게 많이 걸어 다녔다. 돌이켜보면 목적지 없이 돌아다니는 시간도 좋았다. 낯설었던 이 도시의 밤이 이곳에서 며칠이 지나자 익숙한 풍경이 되었다.

여행자는 낯선 곳이 익숙해지면 떠나야 한다. 꿈도 없이 밤이 지나고 아침이 되자 가방을 끌고 신치토세 공항으로 가기 위해 정류장에서 버스를 기다렸다. 이른 아침임에도 출근길을 서두르는 사람들의 발길이 바빠 보인다. 기다리던 버스가 도착하고 나는 좀 게을러도 되는 여행자이므로 최대한 느긋하고 우아하게 버스에 올랐다. 버스는 돌고 돌아 공항에 도착했다. 이제 돌아가는 일만 남았다.

공항에서 비행기를 기다리며 여정을 되새기는데 내 머릿속에는 어찌 된 셈인지 귀여운 토토로가 통통통 뛰어다녔고 〈이웃집 토토로〉 멜로디가 떠올랐다. 오르골이다! 오르골박물관에서 본 앙증맞은 오르골에서 흘러나오던 멜로디가 토토로였다. 오르골의 맑고 경쾌한 소리는 한동안 내 머릿속을 돌아다녔고 급기야 나도 모르게 허밍으로 멜로디를 부르고 있었다. 게이트가 열리고 보딩이 시작되었다. 이제 안녕! 토토로!

トトロ トトロ トトロ トトロ
誰かが こっそり
小路に 木の実 埋めて
ちっさな芽 生えたら 秘密の暗号
森へのパスポート
すてきな冒険　始まる
となりのトトロ トトロ トトロ トトロ

토토로 토토로 토토로 토토로
누군가 살며시

골목길에 나무 열매를 심어서

작은 싹이 텄다면 비밀의 암호

숲으로의 입장권

엄청난 모험이 시작돼요

이웃집 토토로 토토로 토토로 토토로

안달루시아,

알람브라 궁전과 마지막 왕의 눈물

카사블랑카라는 지명을 들으면 반사적으로 영화 〈카사블랑카〉가 떠오르고 잉그리드 버그만의 유명한 대사가 생각난다.

"샘, 연주해 주세요! 세월이 흘러도 말이에요." 그리고 험프리 보가트의 대사인 "당신의 눈동자에 건배!", "저 비행기가 떠나고, 그와 함께 떠나지 않으면 당신은 후회할 거야. 오늘이나 내일은 안 그럴지도 모르지만 곧."

내게 카사블랑카는 영화 몇 장면과 대사와 함께 영화 속에서 존재하는 지명이었다. 그런데 어쩌다 카사블랑카에 갈 기회가 생겼다. 2006년 1월 중순 나는 모로코에서 스페인, 포르투갈로 이어지는 여행길에 올랐다. 그 카사블랑카라는 이름에 끌려 이 여행을 따라나선 것이다.

그때 사진을 10여 년이 지난 오늘 찾아보니 오래된 기억만큼이나 오래된 사진은 화질도 느낌도 빛바랜 시간처럼 흐릿했다. 그 시절의 디카가 DSLR로, 미러리스로, 휴대폰으로 바뀌면서 선명도가 촘촘해진 만큼 그때 사진을 지금 보면 조금 낡아버린 책장을 펼치는 기분이 든다. 그만큼 그 기억도 흐릿하다.

내가 처음 국경 밖으로 떠났던 여행은 열흘간의 배낭여행으로 태국과 캄보디아로 떠난 여행이었다. 그리고 그다음 여행으로 일본 도쿄와 오사카를 다녀왔다. 첫 여행을 배낭여행으로 시작하여 온갖 우여곡절을 겪으며 강렬한 경험을 하고 와서 그런지 여러 일행과 정해진 코스대로 떠나는 패키지 관광에는 별로 흥미를 갖지 못했다.

첫 여행에서 생전 경험해보지 못한 좌충우돌 파란만장한 일들을 겪었고 그만큼 그 기억은 선명하게 각인되었다. 그리고 이른 아침 산책길에서 마주친 카오산로드 인근 마을의 아침 풍경과 태국과 캄보디아 국경을 육로로 넘어가며 겪었던 황당한 일들, 처음이라 서툴렀고 생경했던 일들은 이젠 야금야금 꺼내 먹기 좋은 추억이 되었다.

그다음에 떠났던 일본 여행은 도쿄에서 시작하여 신칸센을 타고 오사카까지 이어지는 열흘간의 여정이었다. 그 당시에는 일본어를 한마디도 못 했지만 어찌어찌 기차표를 사고 길을 물으며 이곳저곳을 찾아다니기도 했다. 가게에서는 보디랭귀지로 필요한 물건을 사기도 하고 맛집으로 알려졌다는 식당을 찾아 거리를 헤매기도 했다. 대책 없이 떠나도 세상 어디에서나 사람이 사는 곳이니 다 잘될 거라는 근거 없는 믿음 하나로 길을 나섰고 그 무모한 여행은 대체로 성공적이었다.

때로는 허리가 아프다는 이유로 함께 길을 떠난 일행에게 많은 짐을 떠넘기고 그 호의에 편승해 다니는 뻔뻔함도 있었다. 지난 10여 년간 길고 짧은 여행길에 오르면서 어떤 여행이든, 최악의 상황에서도 여행길에서 시간을 낭비했다거나 괜히 길을 나섰다는 후회는 없었다.

여행은 나에게 살아가는 새로운 에너지를 주는 일이면서 나를 돌아보게 하는 일이었다. 낯선 공간과 사람들 사이에서 나는 나를 가장 객관적으로 볼 수 있었고 나라는 인간을 바닥까지 잘 들여다볼 수 있었다. 그리고 조금 무리해서라도 국경 밖으로 길을 나서는 것은 어쩌면 나를 리셋하고 싶어서인지 모른다. 그리고 돌이켜보면 중요한 선택의 갈림길에서 나에게 길을 묻고 싶을 때 나는 배낭을 꾸렸던 것 같다. 나를 낯선 곳에 데려다 놓고 길을 묻는 일은 최대한 객관적인 선택을 하고 싶어서였던 것 같다. 나는 그렇게 낯선 곳에서 길을 찾아 헤매는 과정에서 지도를 찾고 길을 묻고 하면서 답을 찾았다. 살아가면서도 어떤 문제에 부딪힐 때 역시 그렇게 풀어가고 싶은 마음이 나를 길 위로 이끈 듯하다.

인천공항을 출발한 루프트한자는 프랑크푸르트 공항에 나를 내려놓았고 나는 몇 시간 동안 공항을 배회하다 환승한 비행기로 몇 시간을 날아 카사블랑카에 도착했다, 하얀 집이라는 뜻의 카사블랑카는 이름처럼 하얀색 건물이 많았다. 날씨는 회색빛으로 흐렸고 바람이 스산하게 불었다. 차창 밖으로 노천카페에서 차를 마시며 담소를 나누는 이국적 외모의 남자들이 보였다. 나는 차창에 코를 박고 바깥의 생경하고 낯선 풍경에 정신이 팔려 있었다.

버스는 호텔에 도착했고 모로코 국왕의 사진이 걸린 아랍풍 호텔의 독특한 분위기에 빠져 체크인하는 동안 호텔 안팎을 기웃거렸다. 체크인하고 바닷가가 보이는 곳으로 갔다. 더없이 푸르고 아름다운 에메랄드빛 지중해 바다를 꿈꾸었던 나는 금방이라도 폭풍우가 불어 닥칠 것 같은 험상궂은 지중해를 보았다. 그런데도 카사블랑카라는 이름만으로, 꿈꾸었던 곳으로 왔다는 사실만으로도 무척 행복했다.

무하마드 5세 광장을 걸어서 검은색 베두인족 복장을 한 남자가 인상적이었던 공원을 거쳐 카사블랑카 어디에서나 보인다는 하산 2세 모스크로 갔다. 이 모스크는 10만 명이 동시에 예배를 볼 수 있을 만큼 거대한 규모이고 아랍의 전통적인 모스크 양식과 함께 섬세한 아라베스크 문양이 아름다운 사원이지만 나는 한쪽 면이 바다에 닿아 있어 시간에 따라 바뀌는 풍경을 볼 수 있어 더 좋았다.

이슬람에서 생명과 행복을 상징하는 녹색은 지붕과 첨탑 곳곳에 포인트처럼 보였다. 모스크는 거대했고 섬세했으며 아름다웠다. 해 질 무렵에 왔더라면 어땠을까? 새벽에 왔더라면? 수많은 경우의 수를 넣어 보았지만 나와 이 사원은 이 시간에 만날 운명이었던 거라 생각하고 다음 목적지로 이동했다.

오래된 기억은 조금씩 낡아간다. 강렬하게 각인된 여행지에서의 기억도 시간이 지나면서 조금씩 각색되고 편집되는 느낌이다. 나 스스로 기억을 왜곡하지 않으려고 오래 묵은 사진을 찾는다. 나에게 기억을 불러내는 좋은 매개체는 사진과 음악이다. 어떤 장소에서 들었던 음악을 들으면 그 시간, 그 장소에서 조금씩 기억이 떠오른다. 그러나 음악은 감성적인 부분이 커 때로 기억을 더 아름답고 좋은 것으로 각색하곤 한다. 그럴 때 사진은 그 각색된 기억에 브레이크를 걸어준다. 그것이 내가 사진으로 기억을 남기는 까닭이다.

카사블랑카의 기억은 어찌 된 셈인지 흐릿하다. 어디로 간 것일까? 그 기억들은…. 카사블랑카에서 마라케시, 페즈, 라바트로 탕헤르로 이어지는 모로코의 일정만 어렴풋이 떠오를 뿐이다. 그나마 강하게 각인되어 있는 기억들은 마라케시 제마엘프나 광장의 장면들이다.

텅 비었던 광장에 어스름이 내리자 어디선가 장사꾼이 나타나기 시작했다. 노점상이 하나둘 자리를 펴기 시작하면서 광장은 활기를 찾기 시작했다. 풍문으로만 들었던 피리 소리에 맞춰 춤추던 코브라, 광장에서 사람들에게 들려주는 이야기를 파는 장사꾼, 그리고 형형색색 형광색이 눈부시게 아름다웠던 향신료 가게, 골목길에는 카펫 가게도 있었다. 신기하고 매력적인 공예품들로 눈을 어디에 두어야 할지 몰랐던 기억, 그 많은 골목 중 어디엔가 숙소가 있었다. 숙소 정원에 야외 테이블이 무척 마음에 들었는데 푸른색 타일을 이용한 모자이크는 밝고 기분 좋은 상쾌함을 느끼게 해서 언젠가 마당이 있는 집에 살게 되면 꼭 만들어 두고 싶은 형태였고 색상이었다. 그리고 모로코 전통적인 주택을 개조한 식당에 갔던 기억이 있다. 폐쇄적인 높은 담장과 높은 곳에 난 작은 창과는 대조적으로 내부 넓었고 화려했다. 그곳에서 꾸스꾸스로 저녁을 먹고 모로코 전통 혼례를 재연한 공연과 춤을 봤다. 그러나 무엇보다 모로코 전통 가옥 형태를 살펴볼 수 있어 좋았다.

페즈는 좁은 골목길, 가죽 냄새, 당나귀 배설물 냄새로 역하게 올라왔던 냄새가 떠오른다. 당나귀 똥을 밟지 않기 위해 발밑에 온 신경이 쏠려 있었고 그 냄새를 견디기 위해 박하 잎을 코끝에 대고 걸었다. 그리고 가죽염색 공장에서 일하던 남자들의 모습, 아름다운 색감으로 사진작가들에게 인기 있는 촬영지인 가죽염색공장이 내겐 힘들고 고달픈 아버지의 일터로 보였다. 그래서 카메라를 들이대는 일이 부끄럽고 미안했다. 골목길에서 100살이 넘었다는 경비원 할아버지도 만났다. 세상에서 가장 나이 많은 현역 경비원이라는 말에 존경심마저 들었던 그 어른은 이제 이 세상 사람이 아닐 거라는 생각이 든다.

모로코의 수도인 라바트에 대한 기억은 그다지 없다. 왕궁 근처에서 만난 궁정악사와 키가 작았던 모스크의 문지기, 그리고 전통의상을 입고 독특한 동작으로 물을 따라 팔던 물장수가 스냅사진처럼 떠오른다. 그 밖의 기억들은 희미해서 안개 속 같다. 여행을 다녀와서 어쩌다 여행 사진이 담긴 메모리카드를 잃어버렸고 잃어버린 사진들만큼 기억도 잃어버려 생각하려 애쓸수록 떠오르는 기억이 제대로 된 기억일까 하는 의구심이 자꾸 고개를 들었다.

탕헤르로 갔다. 탕헤르에서 음반 가게를 찾아 돌아다녔던 기억이 난다. 당시 나는 여행지에서 그 지역의 최신 팝 음악과 전통음악 CD를 하나씩 사곤 했는데 탕헤르에서 어렵게 찾은 음반 가게에선 생각보다 비싼 음반 가격이 부담스러웠으나 어렵사리 찾은 가게라 CD를 샀던 기억이 있다. 그런데 그 CD는 또 어디로 갔을까? 탕헤르에서 복잡한 출국 절차를 거쳐 페리를 타고 스페인 타리파항으로 갔다. 페리에서 자신을 화가라고 소개한 잘생긴 남자를 만났다. 유럽과 인접한 북아프리카 지역이어서인지 모로코에는 혼혈 느낌이 나는 키 크고 잘생긴 사람이 많았다. 모로코의 독특한 분위기를 독특한 색감으로 그린 그림을 자신의 그림이라고 보여주면서 마음에 들면 팔겠다고 했다. 아직 긴 여정이 남아 있어 이동하며 챙기기 어려워 살 수 없을 것 같다고 했더니 그는 아쉬움이 역력한 얼굴이었다. 그와 그의 일행이었던 몇몇 사람들과 함께 찍은 사진은 희미해져 가는 그때의 기억을 떠올리게 해준다.

다시 깐깐하고 복잡한 입국 절차를 거쳐 스페인 땅을 밟았다. 가이드를 해주기로 한 정 선생이 기다리고 있었다. 그는 마드리드대학에서 건축학 박사과정을 공부한다고 자신을 소개했는데 부드럽고 선해 보이는 인상이었다. 스페인과 포르투갈을 함께 여행하는 내내 그의 박학다식은 빛이 났고 그는 부드럽고 유연한 시각을 가진 사람이었고 그의 신사적인 태도는 함께한 일행들을 모두 팬으로 만들었다.

버스를 타고 두 시간 남짓 달려 론다에 도착했다. 안달루시아 지방 말라가주의 도시 론다는 안달루시아의 꽃이라고 부를 정도로 아름다운 마을이다. 과달레빈강Río Guadalevín 타호 협곡El Tajo Canyon 위, 해발 780m 고지대에 세워진 절벽 위의 도시인데 누에보 다리를 건너서 오른쪽에 있는 첫 번째 골목을 따라가면 캄피요 광장Plaza del Campillo이 나오고 광장 오른쪽 끝의 전망대까지 가면 누에보 다리와 협곡 위에 있는 아름다운 마을 론다가 한눈에 들어온다.

론다를 거닐다 보면 고혹적인 도시 론다의 매력에 푹 빠지게 된다. 론다는 투우의 발상지로 알려져 있는데 특히 1784년에 건설된 신고전주의 건축 양식의 투우장인 론다 투우장Plaza de Toros de Ronda은 스페인에서 오랜 역사를 가진 투우장 가운데 한 곳이라고 한다.

론다에 대한 기억은 절벽 위의 아름다운 도시, 그리고 저물녘 마을길을 산책하다 우연히 들어간 가게에서 산 작은 수채화 두 점, 노란 집들, 함께 사진을 찍어 준 친절한 경찰관, 골목길에서 이젤을 펴놓고 그림을 그리던 거리의 화가가 떠오른다. 모두 햇살 같은 따뜻한 기억들이다.

론다에서 시작된 스페인 여행에서는 몇몇 곳을 제외하고는 고성이나 저택을 개조해서 운영하는 스페인 국영 호텔 체인인 파라도르에서 묵었다. 파라도르 데 론다는 보기에도 아슬한 절벽 위에 있고 누에보

다리를 코앞에서 볼 수 있는 데다 빼어난 전망으로 특히 인기 있는 곳이다. 파라도르는 오랜 시간의 흔적이 남아 있는 고성에 현대적 감각의 인테리어가 더해지면서 과거와 현재가 사이좋게 공존하는 듯한 느낌이 든다. 그 느낌이 고성에 대한 호기심과 함께 매력으로 작용하는 것 같다. 헤밍웨이가 론다에 머물면서《누구를 위하여 종은 울리나》를 집필했다고 하는데 스페인에서 1년 정도 머물면서 살아보고 싶은 곳을 꼽는다면 단연 론다였다.

다음날은 현지 가이드와 함께 론다 투우장을 둘러보았는데 투우장 입구에는 황소 동상과 투우사로 이름을 날렸던 카에띠노 오르도네츠 같은 투우사 동상들이 있었다. 투우장에는 투우박물관이 있는데 투우에 대한 역사와 함께 유명한 투우사가 남긴 의상과 도구들이 전시되어 있었고 현지 가이드는 투우에 관한 다양한 이야기를 들려주었다. 나는 애당초 인간에게 아무런 위해를 끼치지 않는 동물을 오락으로 혹은 스포츠로 죽이는 것이 마음에 들지 않아서 그의 말을 흘려버렸던 기억이 난다.

투우 경기장은 원형으로 되어 있어 야외무대로도 손색이 없어 보였다. 일행들의 요구와 부추김에 동행 중 한 사람인 이 선생이 멋진 바리톤 음색으로 노래를 불렀는데 그 울림이 정말 좋았다. 주변에 있던 관광객들로부터 뜻하지 않은 박수 세례를 받은 선생의 사람 좋은 웃음이 보는 사람까지 덩달아 기분 좋아지게 했다.

1월 중순은 관광 비수기였고 스페인을 찾는 한국인 아니 동양인 관광객이 많지 않았던 10여 년 전의 일이라 가는 곳마다 우리 일행은 눈길을 끌었는데 중1 겨울방학을 맞은 아들과 함께했던 여행이라 스페인 아이들은 제 또래로 보이는 동양 아이가 무척 신기했던지 자꾸 말을 걸어왔다. 아들도 그 아이들의 관심이 싫지 않았던지 뭐라 답하며 서로 까르르 웃던 모습이 기억이 난다. 그때는 코로나나 그로 인한 인종차별에 대한 두려움 없이 순수한 호기심으로 서로를 바라봤던 것 같다.

론다에서 말라가로 갔다. 말라가에서는 구시가지를 잠깐 걸었다. 피카소가 태어나 어린 시절을 보낸 곳이고 지금은 박물관으로 운영되는 생가를 둘러보고 지중해가 내려다보이는 곳에서 잠시 쉬어가는 일정이었다. 끝없이 펼쳐진 말라가의 푸른 바다와 하늘이 피카소의 청색시대에서 본 파랑을 떠올리게 했다. 스페인을 여행하면서 피카소의 색을 많이 떠올릴 수 있었다. 우리가 평소에 접하는 일상의 색과 다른 느낌의 색이 스페인에 있었다. 어떤 화가든 그의 색은 그가 어린 시절부터 보고 느꼈던, 그가 오감으로 받아들였던 색에서 시작했을 것 같다는 생각이 들었다.

말라가에서 한나절을 보내고 다시 버스에 올라 그라나다로 이동했다. 그라나다가 가까워질수록 맑고 화창했던 날씨가 점점 흐려지더니 알람브라궁에 도착할 즈음에는 비가 내렸다. 알람브라라는 이름은 빨

강이라는 뜻으로, 그라나다의 무어 왕조가 세운 모스크, 궁전, 요새로 이루어진 건물군이라고 한다.

이베리아 이슬람 문화의 최대 걸작 알람브라궁전은 스페인의 마지막 이슬람 왕조인 나스르왕조의 무하마드 1세 알 갈리브가 13세기 후반에 창립하기 시작하여 여러 번 증축하고 보완하는 과정을 거쳐 완성되었다. 현재 궁전의 모습은 대부분 14세기 때 완성되었다고 한다. 알람브라궁전은 이슬람 문화와 기독교 문화가 공존하는 곳으로 아름답고 섬세한 조각과 물이 만들어내는 풍성한 이미지가 더해져 더 아름다운 정원과 함께 가장 아름다운 궁전으로 손을 꼽는다. 알람브라라는 이름은 햇볕에 말린 붉은 벽돌색에서 유래했다. 알람브라는 전체적으로 붉은 색조를 띄는데 시간에 따라 느낌이 사뭇 다르다. 비에 젖은 알람브라궁전은 더욱 특별한 느낌으로 애수 어린 분위기를 자아냈다. 하염없이 내렸던 비가 이 아름다운 궁전을 두고 떠나야 했던 그라나다 마지막 왕 아브 압달라Abu Abdallah의 눈물처럼 느껴져 마음이 아팠다.

일행이었던 이슬람 전문가 이 교수가 알람브라궁전에 얽힌 역사를 들려주었다. 1492년 에스파냐는 인달루시아 지방의 그라나다왕국을 점령하여 오랜 염원이던 통일을 이루었고 그라나다왕국은 에스파냐의 페르디난도와 여왕 이사벨라에게 항복함으로써 700년 이상 계속된 이슬람의 역사가 끝이 났다고 한다. 아름다운 궁전을 버리고 떠나야 했던 그라나다왕국의 마지막 왕이었던 이브 압달라는 '스페인을 두고 가는 것은 슬프지 않으나 알람브라를 다시 못 보는 것이 너무나 안타깝다!'라며 눈물을 지었다는 이야기는 듣는 사람들 마음에도 비를 내리게 했다.

그 이야기를 들으니 알람브라궁전이 더욱 처연하게 느껴졌다. 이 교수는 알람브라궁전의 폴보로사 탑에 새겨진 시 구절인 '여인이여! 그에게 적선하시오! 그라나다에서 눈이 먼 것 더 더한 시련은 없을 것이오!'를 번역해서 읽어주면서 이 아름다운 궁전을 볼 수 있고 아름다운 것을 아름다운 것으로 감상할 수 있는 안목을 가진 우리는 축복 받은 사람일 거라고 말했다. 나는 그 말에 동의했다. 눈이 멀어 아름다움을 보지 못하는 슬픔과는 비교도 되지 않겠지만 아름다운 것을 보고도 느끼지 못하는 것 또한 비극이 아닐까?

알람브라궁전은 타일 모자이크와 정교하게 조각된 아라베스크 문양, 물 위에 비친 알람브라궁전과 함께 풍부한 물이 그려내는 풍성한 이미지와 사이프러스 나무, 아름다운 전경과 끝없이 이어지는 건물들이 감탄을 자아내게 한다. 이 아름다운 궁전은 누가 지었을까? 그 궁전은 벽돌을 쌓아 올리고 섬세하게 조각한 이들과 이름조차 잊힌 보통 사람들과 예술가들의 희생으로 만든 것이다. 화려한 궁전에서 보석세공품, 은식기, 집기류 들이 가득한 왕궁을 볼 때 마음 한쪽이 불편한 것은 그 시대 그것들을 직접 만들었던 사람들의 삶이 떠오르기 때문이다.

알람브라궁전을 둘러보는 내내 무슨 연상 작용처럼 타레가의 '알람브라궁전의 추억'의 멜로디가 떠올랐다. 기타연주로 자주 들어서 귀에 익은 곡이라 그럴 거라 싶었는데 평소에 이 곡을 들으며 그 독특한 연주기법이 사진으로 봐왔던 알람브라궁전과 잘 어울린다고 생각했는데 실제로 비에 젖은 알람브라궁전을 눈앞에서 보니 그 곡이 저절로 떠오르며 그 멜로디가 귀에서 맴돌았다.

알람브라궁전을 다 돌아보고 숙소에 도착할 즈음 비가 그쳤다. 저녁을 먹고 집시들의 거주지인 사크로몬테 지구의 한 공연장으로 가서 플라밍고 공연을 보기로 했다. 집시들의 플라밍고는 격정적이었는데 기타 연주자 두 사람, 고양이를 닮은 젊은 무용수와 아름답고 매력적인 무용수 둘, 나이 지긋한 중년 여성 무용수 한 명 그렇게 여성 무용수 넷과 훤칠하고 잘생긴 남자 무용수 두 사람이 번갈아 춤을 췄다.

플라밍고 무대는 잔잔한 파도처럼 시작해서 한바탕 폭풍우가 휘몰아치듯 격정적으로 치달으며 마무리되었는데 공연을 마칠 즈음 무용수들은 모두 땀에 흠뻑 젖어 있었다. 그들의 공연을 본 나는 마치 내가 무대에서 춤을 춘 것처럼 숨이 찼다. 그 공연은 무슨 일이든 저처럼 격정적으로 온 힘을 다해본 적이 있었는지, 나를 돌아보게 했다. 그리고 젊고 예뻤던 무용수들의 날아갈 듯 가벼운 무대도 아름다웠지만 깊이 있고 몸짓 하나하나가 카리스마가 넘쳤던, 눈빛만으로도 무대를 압도했던 그 중년 여성 무용수의 춤이 기억에 더 오래 남아 있다.

공연을 보고 돌아가는 길, 멀리 보이는 알람브라궁전은 환하게 밝힌 조명으로 낮의 얼굴빛과 달리 노랗고 따뜻한 빛으로 빛나고 있었다. 숙소로 돌아온 나는 좀처럼 잠들 수가 없었다. 그 리듬이, 그들이 흘렸던 뜨거운 땀이 너무나 강렬하게 남아 있어서였을 것이다. 나의 알람브라는 물의 궁전이었고 집시의 열정적인 플라밍고가 있는 밤의 궁전이었다.

그 밤의 기억은 '달의 아들Hijo De La Luna'이라는 노래를 떠올리게 한다. '달의 아들'은 집시들에게 전해지는 달의 전설을 노랫말로 만든 곡으로 스페인의 유명한 혼성 3인조 팝그룹 macano가 불렀다.

한 집시 여인이 너무 외로워서 달의 여신에게 사랑하는 사람을 보내 달라고 기도했다. 달의 여신은 그녀에게 사랑하는 사람을 보내 줄 테니 그들이 낳는 첫 번째 아들을 자신에게 달라고 한다. 집시 여인은 그 제의를 받아들였고 그 후 사랑하는 사람을 만나 행복하게 살던 여인은 달의 아이를 낳게 되었다. 그런데 그 아이가 자신을 조금도 닮지 않은 것을 본 남편이 그녀를 의심하게 된다. 지독한 질투로 인해 괴로워하던 남편은 부인을 죽이고 아이를 산에 갖다 버린다. 달은 그 아이를 거두어 기르는데 아이가 행복할 때는 보름달이 되었지만, 아이가 울면 아이를 달래기 위해 달은 초승달로 요람을 만들어 아이를 달랬다는 이야기다.

가사가 그대로 한 편의 시고 곡도 무척 극적으로 전개된다. 플라밍고의 열정적인 리듬과는 결을 달리하는 노래지만 집시들의 원초적인 슬픔이 묻어 있는 곡이라 알람브라의 밤과 연상 작용으로 떠오르는 것 같다.

Tonto el que no entienda. Cuenta una leyenda

Que una hembra gitana Conjuró a la luna Hasta el amanecer.

Llorando pedía Al llegar el día Desposar un calé.

"Tendrás a tu hombre, Piel morena,"

Desde el cielo Habló la luna llena.

"Pero a cambio quiero El hijo primero Que le engendres a él.

Que quien su hijo inmola Para no estar sola Poco le iba a querer."

luna quieres ser madre

Y no encuentras querer

Que te haga mujer.

Dime, luna de plata,

Qué pretendes hacer

Con un niño de piel.

A-ha-ha, a-ha-ha,

Hijo de la luna.

전설을 하나 말해 줄게요. 이해 못 하면 바보,

집시 여인이 한 남자와 맺어지기를 동이 틀 때까지 달님에게 기원했네
달님이 말했네. "넌 갈색 피부의 남자와 맺어질 것이다."
다만 그와의 사이에서 낳는 첫아들을 나에게 주렴
난 혼자가 싫으니 그 아이를 나에게 바치렴
달님, 당신은 어머니가 되고 싶은 거죠
하지만 당신은 사랑을 모르죠
여자가 되게 해 달라고 비세요.
말해 줘요, 은의 달님
뭘 바라시나요
인간 남자아이
아~ 하하~~~ 아~
달의 아들

다음 날은 세비야로 향했다. 왜 그런지 세비야 대성당을 제외하고는 세비야에 대한 특별한 기억이 없다. 페드로 1세가 이슬람 장인들을 불러 모아 그라나다 알람브라 성의 나스로 궁전을 모티브로 만들었다는 알카사르 궁전을 둘러보고 걸어서 세비야 대성당으로 갔다. 바티칸 시국의 성 베드로 대성당과 영국 런던의 세인트 폴 대성당에 이어 세계에서 세 번째로 큰 성당이라 하고 고딕 양식의 성당으로 가장 큰 성당이라고 하는데 17, 18세기에 르네상스 양식과 바로크 양식이 추가되

면서 세비야성당은 여러 양식이 혼재해 있다.

세비야 대성당은 이슬람 사원이 있던 자리에 짓기 시작한 지 105년이 지난 1506년에 완공되었고 세계에서 가장 크다는 어마어마한 크기의 제대와 스페인 4대 왕국이었던 카스티야, 레온, 나바라, 아라곤의 4명의 왕이 관을 짊어지고 있는 동상 형태의 거대한 콜럼버스의 묘가 있어 현재는 세비야 여행에서 빠트리면 안 될 곳으로 꼽힌다. 성당으로 들어가면 우선 그 크기에 압도당한다. 신 앞에서 인간은 정말 작고 나약한 존재임을 자각하라는 의미일까?

성당에서 종종걸음으로 이곳저곳을 살피다 나와서 대성당 종탑인 히랄다 탑에 올랐다. 히랄다 탑은 계단이 없다. 나선형으로 이어진 경사로를 따라가면 탑의 정상에 이른다. 눈 앞에 펼쳐진 세비야 전경에 감탄하며 바라보다가 히랄다 탑과 함께 12세기에 지어진 이슬람 사원의 한 부분인 오렌지정원으로 향했다. 나무에는 오렌지가 아직 매달려 있었다. 나는 장엄하고 거대한 성당보다 소박한 오렌지정원이 마음에 들었다.

오렌지정원을 나와서 숙소로 향했다. 그간 누적된 피로 때문이었을까. 몸 상태가 좋지 않아 저녁 때까지 숙소에서 푹 쉬기로 했다. 저녁이 되자 컨디션을 회복했고 저녁을 위해 근처 식당으로 이동했다. 스페인 사람들은 저녁을 가장 잘 먹고 오래 먹는다. 우리가 간 식당에서는 악사들이 테이블마다 다니며 기타 연주를 들려주었다. 스페인을 여행하는 동안 기타 연주를 많이 들었다. 스페인에는 프란시스코 타레가, 호아킨 로드리고 같은 출중한 기량을 가진 기타 연주가가 많이 있고 스페인 사람들은 누구랄 것도 없이 기타 연주를 좋아하는 것 같다. 기타가 스페인 사람들의 정서와 가장 맞는 악기여서가 아닐까?

다음날은 코르도바로 향했다. 코르도바는 대도시는 아니지만 오래된 유적이 많이 남아 있는데 특히 구도심에는 전통적인 건축물들이 그대로 남아 있다. 코르도바는 이슬람 세력이 이베리아반도를 지배하던 때에 수도 역할을 했으므로 이슬람과 스페인 후대 문화의 영향이 강하게 남아 있는 곳이다.

코르도바에서 먼저 간 곳은 메스키타(코르도바의 대모스크)였다. 이번에도 이 교수의 토막 강의를 들을 수 있었다. 1236년 카스티야의 페르난도 3세가 이 도시를 정복한 후에는 로마 가톨릭교회인 '성모 마리아 승천 대성당'이 되었다. 이 메스키타는 여러 종교의 성전으로 바뀌었는데 처음에 로마 신전이었고 그다음에는 교회가 들어왔고 무어인들이 땅을 차지하게 되면서 모스크와 궁전을 세웠다.

성당의 기도용 니치와 별이 뒤덮여 있는 푸른 타일로 된 돔은 이슬람 문화 영향이 그대로 드러난다. 교회 내부의 넓게 열린 공간에는 대리석, 화강암, 오닉스, 벽옥으로 된 기둥이 늘어서 있고 조각이 새겨진 기둥 위에 얹힌 1,000여 개의 빨간색과 흰색 줄무늬 말발굽 모양 아치가 있다. 이 아치들은 예전에 있던 로마 신전에서 떼어 온 부속들을 이용하여 만들어졌다. 메스키타는 이슬람 모스크의 특징들이 그대로 남아 있어 이슬람 사원의 구조를 살펴볼 수 있었다.

이 교수는 코르도바를 문화의 용광로라는 말로 표현했는데 그 말이 꼭 맞는 것 같다. 코르도바 구도심에는 이슬람 문화의 흔적이 많이 남아 있는가 하면 메스키타 주변에는 유대인 지구가 있다. 그리고 과달키르강을 가로지르는 로마교가 아직 건재하다. 이처럼 많은 문화가 혼재하면서도 조화롭게 잘 어우러져 코르도바 특유의 아름다움이 되어 독특한 코르도바 문화를 만들어 낸 것 같다.

코르도바 사람들은 꽃을 무척 좋아하는 것 같았다. 집마다 화분이 걸려 있고 잘 가꾼 정원이 있다. 코르도바에는 파티오라는 건물로 둘러싸인 안마당에 꽃과 식물을 가꾸는 스페인 특유의 실내 정원이 있는데 집집마다 잘 가꾼 파티오가 있어 지나다니는 길에 실례를 무릅쓰고 자꾸 파티오를 기웃거리곤 했다.

메스키다를 둘러보고 나오는데 어디선가 아름다운 음악 소리가 들렸다. 소리 나는 곳으로 가니 한 남자가 오카리나를 불고 있었다. 넋을 잃고 그 음악에 귀 기울이고 있었다. 남자는 연주를 마치고 작은 나무 트레이에 담긴 여러 종류의 오카리나를 보여주었다. 크기도 형태도 색깔도 다양한 오카리나를 팔고 있었다. 작은 새 모양 오카리나를 골랐다. 5유로를 주고 사 왔는데 나는 악기 연주에 그다지 소질이 없음을 깨닫게 되기까지 시간이 그다지 걸리지 않았다. 코르도바에서의 기억은 거기까지다. 그 오카리나는 몇 년 동안 집안 어디에선가 간혹 출몰했는데 또 양말 요정이 숨겼는지 최근에는 통 볼 수가 없다.

다음날은 마드리드로 향했다. 몇 시간씩 이동하는 중에는 일행들 몇이 자신의 전문 분야에서 공유하고 싶은 내용으로 30분간 자투리 강의를 하기도 했고 정 선생의 역사 이야기를 듣거나 잠시 졸기도 하면서 이동해서인지 지루함을 느낄 시간이 없었다.

마드리드에 도착해서 가장 먼저 간 곳은 스페인광장이었다. 스페인광장에는 세르반테스 탄생 300주년을 기념해서 세운 세르반테스 기념탑과 함께 그의 작품《돈키호테》의 주인공인 돈키호테와 그의 시종 산초의 조각상이 있어 포토존으로 그곳을 찾는 사람들의 인기를 끌었다. 그리고 돈키호테의 집이라는 곳을 갔는데 소설 속 돈키호테의 집을 재현해 놓은 듯했는데 특별한 것이 없어 쓰윽 둘러보고 나온 기억이 난다.

마드리드에서 이틀간 머무르면서 스페인 왕궁과 마요르 광장, 산미구엘 시장, 솔 광장, 그리고 프라도미술관을 둘러보았는데 가장 좋았던 곳은 역시 프라도미술관이었다. 프라도미술관에서는 스페인 미술의 정수를 만날 수 있었는데 벨라스케스, 고야, 엘 그레코 등 화가들의 작품이 3,000점 이상 전시되었다고 한다. 그림에 빠져 있다 보니 약속한 세 시간이 훌쩍 지나 아쉬움을 뒤로하고 미술관을 나와야 했다. 그럴 수 있다면 한 달 정도 미술관 근처에서 머물면서 전시된 작품을 찬찬히 살펴보고 싶었다. 그러나 현실은 일정에 따라 길을 떠나야 했다. 나는 언젠가 스페인에서 느긋하게 머물며 골목을 걷고 미술관 투어를 마음껏 할 날을 또 꿈으로 남겼다.

마드리드에서 세고비아로 이동했다. 세고비아에 도착한 시간이 점심시간이라 세고비아의 유명한 어린 돼지 통구이Cochillo Asado를 먹기 위해 맛집으로 유명한 메종 드 칸디도meson de candido로 이동했다. 이 레스토랑은 200년 넘게 이 요리를 해왔다고 한다. 이 요리는 어린 돼지에 버터를 바르고 소금을 뿌려 화덕에 구워낸 것인데 이렇게 구우면 겉은 바삭하고 속을 부드러운 돼지구이가 된다. 부위에 따라 지방이 많은 부분을 받게 되면 느끼해서 먹기가 힘들고 얼굴 쪽 부분이 담긴 접시를 받게 되면 먹기도 전에 거부감이 생길 수 있다.

이 식당은 오랜 전통을 자랑하는 듯 다녀간 세계 저명인사의 사진이 벽면에 빼곡하게 걸려 있었다. 우리 일행 중에도 우리나라에서 잘 알려진 분이 있어 주인이 직접 나와 깍듯이 인사하고 방명록을 내주었다. 보기에도 두껍고 고풍스럽게 보였던 그 방명록을 쓸 기회는 아무에게나 주어지지 않는 것이라며 자랑스러워했다. 주인은 접시로 돼지를 자르고 나서 그 접시를 바로 깨트리는 퍼포먼스를 보여주었다. 애저요리는 확실히 호불호가 갈렸는데 바삭하고 부드럽긴 했지만 내겐 너무 느끼해서 내 취향은 아니었다. 심지어 내 접시에는 어린 돼지의 귀 부분이 담겨 있었으니….

식당에서 나오니 로마 시대에 지은 거대한 수도교가 눈앞에 보였다. 그 기능을 떠나서 2층 아치형 구조의 아름다움에 저절로 눈이 갔다. 수도교는 다듬은 화강암으로 만든 166개의 2층 아치로 되어 있으며 전체 길이 약 813m, 최고 높이 약 30m라고 한다. 이 수도교에서 로마 시대의 토목 공학 기술의 진수를 느낄 수 있었다. 다시 버스에 올라 알카사르로 갔다. 알카사르는 디즈니랜드의 성을 이 성을 본떠서 지었다고 도 하고 디즈니의 백설공주 성 모델로 알려져 사람들은 백설공주 성으로 부른다.

가까이에서 본 성도 무척 아름답지만 성이 한눈에 들어올 만큼의 거리에서 보면 더 아름답다. 성 내부에는 기사들의 갑옷이나 칼, 창, 같은 무기들과 역사를 그린 회화나 태피스트리가 전시되어 있었는데 신화나 역사를 담은 다양한 태피스트리가 인상적이었다. 성에서는 보면 멀리 보이는 마을 전경도 길도 아름다워 그 풍경을 눈에 담으며 성을 둘러보는 것도 좋았다.

세고비아에서도 파라도르에서 묵었는데 이곳은 어느 객실에서나 세고비아 도시 전망이 다 볼 수 있다는 것이 장점이었다. 멀리서 보이는 야경도 아름다웠지만 이른 아침 창밖으로 보이는 환상적인 풍경에 감탄사가 저절로 나왔다. 속을 알 수 없는 깊은 안개가 도시를 덮고 있었는데 안개의 바다에 멀리 알카사르성 일부분만 보였다. 시간이 지나고 안개가 걷히면서 세고비아 대성당부터 서서히 베일을 벗듯 그 모습을 드러냈다. 이런 환상적인 아침이라니 정말 비싼 숙박비가 아깝지 않은 풍경이었다.

아침 식사를 마치고 다시 버스에 올라 여름 궁전인 랑 그랑하로 갔다. 여름 궁전은 아름다웠지만 겨울 정원은 스산하고 쓸쓸하기 그지없다. 오지 말 걸 그랬다. 이런 풍경이라면…. 차고 시린 풍경을 안고 가을 궁전이라 불리는 엘 에스 콘뚜알로 갔다. 이 성은 스페인 전성기인 펠리페 2세 때 만든 성으로 합스부르크의 절제와 단정함을 보여주는, 웅장하지만 지나치지 않은 아름다움을 자랑하는 정갈한 왕궁으로 절반은 왕궁으로 절반은 수도원으로 사용하고 있었다. 궁전과 수도원은 ㄷ자형으로 건물이 배치되어 있었는데 궁정 갤러리에 벨라스케스, 엘 그레코 등 스페인 출신 화가들의 그림이 많이 걸려 있었다. 수많은 장서가 있었던 거대한 도서관과 왕과 왕비의 관이 안치된 지하 묘지가 인상적이었다. 세상의 모든 부귀와 영화를 누렸어도 결국 죽음에 이르게 되는 건 누구에게나 공평하다는 것! 어떤 묘지나 묘지에 들어서면 메멘토 모리를 떠올리게 된다. 누구의 묘인지 모르겠으나 묘지는 '오늘은 나에게, 내일은 너에게'라고 말해주는 것 같다.

여정은 톨레도로 이어졌다. 톨레도에서도 파라도르에 묵었는데 이곳은 특히 야경이 아름다웠다. 늘 그렇듯 코르도바 대성당을 시작으로 톨레도를 둘러보았다. 스페인을 여행하면서 도시에 도착하면 처음으로 가는 곳이 대성당이었는데 성당은 대부분 구도심 한가운데 있어 근처의 유적지를 찾아다니기가 쉽고 성당의 탑에 오르며 도시가 한눈에 들어오기 때문에 위치를 가늠하는 데 도움이 된다.

톨레도 대성당 역시 고딕 양식이었고 후에 여러 양식이 섞여들긴 했지만 아름다웠다. 이 성당에 유명세를 더한 건 톨레도 출신의 화가 엘 그레코의 종교화 〈그리스도의 옷을 벗김〉과 나르시스 토메의 화려한 제단 장식인 〈트란스 피렌테〉였다. 이 여행 당시 나는 미술사에 관심이 생겨 따로 미술사를 공부하고 있었는데 그때 마침 스페인 미술에 대한 강의를 듣던 중이었고 그림에 관심이 많았던지라 그 무엇보다 엘 그레코의 그림에 눈이 갔다.

화려하고 눈부신 대성당에서 나와 바로 엘 그레코의 그림 〈오르가스 백작의 매장〉이 있는 산토토메 성당으로 갔다. 산토토메 성당은 정말 작은 성당이었는데 엘 그레코의 그림을 보려고 성당을 찾는 사람들로 많이 붐볐다. 산토토메 성당은 그의 사후까지 재정에 큰 힘이 되어준 오르가스 백작을 위해 엘 그레코에게 그림을 주문했다고 한다. 그림은 성당 입구 오른쪽 백작의 묘 위에 있는데 이 그림 하단에는 화가의 아들로 알려진 소년이 관람자의 시선을 끈다. 우리가 이 그림을 보기 위해 산토토메 성당을 찾은 것처럼 많은 사람이 이 그림을 보려고 이 작은 성당으로 온다. 오르가스백작의 선의는 몇백 년에 걸쳐 성당에 큰 힘이 되어주는 기적 같은 것이라는 생각이 들었다.

톨레도에서는 엘 그레코의 그림을 직접 본 것이 가장 좋았다. 성당을 나와서는 구시가지를 걸어 다녔는데 야도르 도자기에 관심이 많은 일행이 있어 덩달아 예쁜 도자기 장식 인형을 구경하며 다녔다. 스페인이 도자기와 가죽제품의 질이 좋기로 유명하다는 것도 그때 처음 알았다.

숙소인 파라도르 데 톨레도는 전망이 아름다운 곳이었는데 오래된 가구들을 인테리어 소품으로 적절하게 활용하고 있었다. 벽면 가득 채운 그림도 인상적이었고 화려하지 않고 다소 투박하게 보이기까지 한 이곳은 그 특유의 분위기가 매력적이었다. 그 무엇보다 밤에 보는 도시의 야경과 이른 아침 안개에 잠긴 도시의 풍경은 가히 환상 그 자체였다. 이곳의 전망은 그 무엇과도 비교할 수 없는 멋진 그림 한 장이었다.

다음날은 톨레도를 떠나 스페인에서 로마 유적이 가장 많다는 메리다로 향했다. 메리다는 과디아나강 연안에 있다. 살라망카와 세비야, 마드리드와 리스본을 연결하는 교통 중심지로 BC 25년 로마인들이 건설하여 아우구스타 에메리타라 불렀다. 메리다는 로마 시대의 원형 경기장, 로마 극장, 사원, 로마교, 주거지 같은 유적이 잘 보존되어 유네스코 문화유산에 등재되어 있다. 로마의 한 마을이 그대로 유적으로 남아 있다고 생각하면 될 것 같다.

유적지에는 사람들이 많았다. 찬찬히 둘러보고 나와 메리다 시내 광장 근처 스페인 프렌차이즈 피자집에서 피자로 점심을 먹고 커피 한

잔 마시고 있으려니 광장을 오가는 사람들이 눈에 띈다. 유모차를 밀고 가는 부부, 벤치에 앉아 속삭이는 연인, 광장에서 뛰어노는 아이들 웃음소리가 광장을 날아오른다. 평화로운 시간이었다. 로마교를 건너는 데 근처의 놀이터에서도 놀고 있는 아이들 웃음소리가 들려왔다. 나무로 만든 놀이기구에 포인트로 원색으로 칠해놓은 알록달록한 페인트가 밝은 분위기를 더했다. 아이들이 노는 모습을 지켜보는 부모들의 눈빛에 사랑이 가득했다. 아이들이 있는 곳은 어디서나 웃음과 사랑이 가득하다 이것은 진리다. 아니 진리여야 한다!

리스본,

뒷골목의
파두 하우스와
검은 돛대

버스는 메디나를 뒤로하고 포르투갈로 향했다. 분단국가인 우리는 국경을 넘는 일이 큰일 혹은 복잡한 절차를 거쳐야 하는 긴장되는 일이라는 것이 일반적인 생각이었는데 버스가 도로를 달리는 사이에, 우리도 모르는 사이에 이미 포르투갈 땅을 달리고 있다는 사실을 정 선생이 알려줘서 알게 되었다. 낯설었다. 이 아무것도 아닌 국경이라는 것이….

버스는 우리를 테주강 강가에 내려놓았다. 리스본에서 대서양으로 들어가는 테주강은 스페인 중부에서 서쪽으로 흘러오는 길이 1,008㎞의 이베리아반도에서 가장 긴 강이다. 리스본 상류 쪽의 강폭이 약 10km로 강이 아니라 바다라 해도 아니라고 못 할 것 같다. 이 넓은 강을 가로지르는 긴 다리는 4월 25일 다리25 de Abril Bridge라고 한다. 이 다리는 1966년에 완공되었고 처음에는 당시 독재자 살라자의 이름을 붙여 살라자 다리라고 했으나 1974년 4월 25일 포르투갈혁명을 기념하여 4월 25일 다리라 불리게 되었다고 한다. 이 다리는 미국 샌프란시스코의 금문교와 비슷하다는 느낌이 들었는데 다리의 시공사가 금문교를 시공한 회사라니 납득되었다.

테주강 맞은편에는 리스본 어디에서나 볼 수 있다는 거대한 그리스도상인 크리스투 헤이Cristo Rei가 있다. 리우데자네이루의 그리스도상을 흉내 내서 만든 것이라 하는데 테주강을 바라보며 팔을 펼치고 있는 모습으로 75m의 높은 기단 위에 28m의 그리스도상이 서 있어 규모가 거대한 편인데 두 팔을 벌리고 서 있는 모습이라 날아갈 듯 가볍게 느껴진다.

리스본 시내로 들어가 닭요리로 유명하다는 발렌시아나라는 식당에서 직화구이 닭요리로 점심을 먹고 다시 버스에 올라 호카곶으로 향했다. 16세기 포르투갈의 시인인 루이스 바스 드 카몽이스Luís Vaz de Camõe의 시구 '여기에서 땅이 끝나고 바다가 시작된다Onde a terra acaba e o mar começa.'라는 글이 새겨진 십자가 탑이 있는 유라시아대륙의 서쪽 끝에 다다랐다. 호카곶은 깎아지른 절벽으로 이루어져 풍광도 그지없이 아름다웠다. 호카곶에서 바라보는 대서양은 거대하고 장엄했다. 날씨가 흐렸지만 구름 사이로 새어 나오는 빛 내림이 신비감을 넘어 외경심마저 불러일으켰다. 그 아래 벼랑에선 노란 꽃들이 바람에 몸을 흔들고 있었다. 대서양이 발아래로 보이는 유럽대륙의 끝에 서 있다는 생각에 뭔지 모를 뭉클한 감정이 올라왔다. 아름다운 풍경 앞에 선 사람들은 저마다 카메라 셔터를 누르기에 바빴다. 이 장엄한 광경을 잊지 않으려고…. 우리는 호카곶을 뒤로하고 신트라로 향했다.

신트라는 리스본에서 28㎞ 정도 떨어진 인구 2만여 명의 작은 도시다. 아름다운 역사 건축물과 자연환경이 잘 어우러져 유네스코 문화유산으로 지정되었다. 좁은 골목과 언덕길에 중세의 흔적이 남아 있고 이베리아반도의 다른 도시들과 마찬가지로 다양한 역사의 흔적이 남아 있다.

신트라는 8세기에 무어인들이 지었다가 1147년 기독교도들의 손에 넘어간 성채 터가 남아 있고 2개의 하얀 원추형 굴뚝이 초현실적 풍경을 연출하는 신트라 왕궁이 인상적인 마을이었다. 늦은 오후에 도착하여 패나 성은 신트라 왕궁에서 올려다보는 것으로 아쉬움을 달랬다. 신트라 왕궁을 둘러보고 작고 예쁜 가게들로 가득한 골목길을 걸었다. 이곳에 오래 머물 수 있다면 예쁜 이 마을을 배경으로 하여 동화를 몇 편이고 쓸 수 있을 것 같은 기분이 들었다.

신트라를 떠나 다시 리스본으로 갔다. 리스본 거리가 어둑해지고 가로등의 불이 켜질 때 우리는 기대해 마지않았던 파두 공연을 보기 위해 리스본 뒷골목에 있는 공연장으로 갔다. 운명, 혹은 숙명이라는 뜻을 지닌 파두는 리스본 민중의 삶을 노래한 가요로 구슬프고 서정적이다. 파두는 여자 솔로 가수나 남자 솔로 가수가 부르는 노래 형식으로 보통 '파두의 집casa do fado'으로 불리는 레스토랑을 무대로 삼아 노래

부른다.

반주는 옛날부터 포르투갈 기타 하나, 스페니시 기타 하나로 정해져 있고 극장에서 노래할 때는 반주자를 더 늘린다. '검은 돛배Barco Negro'라는 곡으로 세계적으로 이름을 알린 아말리아 호드리게스Amália Rodrigues가 무명 시절 불렀다는 이곳 역시 저녁 식사를 즐기면서 공연을 볼 수 있는 레스토랑 공연장이었다.

이곳에서는 남녀 가수 네 명이 번갈아 가며 솔로로 노래를 불렀다. 그들이 연주하는 파두는 처음 듣는 노래였고 무슨 내용인지도 알 수는 없었지만 멜로디가 주는 느낌은 서글펐고 깊은 한이 서린 듯 처절하게 들렸다. 가난하고 힘없는 사람들의, 무언갈 잃어버린 사람들의, 아픔 혹은 깊은 슬픔을 토로하는 노래인지 듣는 내내 노래가 가슴 언저리를 툭툭 건들고 간다. 밤이 깊어지고 공연은 끝이 났다. 공연장을 빠져나와 깜깜한 리스본 골목을 돌아나와 버스가 기다리는 곳까지 걸어가는 동안에도 숙소로 돌아오는 버스 안에서도 일행들은 다들 말이 없었다. 파두에 취한 걸까? 그날 밤에는 모두 그 멜로디를 되새기며 슬픈 이야기 하나씩 떠올리지 않았을까?

다음 날 아침에는 벨렝 탑으로 갔다. 테주강 근처에 있는 벨렝 탑은 미누엘 양식으로 지은 4층 등대인데 포르투갈의 전성시대에 바스코 다 가마의 세계 일주를 기념하기 위해 지어진 탑이다. 가마의 업적을 추모하기 위해 건물 모퉁이마다 감시탑을 세우는 형식으로 1521년 완공했다고 한다. 벨렝 탑은 순백의 화려함 속에서 대항해시대의 위엄을 느껴볼 수 있는데 이 탑에서 인도, 마카오 등 각지로 항해를 떠나는 선박들을 감시했고 한때는 정치 범죄자를 수용하는 감옥으로도 활용됐다고 한다. 벨렝 탑은 하얀색 장화 모양으로 보이기도 했는데 멀리서 봐도 눈부신 순백의 아름다움으로 사람들의 시선을 한눈에 모으는 탓에 이곳 사람들은 하얀 귀부인으로 부른다고 한다. 근처에는 요트장이 있어 크고 작은 요트들이 잔잔한 물살에 가볍게 흔들리고 있었다.

벨렝 탑과 마주 보는 곳에 발견의 탑이 있다. 벨렝 탑에서 발견의 탑까지는 조금 거리가 있어 차로 이동하거나 좀 걸어야 한다. 발견의 탑은 바스코 다 가마의 인로항로 개척에 앞서 아프리카를 원정하여 유럽의 대항해시대의 막을 연 엔리케 왕자가 고안한 새로운 형태의 범선 카라벨을 본떠 설계했고 왕자의 서거 500주년을 기념하여 만들었다고 한다. 발견의 탑에는 엔리케 왕자를 필두로 바스코 다 가마, 마젤렌 등 30명의 인물이 선수를 향해 나아가는 모습으로 조각하여 한때 해양 대국이었던 포르투갈의 자긍심을 느낄 수 있게 했다.

빌견의 탑 뒤쪽 바닥은 포르투갈 특유의 물결무늬 모자이크 바닥과 함께 포르투갈 항해 지도가 있어 연도라던가 지역을 찾아보는 재미도 있었다. 발견의 탑 앞에는 제로니모스 수도원이 있다. 이곳 또한 화려한 하얀색 건물이었다. 내부로 들어가진 않았고 스쳐 지나가는 정도로 둘러보았다. 그리고 로시우 광장으로 가서 광장 주변을 걸어 다녔다.

유럽 어느 나라에서건 비슷한 풍경이 있다. 노천카페에서 차 마시는 사람들, 꽃 파는 여인, 쇼윈도를 기웃거리는 사람…. 우리는 한동안 골목길을 기웃거리며 걷다가 근처 식당에서 점심을 먹었다. 무엇을 먹었는지 그 맛이 어떠했는지는 기억이 나지 않는다. 다만 행복한 얼굴을 한 내 모습이 찍힌 사진으로 봐선 그 자리가 무척 즐거웠던 것 같다.

다시 까스까이로 이동했다. 까스까이는 작은 해변마을이었는데 호텔과 별장 분위기의 집들도 많았고 작은 종탑이 예쁜 성당을 지나 물결 무늬 모자이크 바닥을 따라 걷다 보면 재미있는 상점들도 많아서 걸어 다니며 시간 보내기 좋은 곳이었다. 서점 가판대의 오래된 책들, 화려한 원색이 돋보이는 패브릭이 인상적이었던 인테리어 소품 가게, 관광안내소, 기념품점 같은 곳을 기웃거리며 걷다 보니 어느새 해변이 나왔다.

엄마와 산책을 나온, 까르르 잘 웃던 귀여운 아기와 눈을 맞추며 한참을 놀다가 헤어져 걷는데 노랫소리가 들렸다. 두 남자가 벤치에 앉아 있었고 한 남자는 기타를 치며 노래를 부르고 있었다. 잘 모르는 곡이었지만 멜로디가 아름다웠고 음색이 부드러워 듣기 좋았다. 발걸음을 멈추고 진지한 청중이 되어 듣다가 노래가 끝나자 손뼉을 치며 앙코르를 외쳤다. 남자는 활짝 웃으며 두 팔을 벌리며 인사하는 동작을 하더니 다음 노래를 이어갔다.

노래를 부르는 남자를 바라보는 다른 남자의 눈길에 자랑스러움이 묻어 있었다. 몇 곡을 더 듣고 감사 인사와 함께 사진을 찍고 싶다고 하자 남자는 기꺼이 응했다. 사진을 찍으며 생각 없이 남자의 어깨에 손을 얹었는데 그 순간, 같이 있던 남자의 눈빛이 싸늘해지는 것을 느꼈다. 당황해서 얼른 손을 내렸다. 어색하게 감사하다고 인사하고 그 자리를 떴는데 지켜보던 이 교수가 그들이 커플 같다고 했는데 순간 싸늘해졌던 그 남자의 눈길에 나 역시 그렇게 느꼈다. 본의 아니게 마음 상하게 한 것은 아닌지 혹시 둘이 다투지는 않았는지 괜스레 미안해지기 시작했다. 지금도 여전히 많은 편견이 존재하지만, 당시에는 세상 사람들의 시선이 지금보다 더 싸늘했을 것이고, 그들은 그냥 지켜내는 것만으로도 힘든 사랑이었을 것이다.

방파제 끝까지 걸어가다 보니 어린 한 커플이 보였다. 철 지난 바다에서 다정하게 속삭이다가 껴안고 키스하고 사랑에 취해 있는 모습이 그림처럼 아름다웠다. 동성을 사랑한다는 이유로 드러내지 못하고 은밀하게 사랑해야 하는 커플과 드러내고 뜨거운 사랑을 표현하는 다른 커플의 사랑이 대조적으로 다가왔다. 사람이 사람을 사랑하는 일이 죄가 아닐 텐데 타인에게 조롱당하고 인정받지 못하는 그들의 사랑을 생각하니 가슴 아팠다.

다음날은 파티마로 갔다. 지금까지 다녔던 관광지의 분위기와 사뭇 다른 경건한 믿음의 도시, 성모 발현지로 알려진 곳이다. 파티마에 있는 파티마 대성당은 로사리오 바실리카라 부르기도 하는데 1917년 세

명의 양 치는 어린이들이 성모 마리아를 목격한 사건을 기념하기 위해 1928년 신고전주의 양식으로 지었다. 바실리카 양식으로 지은 이 성당은 1953년 10월에 완공되어 봉헌식이 거행되었고 세계적으로 유명한 성지순례 여행지인 이곳은 특히 성모 발현일인 매년 5월 13일과 10월 13일에 많은 사람이 방문한다.

버스에서 내려 걸어가는데 광장에서 무릎을 꿇고 로사리오 기도를 하는 여성이 있었고 그 곁에 한 남자가 선 채로 기도하고 있었다. 어떤 간절함이 그녀가 무릎을 꿇게 했을까? 성당 초입에는 많은 사람의 기원을 담은 밀랍 초가 타고 있었다. 나도 어떤 간절함을 담아 초를 봉헌했다. 사람들은 저마다 간절함을 담은 기원을 안고 제대 앞에서 무릎을 꿇고 기도하고 있었다. 압도적으로 거대한 성당이 눈앞에 있었지만 가장 눈길이 갔던 것은 어린 양을 안고 있는 소녀상이었다. 아마 성모 발현을 목격한 소녀가 아닐까 생각했다. 파티마에서는 내내 신에 대한 인간의 믿음, 신 앞에서의 겸손, 그리고 그 어떤 간절함, 기도에 대해 생각했다.

파티마를 떠난 버스는 포르투를 향해 달렸다. 2,000년 역사가 살아 있는 포르투Porto는 도루Douro강 하구가 내려다보이는 언덕에 자리 잡은 항구 도시로 포르투갈 제2의 도시이다. 포르투는 로마인들이 항구Portus(포르투스)라는 뜻으로 붙인 명칭이다. 포르투갈이라는 이름 역시 이 도시에서 유래했다고 한다. 도시 전체가 빈티지한 매력이 가득한 곳이라 시간을 되돌린 듯한 느낌이 들었다.

시간의 흔적이 켜켜로 쌓인 구시가지, 노랗고 파란 혹은 초록빛 건물들이 아줄레주Azulejo로 장식하고 어깨를 맞대고 나란히 서 있는 중세 포르투갈의 건축 양식을 볼 수 있는 하베이라 지구에서 포트와인을 운반했던 배인 라벨로 모양의 유람선을 타고 도루강을 건넜다. 우리는 한 시간가량 배를 타고 주변의 풍광을 감상했다. 배 위에서 오래되었지만 멋진 건물들과 포르투와 빌라노바드가이아를 잇는 6개의 다리를 보는 즐거움은 각별했다. 특별히 눈에 들어오는 아름다운 철골 다리가 있었다. 느낌으로도 어쩐지 에펠탑이 떠올랐는데 도루강 위로 아치형으로 놓은 2층 구조로 1층은 자동차, 2층은 지하철이 다녔다. 설명에 따르면 이 다리는 동 루이스 1세 다리라고 하고 에펠탑을 만든 구스타프 에펠의 제자 테오필 세이리그의 작품이라고 한다. 내가 에펠탑을 떠올린 이유가 거기 있었다.

빌라노바드가이아는 포토와인의 성지로 불릴 정도로 와이너리가 많다. 도루강변을 따라 즐비한 와이너리 중에서 어떤 곳을 골라도 만족할 만한 달콤한 포트와인을 맛볼 수 있단다. 배에서 내려 일행들과 함께 와이너리 투어에 나섰다. 우리가 찾은 곳은 상당히 규모가 큰 와이너리였는데 저 많은 오크통 속에서 달콤하게 익어가는 와인은 누가 다 마실까 이런 쓸데없는 생각을 하며 몇 종류의 와인을 맛보았다. 달콤해서 식전주로 좋은 포트와인은 묵직한 와인을 더 선호하는 내 취향은 아니었다.

달콤한 와인 향을 뒤로하고 숙소로 돌아왔다. 이번 여행의 마지막 밤, 내일이면 긴 여정에 마침표를 찍는다 생각하니 피곤했지만 좀처럼 잠을 이룰 수 없었다. 그간 다녀온 도시들의 단면들이 아른거렸다. 한 도시를 살펴보기엔 짧은 하루나 이틀 동안 나는 무엇을 보았고 느꼈을까? 내가 보고 느낀 도시와 그 안에서 살아가는 사람들은 몇천 년 동안 이어져 온 그 도시와 역사 안에서 살아왔을 것이고 나는 먼지보다 작은 한 조각을 만난 것일 뿐이다. 그런데 그 도시를 다녀온 일로 마치 그 도시를 다 아는 것처럼 으스대며 여행 이야기를 펼쳐 놓았던 내 모습을 떠올리면 어디론가 숨어버리고 싶다. 그렇지만 그렇게라도 다녀온 도시는 가보지 못한 다른 도시보다 더 깊은 애정과 관심을 두게 된다. 안다는 것은 그런 거니까.

포르투갈을 떠올리면 그날 밤 뒷골목에서 들었던 파두가 떠오른다. 다시 그 노래를 들을 기회는 있을까? 파두가 듣고 싶을 땐 아말리아 호드리게스의 시디를 꺼내 듣는다. 검은 돛대는 그렇게 밤길을 떠다닌다.

Eu sei meu amor Que nem chegaste a partir

Pois tudo, em meu redor Me diz qu'estas sempre comigo

Eu sei meu amor Que nem chegaste a partir

16

Pois tudo, em meu redor Me diz qu'estas sempre comigo

No vento que lanca areia nos vidros Na agua que canta no fogo mortico

No calor do leito nos bancos vazios Dentro do meu peito, estas sempre comigo

No calor do leito nos bancos vazios Dentro do meu peito, estas sempre comigo

난 나의 사랑을 알고 있어요. 당신이 떠나버린 것이 아니란 것을

사람들은 당신이 언제나 나와 함께 있다고 말하죠

난 나의 사랑을 알고 있어요. 당신이 떠나버린 것이 아니란 것을

사람들은 당신이 언제나 나와 함께 있다고 말하죠

유리구슬을 강변에 뿌리는 것 같은 바람 속에 꺼질 듯한 불빛 속에서 노래하는 물 위에

나뭇잎처럼 흔들리는 배 달빛은 따사롭고 내 마음엔 언제나 당신이 함께 있어요

나뭇잎처럼 흔들리는 배 달빛은 따사롭고 내 마음엔 언제나 당신이 함께 있어요

KUBBELI EVİ
İNLENME
POLA HOUSE
THE SERVICE OF
5 12

이스탄불,

그리고 이스탄불

나는 2006년 2월과 2015년 8월, 두 차례 터키 땅을 밟았다. 2006년에는 터키와 관련된 단체가 주관한 터키 여행이었는데 하필 그때 조류 인플루엔자가 발생하여 여행을 포기하는 사람이 늘어나면서 여행 여부가 불확실해졌다. 그러나 어떻게든 가겠다고 한 7명이 한 팀이 되어 여행길에 올랐다. 나는 당시 중학생이었던 아들과 함께 터키 여행에 합류했고 흔쾌히 인솔자 역할을 떠맡은 이 교수 덕분에 우리는 아무 걱정 없이 터키 여행길에 올랐다.

긴 비행시간 끝에 이스탄불에 도착한 시간이 새벽이었다. 입국 수속을 미치고 호텔에 도착해 죽은 듯 잠들었다가 겨우 눈을 뜨고 일어나 커튼을 걷고 본 이스탄불의 아침은 밤사이 눈이 많이 쌓여 있었고 햇살이 드는 곳에서는 눈이 녹아 질척거리는 거리 풍경이었다.

이스탄불에서 첫 일정은 성소피아 성당 앞 히포드롬 광장에서 출발했다. 한눈에도 오래되어 보이는 오벨리스크와 뱀 기둥, 그리고 오래된 우물을 차례로 돌아보고 블루모스크로 향했다. 이날 히포드롬 광장이 내게 어떤 특별한 느낌으로 다가왔던 것인지 가슴 언저리를 꾹꾹 눌러대는 뭔가가 있어 자꾸 그곳을 맴돌았다.

블루모스크는 머릿수건을 써야 입장이 가능한 사원이어서 머릿수건을 빌려 쓰고 둘러본 그곳은 크고 아름다웠고 독특했다. 그곳에서 경건하게 기도를 드리는 사람들은 특별한 기원이 있어서라기보다 기도가 일상인 사람들에겐 당연한 의식이라는 느낌이었다. 아잔 소리가 들리면 메카 방향을 향해 기도하는 사람들의 모습을 쉽게 볼 수 있었으니까. 블루모스크를 나와 걷자니 전통의상을 입고 허리에 두른 띠에 쟁반을 고정하고 쟁반 위에 컵을 얹어놓고 긴 주전자처럼 생긴 찻주전자를 등에 지고 차를 파는 사람이 보였다. 차를 주문하면 그는 몸을 한쪽으로 기울여 따라주는 것 같았다. 그 모습이 무척 신기했다. 지난 여행에서 본 모로코 물장수의 모습과 어딘지 닮은 것 같다고 생각하며 톱카프 궁전으로 향했다. 궁전으로 가는 길엔 아흐메드 3세의 샘이 있는 정자가 있었는데 작지만 아름답고 독특했다.

대포의 문이라는 뜻을 가진 톱카프 궁전은 보스포루스 해협과 골든 혼, 그리고 마르마라해가 만나는 지점에 있는 궁전인데 1467년 메흐메트 2세 때 완공되었다고 한다. 톱카프 궁전은 제1 정원은 귈하네 정원 안에 있는데 고고학 박물관이 있고 제2 정원은 톱카프 궁전 매표소를 지나면 있고 제3 정원에는 시청각관과 도서관 등 각종 전시관이 있다.

도자기 전시실에는 약 1만 2,000점 정도의 동양권 도자기들이 전시되어 있는데 실크로드를 통해 중국 등에서 들어온 도자기들로 송, 원, 명 시대를 아우르는 다양한 중국 자기를 볼 수 있으며, 일본의 이미라 도자기나 유럽에서 온 다양한 도자기들도 볼 수 있다.

정원 오른쪽에 굴뚝이 줄지어 있는 곳이 주방인데 수백 명의 요리사가 궁전 사람들과 외부 손님들을 위한 식사를 준비했던 곳으로 당시에 사용했던 주방 기구들을 전시하고 있었다. 대체 얼마나 많은 사람이 이곳에서 만든 음식을 먹었을까 짐작이 되지 않지만 요리사만 수백 명이었다니 그 규모는 나의 상상을 넘어선 것인지 모르겠다. 조리장 왼쪽 제국 의사당Kubbealtı 바로 옆에 있는 하렘은 남자들의 출입이 철저하게 금지된 술탄의 왕비와 후궁, 그리고 자녀들의 거처로 이용되었던 내밀한 공간이다.

아랍어 'haram'에서 변용된 하렘harem은 '덮다, 숨기다, 분리하다, 보호하다'라는 의미의 'aramu(m)'에서 기원한 말로 하렘은 '금지된, 보호된, 신성한, 불가침의' 공간을 말한다. 하렘은 남녀 분리가 엄격하게 적용되는 신성한 장소로 친척이 아닌 외간 남자의 출입이 금지된 구역이다. 하렘은 여자들이 낯선 남자들과의 대면을 피할 수 있도록 일반적으로 안뜰을 향해 지었고 높은 담으로 둘러싸인 채 엄격한 통제를 받았다.

외부인의 접근이 철저히 차단된 황실 하렘은 서양인들의 상상력을 자극하는 풍문과 환상으로 수많은 문학 작품이 나오기도 했다. 작품 속에서 황실 하렘을 사치와 향락, 부패와 폭압이 지배하는 퇴폐적인 공간으로 묘사했는데 정확하지 않거나 과장된 부분이 많았다. 이슬람교 이전에도 하렘 같은 여성 전용 공간은 세계 곳곳에 존재했다. 초기 톱카프궁의 하렘은 여성들과는 상관없이 술탄과 그를 수행하는 시동들이 거주하는 공간이었으며, 그 규모도 소박했다고 한다. 황실 하렘은 황실 여성들의 거주 공간이면서 술탄과 황실 가족을 돕는 궁녀들과 황실 남성이나 고위 대신의 배우자가 될 여성들을 교육하는 기관의 기능도 했다. 황실 하렘 궁녀들은 체계적으로 교육받았고 어느 정도 교육 기간이 지나면 개인의 능력과 미모에 따라 공식적인 직급과 책임을 결정해 줬다고 한다.

행복의 문이라는 바브사뎃 문을 지나면 제3 정원이 있다. 정원에서 바로 보이는 건물이 술탄이 외국 사절들과 회견하는 데 사용된 알현실이고 이곳을 지나면 안쪽에는 아흐메드 3세의 도서관이 있는데 내부의 타일과 스테인드글라스가 무척 아름답고 화려하다. 정원 오른쪽에는 삼엄한 경비가 더해진 보물관이 있는데 보석에 관심이 많거나 호기심 많은 사람들로 늘 붐빈다. 제4 정원으로 들어서면 3개의 쾨시퀴라 부르는 정자가 있는데 왼쪽 안에 있는 바그다드 쾨시퀴는 가장 아름다운 정자로 무라트 4세의 바그다드 공략을 기념하여 건축했는데 쾨시퀴 내부는 아라베스크 타일과 아름다운 장식품들로 화려하게 꾸며 사람들 눈길을 사로잡는다.

꽃과 나무들이 깊은 잠에 빠진 스산한 겨울임에도 사람들의 눈길을 사로잡는 아름다운 궁전을 차근차근 둘러보고 발코니 쪽으로 걸어 나갔다. 그곳에는 시원스레 바다가 펼쳐져 있었다. 톱카프 궁전은 문을 열면 새로운 정원이, 또 하나 문을 열면 더 멋진 정원이 있는 것 같아 한 걸음씩 나가는 즐거움이 있었다. 하나씩 비밀의 정원 문을 열어 갈 때마다 눈부시게 화려한 아름다운 건물과 보석들이 톱카프 궁전에 있었지만 이곳의 진짜 보석은 궁전에서 보는 푸른 보스포루스 바다가 아닐까 생각하며 발걸음을 옮겼다.

우리나라 명동 같은 곳이라는 탁심 거리에 도착했을 때 눈발이 날리고 있었다. 그런 날씨였음에도 노점 꽃가게에는 튤립, 장미 같은 꽃들과 이름을 알 수 없는 이국적인 꽃들이 환한 얼굴로 눈을 맞고 있었다. 눈과 꽃이라는 조합은 생경했다. 꽃잎 위에 눈을 얹고 있는 푸른 장미를 보는 순간, 이 낯선 조합에 뭔지 모를 묘한 감정이 훅 달려들었다. 나 이국에 있는 게 맞구나 하고….

우산을 쓴 채 빨산색 손수레 곁에서 터키 국민 간식이라는 프리첼을 닮은 깨를 뿌린 빵인 시미즈를 팔고 있는 남자의 모습도 이채로웠다. 이후에도 시미즈를 파는 상인들은 이곳의 흔한 풍경이었다. 눈은 금방 그쳤고 바닥은 녹은 눈으로 질척거렸다. 거리의 쇼윈도 너머에는 다양한 음식이 있었다. 쇼윈도로 음식을 만드는 것을 보여주면서 음식을 파는 음식점이 인상적이었다. 쇼윈도에 진열된 다양한 음식들과 터키 피자인 파데를 빚는 여인의 모습도 기웃거리며 걷다 보니 유명한 추리소설 작가인 애거사 크리스티가 머물면서《오리엔트 특급살인》을 썼다는 페라팔라스 호텔PERA PALAS OTELI에 도착했다.

애거사 크리스티가 1926년부터 1932년까지 수시로 이 호텔에 머물며 작품을 구상했는데 그렇게 탄생한 작품이《오리엔트 특급살인》이다. 이 페라팔라스 호텔 411호는 '애거사 크리스티 룸'으로 보존하고 있으며 문 앞에는 '애거사 크리스티가 이곳에 머무르곤 했다.'는 안내판이 걸려 있다고 한다.

이 호텔과 애거사 크리스티 이야기를 듣자마자 우리는 의기투합해 호텔로 들어가 보기로 했다. 우리가 찾은 호텔은 100년은 훌쩍 넘은 듯 고색창연했다. 오랜 전통을 가진 호텔이라는 것을 한눈에 알 수 있게 한 것이 나무 엘리베이터였다. 검은색 철제 프레임을 덧댄 덧문이 있고 유리창이 있는 나무 문이 인상적인 엘리베이터 문이었다. 우리는 간절한 눈빛으로 나이 지긋한 엘리베이터맨에게 한 번만 타보게 해 달라고 졸랐다. 그는 흔쾌히 우리를 태우고 엘리베이터를 작동해 주었다. 낡았지만 잘 손질된 나무 엘리베이터에서 나는 삐거덕거리는 소리가 듣기 좋았다. 이런 빈티지에 약하다 보니 설렘으로 흥분해 있었다. 이 호텔과 나무 엘리베이터는 걷다가 만난 우연한 행운이었다. 디테일하게 계획하지 않는 여행에선 가끔 이런 기대하지 않은 작은 행운들이 여행을 풍요롭게 한다. 우리는 호텔 카페로 가서 커피를 주문했다. 카페에는 애거사 크리스티에 대해 간략하게 기술한 금속 안내판과 함께 사진과 방 열쇠, 책을 쇼케이스에 전시하고 있었다. 진한 커피를 마시며 나눈 이야기 주제는 당연하게도 애거사 크리스티의 소설《오리엔트 특급살인》과 애거사 크리스티의 실종에 얽힌 미스터리였다.

한동안 이야기를 나눈 우리는 페라팔라스 호텔을 나와 갈라타 타워로 향했다. 갈라타 타워의 높이는 67m 정도로 높은 편은 아니지만 신시가지의 언덕 위에 있어 갈라타 타워에 오르면 갈라타 다리와 함께 신시가지와 구시가지의 전망과 함께 보스포루스 해협과 멀리 블루모스크와 소피아성당까지 한눈에 볼 수 있다. 갈라타 타워는 1348년 제노바 이주민들이 자신들의 정착지를 지키기 위해 건립했다. 제노바 이주민들은 자유무역을 허락받고 라틴의 점령 아래 반독립 상태를 유지했다고 한다. 갈라타 타워는 탑들이 대부분 그러하듯 관망권을 위해 돈을 지불하는 경우라고 할까? 갈라타 타워만 본다면 그 자체는 그다지 볼거리가 없다. 엘리베이터를 타고 갈라타 타워에 올라가 한 바퀴를 돌면서 내려다보면 이스탄불의 전경이 시원하게 한눈에 들어온다. 그다지 맑은 날씨가 아니었음에도 이스탄불의 경치는 환하고 아름다웠다. 갈라타 타워 내부에는 레스토랑과 나이트클럽이 있고 작은 기념품점도 있었는데 나자르 본주라 불리는 부적과 수피댄스인 세마빈과 관련된 CD와 기념품을 판매했다.

나자르 본주는 터키에서 흔히 볼 수 있는 파란색 바탕에 하얗고 까만 눈이 그려진 유리 제품으로 터키 사람들은 이 나자르 본주가 악마의 시샘이나 악운으로부터 사람을 지켜준다고 생각한다. 실제로 터키를 떠나던 날 아들이 이스탄불 공항 검색대를 통과하느라 몸에 지닌 금속으로 된 벨트와 잡다한 열쇠를 빼내어 건네는 과정에서 선물 받은 나자르 본주가 떨어져 깨지자 검색요원이 '배드 아이!'라고 말하며 아이를 따로 불러내 가방을 열어보게 했다. 뭔가 좋지 않은 것이 있을 거라는 생각을 했던 걸까? 터키 사람들은 나자르 본주가 깨지면 내게 올 악운이 나자르 본주로 들어가 깨진 것으로 생각한다. 우리 식으로 액땜했다는 식이다. 그리고 새로운 나자르 본주를 산다는 것이다.

나자르 본주는 유리 재질이라 잘 깨지지만 가격이 저렴해서 부담도 없다. 항공기, 버스, 상점 어디에서나 나자르 본주를 쉽게 볼 수 있고 터키 어디에서나 구할 수 있다. 특이한 모양의 나자르 본주 열쇠고리를 여러 개 사서 선물했다. 만나는 사람들에게 하나씩 선물하면서 나자르 본주에 관해 설명했더니 다들 재미있어했다. 나자르 본주를 보면 터키가 떠오른다. 한 나라를 떠올릴 수 있는 이런 상징물 하나 정도 있는 것도 괜찮은 일인 것 같다. 우리나라 하면 떠오르는 상징은 무엇일까? 태극선? 복주머니? 아니면 뭐가 좋을까?

기념품점에 전시된 세마빈 CD와 세마빈 인형을 보고 갈라타 타워가 어떤 형태로든 세마빈과 관련이 있을 거라 짐작했는데 뒤에 찾아본 자료에서는 갈라타 타워 내에 개방적인 탁발승 센터인 갈라타 메브레비하네가 있다고 한다. 코냐의 탁발승과 갈라타의 탁발승은 신앙이 같은 뿌리에서 왔다고 한다. 그러나 갈라타의 탁발승은 개별 스승인 데데를 가지고 있으며 종교의식인 세마빈 의식에 여성 참여를 처음으로 허용했다고 하니 좀 더 포용력이 있달까. 수피댄스의 실연은 여름에 2주간 매일 개최하고 12월 17일 메브레비 축제일을 즈음하여 개최한다고 한다.

갈라타 타워에서 내려온 우리는 로컬가이드인 데메트와 함께 공항으로 향했다. 보통 해외여행, 단체 여행일 경우는 TC라 불리는 인솔자와 현지 가이드, 그리고 라이센스를 가진 로컬가이드와 기사가 동행한다. 6명 이상이면 단체관광객으로 인정하여 로컬가이드와 동행해야 한다. 우리의 경우 작은 그룹이지만 7명이었으므로 로컬가이드와 동행해야 했는데 우리와 동행한 로컬가이드는 데메트라는 밝고 쾌활한 성격의 아름다운 20대 여성으로 열흘간 많은 것을 공유하고 함께했다. 데메트는 특히 사춘기인 아들을 잘 배려하면서 좋은 친구가 되어주었다. 시간이 흐를수록 우리는 긍정적이고 유쾌한 그녀의 매력에 빠져들었다.

우리는 데메트에게 터키 대중가요 음반을 좀 사달라고 부탁했다. 데메트는 어느 휴게소에서 음반을 사주었다. 그렇게 산 음반 두 장은 우리가 차로 이동하는 내내 우리와 함께했다. 어떤 내용인지 몰랐지만 노래의 느낌이 슬펐고 애절했던 세젠 악수Sezen Aksu의 노래와 청춘들의 노래인 듯 마냥 신나고 흥겨워서 어깨춤이 저절로 춰지던 노래였는데 그 노래 덕분에 데메트와 우리는 긴 이동시간에도 어깨춤을 추며 즐겁게 지내곤 했다.

우리는 비행기나 호텔에서는 단체로 적용받지 못한 탓도 있었고 경비 문제도 있어 지출을 가능한 줄여야 해서 현지 가이드 없이 다녔다. 그러나 이슬람 전문가이면서 터키어를 원어민처럼 말하는 이 교수가 가이드와 통역을 동시에 해준 덕분에 불편함 없이, 아니 더할 나위 없이 좋은 여행을 할 수 있었다.

다음 목적지인 디야르바키르에 가기 위해 국내선 항공기를 타야 했다. 나는 디야르바키르에 대해 별다른 사전 지식 없이 국내선을 타고 이동해야 하는 곳으로만 알고 있었는데 국내선을 타는데 경비가 삼엄했고 검색이 무척 까다로웠다. 왜 이렇게 검색이 까다로운 거냐며 투덜거렸는데 나중에 알고 보니 디야르바키르가 쿠르드족이 90% 이상 거주하는 지역이고 이곳이 분쟁지역이라는 사실을 알게 되면서 그 상황을 바로 이해할 수 있었다.

공항에서 두어 시간을 보낸 후 저물녘이 되어서야 비행기에 올랐고 비행기는 사위가 어둑해져서야 이륙했다. 우리 일행을 태운 작은 비행기는 두 시간 남짓 어디론가 날아갔다. 디야르바키르는 도대체 어디쯤이지? 터키 지도를 꺼내 확인해보기도 하고. 책을 뒤적거렸지만 아직 방향 감각도 시간 감각도 없는 자신을 확인했을 뿐 어떤 감도 못 잡고 허둥거리기만 했다.

비가 추적추적 내리는 디야르바키르에 도착한 시간은 꽤 늦은 시간이었다. 비행장에 도착해보니 차 한 대가 기다리고 있었는데 차를 타고 숙소로 가는 길에 운전기사는 우리를 위해 이스탄불에서 먼 길을 달려왔다는 이야기를 들었다. 홀로 먼 길을 달려왔을 그에게 고맙기도 하고 미안하기도 한 마음이 들었던 우리는 좀 과장되게 큰 소리로 인사하고 손뼉을 치며 뜨겁게 환영했다. 우리를 기다렸던 기사는 배우 니콜라스 케이지를 닮은, 친절하고 잘생긴 사람이었다. 그는 우리와 함께한 여정 내내 웃음을 잃지 않았고 우리 일행의 사랑을 받아 마지않았던 데메트와 핑크빛 분위기를 연출하기도 했다. 우리 일행은 너무 잘 어울리는 이 남녀의 썸을 응원하기도 했다. 여행이 끝난 후 그 뒷이야기를 알 길이 없지만 우리는 두 사람의 썸이 해피엔딩이었기를 진심으로 빌었다.

이 여행에서 우리 일행은 카라반 사라이라고 불리는 숙소에서 머물렀던 적이 많았다. 카라반 사라이는 그 옛날 실크로드를 오가던 대상들이 묵었던 숙소라고 한다. 실크로드를 다니던 대상들의 규모는 낙타만 200~300마리, 상인의 수가 대략 300~500명 정도였다고 하니 그 많은 인원이 한꺼번에 묵어야 했던 숙소는 규모가 상당히 커야 했을 것이다. 사라이는 터키어로 성이라는 뜻이라는데 성이라 불릴 정도의 규모라면…. 우리가 묵었던 카라반 사라이 또한 규모가 상당히 큰 편이었는데 1층에는 큰 식당과 리셉션, 숙소가 있고 2층은 전체가 숙소로 사용되었다. 식당이 어마어마하게 커서 놀란 기억이 있는데 생각해보면 그 시절에는 식당이 상인들이 유용한 정보를 나누고 친목을 다지는 중요한 장소였을 것이다. 이곳 식당에서 대상들이 식사하거나 연회를 열었을 것이고 그 자리에 상인들 사이에는 많은 정보가 오갔을 것이다. 그 자리에서 오고 간 이야기며 정보는 또 얼마나 많았을까. 긴긴 겨울밤엔 어느 이야기꾼은 재미있고 즐거운 이야기로 좌중을 쥐락펴락했을 것이다.《아라비안 나이트》도 그렇게 전해져 온 것이 아니었을까?

카라반 사라이 대부분은 옛날 건물 원형을 유지하면서 내부만 조금씩 손을 본 정도로 개조해 호텔로 사용하는 곳이었다. 디야르바키르 카라반 사라이는 로비로 들어서니 작은 응접실이 3개 있었다. 바닥에는 복잡한 아라베스크 문양 카펫이 있었고 쿠션 여러 개와 동으로 된 테이블 위에 물담배 기구가 놓여 있어 그 옛날 대상들이 이곳에서 기대앉아 담소를 나누는 모습을 상상하게 했다. 쇠로 된 묵직한 방 열쇠를 받아 객실 문을 열고 들어서니 빈티지 느낌이 강한 나무 침대와 테이블, 의자가 있었고 벽면에는 기하학적 무늬가 있는 붉은 카펫이 걸려 있어 독특한 분위기를 연출했다. 한동안 뒤척거리다가 어떻게 잠이 들었는지 모르게 잠들었다 일어나니 이른 아침이었다. 아들은 아직 꿈길을 헤매고 있었고 나는 습관처럼 아침 산책에 나섰다.

디야르바키르는 티그리스강 주변에 세워진 남동부 아나톨리아 중심 도시로 성벽으로 둘러싸여 있다. 메소포타미아의 평원을 따라 흐르는 티그리스강 주변은 인류 문명의 발상지이고 터키 남동부 쿠르드족의 총본산지 같은 곳이란다. 슬슬 걸어가다 보니 성벽에 다다랐다. 성벽에 올라서서 보니 집집이 연기가 피어오르고 메소포타미아 평원과 함께 멀리 티그리스강이 보였다. 학창 시절 교과서로 배운 문명의 발상지가 눈앞에 있다는 것이 실감이 나지 않았다. 한참 넋을 잃고 서 있다가 성벽에서 내려왔다. 이른 아침인데 가방을 메고 학교 가는 아이들이 눈에 들어왔다. 조금 큰아이들 몇몇이 일정한 거리를 두고 내 뒤를 따라다녔다. 호기심 같은 것일까? 숙소로 돌아가는 길에 산책 나온 이 교수를 만났다. 이 교수가 해준 이야기는 충격적이었는데 이 지역은 아주 위험한 지역이라 혼자 다니는 것은 정말 위험한 일이고 내 뒤를 따라다니던 녀석들은 이 지역에서 유명한 소매치기라고 말해 주었다.

모르고 다닐 때는 아무렇지도 않았는데 이야기를 듣고 나니 귀엽게만 보였던 그 꼬맹이들 눈빛이 달리 보였다. 그 이야기가 이 지역을, 이 지역 사람들을 경계의 눈으로 보게 했다. 때로는 모르는 것도 좋을 때가 있는 것 같다. 그 아이들이 소매치기라곤 하나 아무것도 가진 것 없이 숙소를 나왔으니 내게서 가져갈 것도 없었고 마주친 사람이라곤 학교 가는 아이들뿐이었으니 그렇게 걱정하지 않아도 될 일이었다. 아침을 먹고 일행들과 다시 성벽을 둘러보고 터키 이슬람 사원인 울루자

미로 갔다. 가는 길에 만난 사람들은 옷차림이 허술해 가난해 보였지만 순박하고 착한 사람들이었다. 동생을 손수레에 태우고 가다가 우릴 발견하자 손을 흔들어주던 개구쟁이 소년, 아기를 안고 가던 젊은 엄마, 시골 마을에서 흔히 마주치는 사람들일 뿐이었다. 혹시 선입견이 두려움을 만들어내는 것은 아닐까.

날씨는 흐림에서 가랑비로 바뀌어 바닥이 촉촉하게 젖을 정도로 비가 왔다. 비에 젖은 울루자미는 일반적인 이슬람 사원과 조금 다른 형태였는데 돔이 아닌 직사각형의 건물로 지은 독특한 사원으로 내부 회랑엔 코린트식 돌기둥과 아치가 있어 그리스 신전 같은 느낌이었다. 마당에는 독특한 원뿔 지붕을 한 손발 씻는 곳이 있어 눈길을 끌었다. 사원의 북쪽에는 아나톨리아에서 가장 오래된 신학교인 메스디예 신학교가 있다고 한다.

울루자미를 돌아보고 마르딘으로 향했다. 현재는 마르딘이 시리아와 경계 지역에 있어 IS의 위협 때문에 위험지역으로 꼽히지만, 그 당시에는 별 어려움 없이 갈 수 있는 지역이었다. 마르딘은 경사면에 켜켜로 세워진 밝은 갈색 건물들이 인상적인 곳이었다. 자파란 수도원과 카시미예 신학교를 둘러봤다. 신학생 한 사람이 수도원 곳곳으로 우리를 안내했다. 단정하고 군더더기 없는, 있을 것만 있는 수도원이었다. 수도원에서 내려다보니 안개에 가려져 드넓은 메소포타니아 평원은 볼 수 없었으나 안개가 드리워진 풍경은 신비롭고 아름다웠다.

여정은 마르딘을 거쳐 아브라함의 탄생지로 유명한 산르우르파로 이어졌다. 산르우르파에서는 아브라함 사원 근처에서 숙소에서 하룻밤을 지낼 예정이었다. 아브라함의 탄생지로 이곳 사람들이 신성시하는 동굴은 바위산 아래의 메블리드 할릴자미 안에서 볼 수 있는데 남성과 여성의 입구가 따로 있다. 동굴 안, 샘에서 솟아나는 성수는 병을 치유하는 힘이 있다고 전해져 순례자들과 함께 성수를 받으러 오는 사람들도 많다고 한다.

아브라함 탄생지 근처 르드바니예자미에는 성스러운 물고기 연못이 있다. 님토르왕이 아브라함을 화형에 처하려는 순간 기적이 일어나서 타오르던 불이 물로 바뀌고, 쌓아 두었던 장작은 물고기로 변했다는 전설이 있어 사람들은 이곳의 물고기를 신성시한다. 그래서인지 연못에는 물 반 고기 반이라고 할 정도로 많은 물고기가 있었다.

아브라함 유적지를 뒤로하고 시장 구경에 나섰다. 시파히 바자르는 1566년 오스만제국의 술레이만 대제 때 만들어진 시장이라고 하는데 시장에는 크고 작은 카라반 사라이와 하맘이 있어 이곳이 한때는 활발했던 교역의 중심지였음을 보여준다. 시장은 향신료 가게부터 동을 두드려 펴서 만든 다양한 동제품을 파는 동 공예품점, 포목점, 의류점 등이 있어 다양한 물품거래가 활발하게 이루어지는 곳이었다. 시장 구경을 끝으로 바삐 다녔던 하루 일정을 마쳤다. 숙소 근처 레스토랑으로 가서 아데나 케밥으로 저녁을 먹고 느긋하게 주위를 산책하며 저녁 시간을 보냈다.

다음날 아침 숙소에서 가방을 꾸리고 나와 근처의 산르우르파 성채를 찾았다. 사람들이 없는 고요한 아침에 만난 성채는 오래된 역사의 유일한 흔적이어서 쓸쓸함이 더했다. 우리 작은 버스는 산르우르파와 작별을 하고 하란으로 달렸다. 하란의 작은 마을에 도착하니 우리 일행이 차에서 내리자마자 아이들이 직접 만든 것으로 보이는 나무 열매로 만든 목걸이와 인형을 팔기 위해 따라왔다. 아이들에게 나중에 나올 때 보자고 말하고 하란 특유의 독특한 고깔 같은 원뿔형 집으로 들어갔다.

그 집은 작은 박물관처럼 꾸며 사람들이 궁금해하는 그곳 사람들의 생활 일부분을 볼 수 있게 했고 스카프나 가방, 전통의상 같은 것을 팔아 생계를 유지하는 것으로 보였다. 안주인에게 차이도 대접받았고 이래저래 마음이 쓰여 선물용 스카프를 몇 장 샀다. 그리고 나오면서 약속한 대로 아이들이 만든 인형을 샀다. 서툰 솜씨로 조잡하게 만든 전통 인형이었지만 구걸하는 것이 아니고 자신이 정성껏 만든 것을 파는 아이들의 마음을 산 거라 생각했다.

마을을 떠나 세계에서 가장 오래된 대학이었다는 하란 대학교 터를 찾았다. 너른 평야 위에 말과 양이 한가롭게 풀을 뜯고 있었고 거의 허물어지고 일부만 남은 벽과 탑이 있었다. 문득 허망하다는 생각이 들면서 바니타스vanitas가 떠올랐다. 헛되고 헛되니 헛되도다! 과연 영원한 건 있을까? 그리고 이 세상의 마지막 순간 남는 것은 무엇일까? 폐허를 만나니 이런저런 생각이 물처럼 밀려들었다.

하란을 출발한 버스는 잠시 카라만 마라쉬에서 멈췄다. 양젖을 원료로 만들어 쫀득한 아이스크림, 돈두르마의 원조로 썰어 먹는 아이스크림으로 터키 전역에서 유명세를 떨친 아이스크림 체인점 마도의 본고향이 카라만 마라쉬에 있어 잠시 쉬어가기로 했기 때문이다. 오래된 느낌이 물씬 나는 디저트 카페인 그곳의 벽에는 각종 기구와 함께 이곳을 다녀간 유명 인사들의 사진들이 걸려 있었다. 우리는 아이스크림과 피스타치오 가루가 뿌려진 달콤한 터키 디저트를 주문했다. 디저트가 나오기를 기다리는 동안 가게 직원이 쫀쫀한 아이스크림 특성을 살린 그 유명한 아이스크림 쇼를 보여주기도 했다. 그 사이에도 사람들은 줄을 서서 초콜릿이며 캔디, 그리고 다양한 터키 과자를 사 갔다. 사람 좋아 보이던 젊은 사장은 미소를 잃지 않고 손님들을 맞았다. 손님이 많은 가게는 그만한 이유가 있다. 이 가게는 맛도 그렇지만 사람을 대하는 태도가 남달랐다. 나이프와 포크로 아이스크림을 썰어 먹는 독특한 경험과 함께 말 그대로 달콤한 휴식을 취하고 또 길을 나섰다.

버스는 길을 달려 다소에 도착했다. 다소는 클레오파트라가 로마 집정관 안토니우스를 영접한 곳으로 키드누스 강가에 세웠다고 전해지는 클레오파트라의 문이 있는 곳이다. 사도 바울의 생가로 추정되는 집과 바울의 우물로도 잘 알려진 곳이다. 우물은 도르래 손잡이를 돌려서 두레박을 올리고 내리게 되어 있었는데 관리인은 우리가 조작해 볼 수 있게 해주었다. 그리고 잘 기억나지 않는 두어 곳을 더 둘러보고 자연이 만든 천국과 지옥을 한 번에 볼 수 있다는 천국과 지옥 계곡으로 갔다. 정확한 지역은 기억나지 않지만 자연 그대로인데 어쩌면 그렇게 대비되는 풍경이 나란히 붙어있는지…. 지옥은 지옥 하면 떠올릴 그 느낌 그대로 음침하고 어두웠으며 천국은 햇빛이 찬란하여 그 속의 모든 것이 눈부시게 빛나는 풍경이었다. 그 신기한 장소는 일반적인 단체 관광이었다면 절대 경험할 수 없는 곳이라 특별히 더 기억에 남았다.

그날은 꽤 먼 거리를 이동했다. 그곳이 어디였는지 알 수는 없지만 작은 언덕을 넘어가던 길이라 천천히 달리던 차창 밖으로 길가의 한 농가 마당이 보였다. 마당에는 예쁜 천막이 보였는데 터키의 전통적인 응접실처럼 꾸며져 있었다. 그때 누군가 저기서 점심을 먹으면 좋겠다는 이야기를 꺼냈다. 기사는 차를 멈추었고 발 빠른 데메트는 농가로 향했다. 데메트의 활약으로 우리는 그 농가 마당에서 소박하지만 신선하고 맛있는 점심을 먹을 수 있었다. 그날 점심은 여행 내내 우리들의 이야깃거리가 될 정도로 모두 다 즐거워했다.

차는 달리고 달려 산을 몇 개 넘었는데 어느 산 정상에서 눈부신 설원을 만났다. 차가 멈췄고 우리는 잠깐 어린아이로 돌아가 눈을 밟으며 놀았다. 터키를 여행하면서 그처럼 빛나는 설원을 본 적은 없었다.

얼마 전 푸르른 나무 아래 텐트에서 점심을 먹은 터라 이 설원은 상상도 못 했기에 더 놀랍고 즐거웠던 것 같다.

차는 또 길을 달렸다. 얼마나 흘렀을까. 어스름이 내려앉을 무렵 드디어 영성의 도시, 수피의 도시 코냐에 도착했다. 코냐는 셀주크 튀르크 시대에는 수도로 번성했던 도시로 그 시대의 유적들이 많이 남아 있다. 이슬람 신비주의 종파인 메블라나 교단의 발생지로 종교색이 강해 정통 이슬람 국가로서의 터키를 볼 수 있었다. 보수적 경향이 강한 곳이라 옷차림이나 행동에 주의를 기울여야 한다는 주의를 들었다. 그러나 때는 겨울이었고 코냐는 무척 추웠으며 우리는 옷으로 꽁꽁 싸매고 다녔기에 문제가 될 여지는 전혀 없었다.

그날 저녁 우리는 수피댄스인 세마빈 공연을 보았다. 호텔 세미나실에서 열린 이 공연은 우리가 섭외한 공연이어서 관객은 우리뿐이었다. 악사들이 피리와 북, 만돌린을 닮은 악기로 연주를 시작하자 하얀색 상의와 치마를 입고 검은 망토를 두르고 갈색 긴 모자를 쓴 수도승 세 명이 검은 망토를 벗고 빙글빙글 돌면서 춤을 추었다.

이 수도승들이 입은 하얀색 상의와 치마는 수의를, 검은 망토는 무덤, 갈색 긴 모자는 무덤의 비석을 의미한다고 한다. 수도승들은 고개를 옆으로 젖히고 눈을 감은 채 팔을 하늘을 향해 벌리고 같은 방향으로 회전하면서 계속 빙빙 돌며 춤을 추었다. 음악이 점점 빨라지고 더 격렬하게 돌면 무아지경의 상태로 신의 세계에 들어가게 된다고 한다.

춤이 곧 기도인 코냐의 수피댄스는 신기한 경험이었다. 코냐라는 지역이 주는 어떤 에너지 때문이었을까. 그 후로도 몇 번 세마빈을 본 적이 있지만 이날 공연만큼 강하게 뇌리에 남은 적은 없었다.

다음날은 기온이 영하로 떨어져 엄청 추웠다. 알라딘 언덕과 알라딘 사원을 보고 메블라나 박물관으로 가던 나는 새파랗게 얼어 있었다. 덜덜 떨면서 걸어가는데 히잡을 쓴 풍채가 좋은 아주머니 세 분이 반대편에서 걸어오고 있었다. 그런데 그분들 중 한 분이 뭐라고 말하더니 나를 꼭 안아줬다. 나는 조금 놀랐지만 그 포옹이 너무 따스해서 그분이 안아주는 대로 가만히 있었다. 그때 그분의 말은 아마도 '아이구, 애가 새파랗게 얼었네, 가엾어라.' 그런 말이 아니었을까? 많은 여행길에 그처럼 따뜻한 포옹을 받은 적은 없었다. 처음 보는 사람을 안아줄 만큼 넉넉한 그 품에서 추위는 아무것도 아니게 되었다. 그저 땡큐를 연발하며 헤어졌지만 코냐를 떠올리면 메블라나 박물관 앞에서 만난 그분들이 먼저 떠오른다. 코냐는 너무나 추웠지만 그 어느 곳보다 따뜻한 도시로 남아 있다.

메블라나 박물관에서는 독특한 모양의 모자를 얹은 메블라나 루미의 무덤과 13세기 말에 세워진 초록색 타일로 장식된 원추형의 뾰족한 탑이 인상적이었고 수도승들의 생활상을 재현해 놓은 공간과 그들이 썼던 책이며 기구들도 볼 수 있었다.

코냐를 떠나 데린쿠유 지하도시로 향했다. 카파도키아에는 200여

개의 지하도시가 있었는데 데린쿠유 지하도시는 그중 하나다. 지하 8층까지 내려가는 깊이 85m의 지하도시인데 수용 인원이 2만 명에 이르는 규모라고 한다. 종교 박해를 피해 지하도시로 온 피난민이 늘어나며 더 깊은 곳으로 들어가면서 더 복잡한 미로가 만들어졌고 위급한 상황에서는 다른 지하도시로 피신할 수 있는 지하 터널도 있다고 한다. 데린쿠유 지하도시는 워낙 복잡하여 길을 잃기 쉬우므로 반드시 지하도시 전문 가이드와 함께 다녀야 한다. 우리는 한 시간 정도 둘러보았는데 놀랍게도 우리가 본 것은 지하도시 10분의 일에 불과하다고 그 가이드가 말했다.

다시 차는 길을 달려 카파도키아에 도착했다. 카파도키아에서는 독특한 형태의 동굴 호텔에서 묵었다. 추운 날씨였지만 동굴 호텔은 그다지 춥지 않았고 오히려 쾌적해서 잠을 푹 잘 수 있었다. 다음날은 동굴 마을을 둘러보았다. 눈이 쌓인 마을은 독특한 모양의 바위산과 동굴, 유적들과 함께 묘한 아름다움을 풍겼다. 다시 길에 올라 요정의 굴뚝으로 유명한 괴레메로 갔다. 요정의 굴뚝은 자연이 빚은 매력적인 조각품으로 요정이 살 것 같은 버섯 모양의 기둥들로 〈스타워즈〉에서 봤던 낯선 행성에 있을 법한 느낌의 돌기둥으로 지구가 아닌 다른 세계로 들어선 것 같은 착각도 들었다. 아닌 게 아니라 괴레메의 이 버섯 돌기둥은 〈스타워즈〉 배경의 모티프였다고 한다.

발걸음은 자연스럽게 괴레메 야외박물관으로 이어졌다. 그리스도교 박해를 피해 온 그리스도인이 만든 30여 개의 동굴교회가 있는 이곳 2월의 야외박물관은 우리 일행을 제외하곤 관람객들을 볼 수 없었다. 덕분에 느긋하고 차분하게 둘러볼 수 있었다. 그리고 카파도키아 호텔에서 하루를 더 묵었는데 모든 것이 화려하고 풍요로웠던 호텔보다 전날의 동굴 호텔이 더 기억에 남는 것은 왜일까?

다시 길을 나섰다. 소금호수에 다다랐다. 호수라기보다 바다 같은 곳, 손끝으로 물을 찍어 혀에 대어 보니 짜다. 몇 사람이 걸어갈 정도의 길을 제외하면 물로 가득 차 있다. 길이 질척거렸다. 눈이 내렸다가 녹은 걸까? 겨울 소금호수는 스산하고 쓸쓸했다.

다시 길을 달려 앙카라에 왔다. 앙카라 한국전 참전비가 있는 한국공원을 먼저 둘러보고 눈이 쌓인 앙카라 성으로 갔다. 앙카라 성으로 가는 길엔 마을의 집들이 소박하고 정겨웠다. 환하게 웃으며 인사하던 터키의 어머니들, 가이드를 해주겠다며 쫄래쫄래 따라다니던 소년, 사탕을 입에 물고 서로 등을 맞대고 키를 재는 포즈를 취하며 사진을 찍어 달라던 귀여운 아이들, 기하학적 무늬로 보였던 성벽들, 성벽 위에서 있던 한 남자의 실루엣, 그리고 성벽에서 바라보았던 앙카라 전경들이 기억에 선명하다. 앙카라 성 근처의 식당에서 터키식 피자 파데로 점심을 먹었는데 화덕 앞에서 반죽해가며 빵을 굽던 후덕한 아주머니 두 분도 오래 기억에 남았다.

점심을 먹고 아나톨리아 문명박물관으로 갔다. 히타이트 유물부터 손 닿는 것마다 황금으로 변했다는 미다스 왕의 유물, 로마 유물 등 끝없는 유물의 향연 앞에서 감탄사만 연발했다. 터키는 모든 문명이 퇴적층을 이룬 나라라는 말을 실감했다. 로마 유물을 발굴하려고 땅을 팠는데 땅을 너무 깊이 파는 바람에 힛타이트 문명 유물들이 쏟아져 나왔다는 이야기도 들었다.

앙카라에서 하룻밤을 묵고 사프란볼루로 갔다. 황금보다 비싼 향신료로 알려진 사프란이 많이 나는 마을이라 사프란볼루라 부르는 곳으로, 독특한 형태의 예쁜 전통 주택으로 유네스코 문화유산 지정을 받은 곳이다. 이곳의 집들은 하얀 벽과 작은 창문, 나무 프레임이 인상적이다. 사프란볼루는 이름처럼 아기자기하고 예쁜 동네였다. 걷는 재미가 쏠쏠했던 마을의 골목과 돌길이 좋아 타박타박 많이 걸어 다녔다. 마을이 한눈에 내려다보이는 켄트 생활사박물관이 있는 성벽까지 걸어가 마을 구경하기도 하고 아라스타 바자르를 기웃거리며 구경하다가 로쿰 가게들이 나란히 있는 골목에서 장미 시럽과 로쿰을 사기도 했다.

터키를 여행하면서 골목길을 걸어 많이 다녔던 곳이 사프란볼루다. 그만큼 아기자기하고 예쁜 집들과 가게들이 많았다. 다음 날은 아침 일찍 산책을 나섰다가 일본에서 왔다는 젊은 여성을 만났다. 그녀는 내가 어디서 묵는지 터키는 얼마나 머무르는지 추천할 만한 숙소가 있는지를 물었고 나도 어제 이곳에 와서 잘 모르겠지만 내가 묵는 숙소가 괜찮다며 추천했고 사프란볼루가 마음에 든다는 소소한 이야기를 잠깐 나누다 헤어졌다. 어찌 된 일인지 특별한 것 없는 이 짧은 만남이 오래 기억에 남아 있다.

여정은 사프란볼루에서 아마스라로 이어졌다. 터키 사람들의 휴양지로 알려진 흑해를 끼고 있는 아마스라에 도착해서 버스에서 내리니 식당 직원으로 보이는 남자들이 갓 잡은 작은 생선을 손질하는 모습이 보였다. 흑해가 보이는 레스토랑에서 싱싱한 생선 요리로 점심을 먹었다. 점심을 먹고 아마스라 구경을 나섰다. 아름다운 바다와 예쁜 집들, 골목길, 크고 작은 기념품 가게들, 푸른 하늘, 맑은 눈을 가진 아이들, 내가 좋아하는 모든 것이 다 있는 흑해의 이 작은 바닷가 마을이 좋았다. 그리고 그 마을에서 시간을 함께 보낸 사람들이 마치 환상처럼 떠오른다.

긴 여정의 마지막 종착지인 이스탄불로 다시 돌아왔다. 어느새 잠들었는지 모른 채 푹 자고 일어나 비잔틴예술의 걸작인 성소피아 성당 혹은 아야소피아로 향했다. 성당이었다가 이슬람 사원이었다가 박물관으로 바뀌면서 어떤 종교의식도 금지된 곳이다.

성소피아 성당은 모자이크와 대리석 기둥으로 장식되었고 벽에 그려진 비잔틴 양식의 성화는 높은 예술적 가치를 인정받고 있다. 성소피아 성당의 아름다움을 자랑스러워한 유스티니아누스 1세는 "솔로몬, 내가 그대를 이겼다!"라는 말을 남겼다고 한다. 웅장하고 멋진 성소피아 성당을 찬찬히 둘러보고 걸어 나오면서 가톨릭과 이슬람의 흔적이 잘 어우러져 있는 이곳처럼 세상의 모든 종교도 다투지 않고 서로 양보하고 배려하고 이해하면 안 될까 이런 부질없는, 그러나 이루어진다면 더없이 좋을 희망을 품어 보았다.

성소피아 성당에서 나온 우리는 배를 타고 보스포루스 해협을 건너기 위해 바닷가로 갔다. 보스포루스 해협은 동서양이 만나는 곳으로 해안선을 따라 보이는 고급 주택과 별장들이 눈부신 자태를 자랑했다. 멀리 우리가 갔던 성소피아 성당, 블루모스크도 눈에 들어왔다. 보스포루스에서 배를 타는 일은 이스탄불 여행의 복습 혹은 복기 같은 것일 수 있겠다는 생각이 들었다. 배에서 본 보스포루스는 모든 것이 좋았다.

배에서 내려 돌마바흐체 궁전으로 갔다. 경비병들이 정문을 지키고 있었고 돌마바흐체 궁전은 보스포루스 해협 유럽 쪽 해안을 따라 길게 뻗어 있는 궁전으로 1856년 술탄 압둘메시드 1세Abdülmecit I가 지은 궁전으로 터키의 아버지라고 불리는 초대 대통령 아타튀르크가 1938년 11월 10일 입무를 보는 도중에 숨을 거둔 곳으로도 알려져 있다. 궁전 안에 있는 모든 시계는 아타튀르크가 사망한 9시 5분에 멈춰 있다고 한다. 궁전에 대한 기억은 크고 화려한 샹들리에와 아름다운 정원이었다는 정도가 남아 있다.

그다음 찾아간 곳은 지하 궁전으로 불리는 거대한 지하저수지였는데 다양한 형태의 기둥과 돋을새김으로 기둥에 새겨진 물방울무늬와 메두사의 머리가 머릿속에 남아 있다. 지하 궁전을 나온 우리는 그랜드 바자르로 향했다.

너무나 넓고 복잡해서 길을 잃기 쉽다는 이름만큼이나 큰 시장에서 길을 잃지 않기 위해, 호객꾼의 이야기에 넘어가지 않기 위해 정신 바짝 차리고 일행들을 따라다녔다. 그래서일까. 그랜드 바자르에서 내가 산 것은 골동품가게에서 20달러를 주고 산 녹슨 작은 등 하나가 전부다. 그랜드 바자르를 빠져나온 우리는 이스탄불대학으로 갔다. 시장과 대학이 담 하나를 사이에 두고 있었다. 옛날부터 교정이 있었다는 호그와트 교장을 연상하게 하는 긴 수염의 나무 할아버지도 만났다. 큰 나무 아래서 책, 노트 같은 것을 팔고 있었는데 왜 나무 할아버지로 불리는 것인지는 모르겠으나 그가 늘 그 큰 나무 아래 있어서가 아닐까 하는 생각이 들었다. 그 나무 할아버지는 지금도 그 자리에 있을까?

우리는 야간 비행기를 타기 위해 아타튀르크 공항으로 갔다. 여행의 시작점과 마침표는 늘 공항이다. 밤 비행기를 타고 가며 그간이 여정을 되새김질하며 나는 깜빡 졸았던가….

2015년 터키 여행은 나이만큼이나 다양한 직업의 사람들이 함께했다. 터키 친선 단체에서 주관한 이 여행은 몇 사람을 제외하고는 한 번도 만난 적이 없는 사람들이라 인천공항에서 첫인사를 나누었다. 10년 만에 터키를 다시 찾는 느낌은 설렘 반 두려움 반이었다. 내 기억 속의 터키는 어떻게 변했을까, 아니 나는 터키를 어떻게 기억하고 있을까 그런 생각들 때문이었다.

이스탄불에서 시작한 이 여정은 10년 전 여행에서 간 곳도 있지만 지난 여행에서 빠진 곳도 있다. 이스탄불에서 소금호수를 거쳐 앙카라, 카파도키아, 코냐까지는 세세한 일정은 좀 달랐지만 지난 여행에서 가본 곳이고 코냐에서 시데, 파묵칼레, 에페소, 안탈리아를 거쳐 다시 이스탄불로 돌아오는 길은 새로운 여정이었다. 10년 전과 다른 점은 지난 여행이 7명이 답사 수준으로 일정을 조정하며 때로 즉흥적으로 코스를 만들며 다닌 여행이었고 2015년 여행은 그보다 많은 인원이 함께했고 가능하면 정해진 코스와 일정을 지키려 했던 여행이었다.

여행을 마치고 돌이켜 보니 두 여행에는 각각 장단점이 있었고 그 나름대로 좋았다. 그리고 그 세월이 흐르는 동안에도 변하지 않은 것과 변한 것을 찾아보는 것도 나름대로 의미 있는 일이었다. 그리고 겨울과 여름이라는 뚜렷하게 대비 되는 계절에 여행하고 보니 겨울에 다소 아쉬웠던 부분을 여름에 보니 채워져 있었고 반대로 여행 비수기의 한가하고 여유 있게 둘러보았던 유적이나 관광지들은 사람들로 무척 붐벼 복잡하고 어수선했다. 그리고 한여름 더위는 몸과 마음을 쉽게 지치게 했다. 이스탄불의 성소피아 성당이나 블루모스크, 보스포루스 해협, 지하저수지, 톱카프 궁전 등 자연과 건축물 들은 그 자리에서 변하지 않고 있어 좋았으나 사람들의 낯빛은 조금 변한 것 같아 아쉬웠다. 더 상업적으로 되었고 전날 이스탄불 도심에서 테러가 있었다고 했는데 그래서 그런지 사람들의 표정이 그전보다 무거웠고 여유가 없어 보였다.

여름 소금호수는 겨울보다 아름다웠다. 파란 하늘과 하얀 구름, 구름 사이로 햇살이 비치는 모습은 장관이었다. 하얗게 슬은 소금이 만들어내는 환상적인 분위기는 겨울에는 볼 수 없었던 모습이다. 계절 탓인지 더 많은 사람이 소문을 듣고 찾아온 것인지 소금호수는 사람들로 넘쳐났다. 덕분에 소금으로 만든 제품과 특산물을 파는 작은 상점은 호황을 누리고 있었다.

앙카라의 앙카라 성 분위기도 많이 바뀌었는데 이곳 또한 사람들이 예전 같지 않다는 느낌이 들었는데 마을 주위에 많은 난민이 자리를 잡았고 그로 인해 크고 작은 여러 가지 문제와 갈등도 생겨나고 있다고 했다. 아나톨리아 문명박물관은 여전히 방대한 유물을 자랑하는 박물관으로 건재하고 있었다.

이번 여행에서 카파도키아에서 특별한 경험을 했다. 10년 전에 용기가 나지 않아 타지 못했던 열기구에 도전했다. 새벽에 숙소를 나와 30분 남짓 달려 도착한 곳에는 수많은 열기구가 승객을 기다리고 있었고 열기구에 공기를 채우는 것부터 수많은 열기구가 한꺼번에 하늘로 떠올라 둥둥 떠다니는 것부터 멋진 풍경이었고 발아래 펼쳐지는 멋진 괴레메 풍광을 보는 일은, 해가 서서히 떠올라 하늘을 아름답게 물들이는 것을 본 일은 이번 여행에서 누린 최고의 풍경이었다. 더 일찍 도전해보지 않았던 것이 후회될 정도로 멋진 경험이었다.

괴레메 계곡과 풍광은 여전했는데 더 많은 상업 시설이 생겨 전에 없었던 홍청거리는 분위기가 생겼고 심지어 한국 음식을 파는 식당도 있었다. 내가 열기구를 타려고 시도했을 정도로 생각도 마음가짐도 변했듯 이곳 사람들도 여러 가지 생각들이 변했을 것이고 달라졌을 것이다. 세상이 다 그렇게 변해가는 걸 어쩌랴.

코냐의 모습도 많이 바뀐 것 같았다. 코냐에서는 지난 여행의 길을 그대로 밟아가는 느낌이었다. 이번에는 알라딘 사원에 들어가 설명을 들으며 사원을 자세히 살펴보았고 앉아서 쉬기도 했다. 메블라나 박물관은 많은 사람으로 혼잡했다. 코냐의 분위기도 밝아졌다. 그 사이 시내에는 대형 마트가 들어섰고 엄숙하게만 느껴졌던 사람들의 표정에도 여유가 느껴졌다. 시간의 힘일까? 겨울과 여름이라는 계절이 주는 차이일까? 어찌 되었든 나는 코냐를 사랑한다. 10년 전 겨울, 나를 따스하게 안아주었던 그 아주머니 덕분이다. 어디에서나 있을 것 같은 따뜻하고 넉넉한 성품의 한 사람이 그 차고 시린 겨울 코냐의 기억을 가장 따뜻한 곳으로 만들어 주었으니까.

코냐를 떠난 버스는 시데에 다다랐다. 시데는 터키 동부 지중해에 있는 고대 도시다. 이번 여행에서 처음 알게 된 곳이었는데 시데는 석류라는 뜻을 지닌 고대 항구 도시로 수많은 로마 시대 고대 유적과 휴양지, 시장 등으로 사람들의 발길을 불러 모았다. 바다와 유적이 어우러지고, 청춘과 로마의 전설이 어우러진 도시였다.

고대 도시 입구부터 코린트식의 기둥들이 늘어선 유적이 늘어선 돌길을 걷다 보면 고대 원형극장과 아고라가 나오고 하늘과 푸른 바다와 신전이 어우러져 독특한 아름다움을 선사한다. 시데를 가로지르는 리만 거리는 유적을 개조한 기념품 상점이나 레스토랑들이 줄지어 서 있어 황량한 다른 고대 도시와는 달리 생동감이 넘친다. 리만 거리 초입에는 2세기에 지어졌다는 원형 경기장이 들어서 있다. 검투사들의 경기장이었던 원형극장은 비잔틴 시대에는 기독교인들의 교회로 쓰였다.

우리 일행은 시데에서 조금 떨어진 아스펜도스로 향했다. 1800년 세월의 원형극장이 옛 모습 그대로 고스란히 남은 곳이었다. 한때 실크로드를 오가던 대상들의 숙소로 이용됐던 원형극장은 특별한 음향 시설을 하지 않고도 공연할 수 있어 최근에는 매년 오페라와 발레 축제가 열린다고 한다.

우리 일행이 아스펜도스 원형극장을 찾은 날은 터키 남자 신인가수의 뮤직비디오 촬영이 한창이어서 재미있는 볼거리를 제공해주었다. 긴 시간 동안 반복되는 지루한 뮤직비디오 촬영 현장을 보자니 10년 전 터키 여행에서 이동하는 차 안에서 내내 들었던 노래들이 생각이 났다. 리듬도 멜로디도 잘 생각나지 않지만, 의미도 모르면서 슬퍼하고 즐거워했던 그 노래들…. 그날 고생한 만큼 좋은 결과를 얻었기를!

누군가 터키 노래를 물으면 장난삼아 위스크다라 멜로디를 흥얼거리지만, 가끔 터키의 기억이 떠오를 때면 세젠 악수의 노래를 찾아 듣는다. 언제 들어도 절절한 고독의 교향곡이라는 뜻의 노래 'yallnizlik Senfonisi'로 시작하여 몇 곡을 이어서 듣다 보면 마음이 촉촉해진다. 터키에도 우리와 같은 한의 정서가 있는 걸까?

다시 버스를 타고 달린 우리는 안탈리아에서 내렸다. 안탈리아는 안탈리아만의 동서로 길게 이어진 항구 도시로 여러 제국이 점령하면서 다양한 유적들이 풍부하게 남아 있다. 안탈리아 구도심으로 가면 고대 헬레니즘과 비잔틴 유적, 로마 시대의 유적인 하드리아누스의 문, 셀주크 왕조의 이슬람 사원, 오스만제국의 건축물 등이 남아 있어 고대 도시의 흔적을 찾아볼 수 있었다. 칼레이치Kaleiçi 구시가지가 유명하고 칼레이치 선착장은 아름다운 전경을 자랑한다. 칼레이치 서쪽에 자리한 항구로 안탈리아의 역사와 함께해온 장소로 2세기부터 안탈리아를 기점으로 지중해를 오가던 배들이 쉬어가던 일종의 정거장이었다.

안탈리아는 오래된 유적들과 더불어 바다가 있어 볼거리도 많았고 푹 쉬기 좋은 휴양도시라는 느낌이었다. 그래서 쉬어가는 기분으로 이틀을 묵은 안탈리아에서 수영도 즐기고 시장 구경도 하면서 여유 있게 시간을 보냈다.

마음이 여유로워서였을까. 보는 풍경마다 여유가 넘쳤다. 골목마다 꽃을 잘 가꾼 집들이 눈에 들어와 괜스레 남의 집을 기웃거리게 되고 반질반질한 돌길과 함께 걷는 즐거움도 있었다. 마주치는 사람들은 웃는 얼굴로 인사를 건네고 골목길에 앉아 돋보기를 쓰고 신문을 읽던 동네 할아버지는 돋보기 너머로 눈인사를 건넸다. 여유롭고 너그럽고 따뜻한 도시라는 인상이 들었다. 칼레이치 선착장에서는 물놀이하는 사람들도 많았다. 우리는 도심의 시장 구경에 나서기도 했는데 구도심과는 사뭇 다른 분위기여서 그 나름의 재미가 있었다. 듀덴 공원을 들러 바닷가로 떨어지는 듀덴 폭포를 보는 것을 마지막으로 안탈리아를 떠났다.

일행을 태운 버스는 파묵칼레에서 우리를 내려놓았다. 파묵칼레는 '목화의 성'이라 는 이름에 걸맞게 질 좋은 면이 많이 나는 곳이라고 한다. 하얀 석회봉이 크고 작은 욕탕처럼 계단식으로 층층을 이루고 그 위로 온천수가 흘러 푸른빛을 띤다. 이 하얀 석회봉과 온천수가 만들어내는 신비롭고 독특한 매력으로 사람들을 설레게 하는 명소로 사랑받는다. 보존을 위해서 발만 담그는 선에서 들어가 볼 수 있게 하는데 어디에나 그렇지만 관리자의 눈을 피해 아예 몸을 푹 담그고 즐기는 사람들도 간혹 있었다.

석회봉을 지나면 엄청난 규모가 큰 유적지 히에라폴리스가 나온다. 천천히 다 둘러보려면 하루가 소요된다는 이곳에서는 아폴론 신전, 원형극장, 성 필립보 순교기념교회, 네크로폴리스 목욕탕 등의 유적을 볼 수 있었는데 한여름 그늘 한 점 없는 들판에서 걸어 다니는 일은 곤혹스러웠지만 그런 어려움을 감수하고도 볼 만한 가치는 충분했다. 유적지에서 웨딩 촬영 중이었던 커플과 마주쳤다. 우리 일행은 더운 날씨에 신부가 지치지 않을까 걱정하면서 힘내라며 큰소리로 떠들썩하게 축하 인사를 건넸다.

저녁에는 파묵칼레 야시장 구경을 나섰다. 계절이 계절인지라 시장에는 온갖 과일들이 풍성했다. 가지 말린 것, 붉은 피망과 다른 채소를 실에 꿰어 말린 것을 파는 것도 재미있었지만 만년설을 그대로 가져와 시럽을 뿌려 먹는 빙수도 이곳에서 인기 있는 먹거리였다. 일행들 몇몇은 한 가게에서 머리염색용 헤나 몇 봉지를 사면서 뿌듯한 표정들이었다. 시장 구경을 마치고 일행들과 달밤에 마차를 타고 숙소로 돌아온 일도 잊히지 않는다.

여정은 에페소로 이어졌다. 에게해에서 약 6.5km 떨어져 있는 에페소는 신약 시대에 로마제국의 도시들 가운데 손꼽힐 정도로 큰 도시이며 초대 교회의 복음 신포 활동과 관련해서도 큰 의미를 지닌 도시다. 에페소에서 처음 찾은 곳은 성모의 집, 성모를 향한 경외감이 전해지는 경건하고 엄숙한 분위기였다. 성모의 집 아래 담벼락에는 간절한 소망을 담은 기원들을 적어 묶어 매달아둔 종이들이 가득하다. 나도 그 기원에 소원을 더했다. 간절한 기원이 다 이루어지기를! 모두 행복하고 모두 평화롭기를!

에페소 중앙로 크레테스 거리를 걸으면 길 양옆으로 니케아 여신의 동상, 소극장인 오데온, 공동 목욕탕과 화장실, 시민광장인 아고라, 트라야누스 황제의 분수대와 사창가까지 눈에 들어온다. 그리고 눈여겨봐야 할 유적으로는 이오니아 양식의 아르테미스 신전 터, 켈수스 도서관, 원형 대극장인데 굳이 눈여겨보지 않아도 특출한 아름다움으로 눈에 들어온다. 재미있는 건 사창가 앞의 발자국 모양이다. 그 발자국 모양 보다 작은 발을 가진 사람은 출입 금지라며 미성년자의 출입을 막았다던가….

그리고 아크로폴리스를 보기 위해 들렀던 베르가마는 페르가몬 왕국의 흔적이 남아 있는 곳으로 그리스 아테네의 아크로폴리스를 모델 삼아 산 정상에 건설된 페로가몬 왕국 수도였던 곳이다. 케이블카를 타고 올라가면 유적들이 흩어져 있다. 페르가몬이 번성했던 당시에는 아테네, 알렉산드리아에 견줄 만한 규모였다고 한다. 페르가몬은 큰 강이 있어 물이 풍부하고 땅이 비옥했고 도시 중앙에 천혜의 요새 역할을 하는 산이 있어 왕국으로 발전했을 것이다.

절벽 끝 쪽에는 성벽이 하늘을 배경으로 우뚝 서 있고 언덕 아래로는 코린트식 기둥의 트라야누스 신전 같은 역대 왕들의 신전이었던 폐허가 있다. 길 우측으로 성벽, 아테나 신전 터, 페르가몬도서관의 흔적이 있고 제우스 신전 터에는 커다란 나무가 그 자리를 지키고 있다. 아치와 옹벽으로 둘러싸인 구조물, 옹벽 사이에 방이나 창고가 있는 회랑을 지나 계단을 내려가면 급경사인 원형극장이 나온다. 어느 시대에나 황금기는 있다. 그 황금기가 끝나면 왕조도 도시도 서서히 저물어 간다. 그리고 시간은 흘러간다. 오랜 시간이 지나면 한때의 영광도 열광도 이런 흔적으로 남는다. 한낮 유적지는 찬란해서 더 슬프다.

페르가몬 유적지에서 돌아온 우리는 따가운 한낮의 햇볕에 익은 몸을 식히려는 듯 에게해 밤바다에 몸을 담갔다. 밤바람은 싸늘했고 오히려 바닷물이 더 따뜻했다. 너무 많은 유적과 흔적을 봐서일까? 머릿속에서 모든 것들이 뒤섞이는 기분이었다. 돌아가서 머릿속 서랍을 열어 차근차근 정리하자고 생각했지만 그 다짐은 오래도록 지켜지지 않았다.

버스는 다시 이스탄불을 향했다. 이스탄불까지는 먼 길이었지만 중간에 쉬기도 하고 페리를 이용해 이동한 거리도 있어 생각보다 일찍 도착했다. 그리고 뭔가에 쫓기듯 남은 여정을 이어갔다. 파노라마 1453 박물관, 그랜드 바자르, 블루모스크, 이번 여정의 끝은 블루모스크였다. 더 많은 사람이 찾는 것을 제외하면 변하지 않았던 그곳, 변하지 않는 것이 있어 반가웠다.

이번 터키 여행이 10년 전 마지막 저녁을 먹었던 그 식당에서 저녁을 먹고 아퉈투르크 공항으로 향했다. 공항에서 자정이 가까운 시간에 비행기를 타는 것으로 여행이 마무리될 줄 알았으나 복병이 숨어 있었다. 공항에 도착해서 항공권 발권 과정에서 터키항공 측이 오버 부킹한 탓에 승객 7명이 좌석이 없어 비행기를 타지 못하게 되는 황당한 상황이 발생했다. 우리 일행들은 한참 조율한 끝에 시간에서 비교적 자유로운 직업을 가진 나와 두 사람이 남기로 했다.

일행들이 떠나고 자정이 넘은 시간 남겨진 젊은 터키 여성 한 명과 한국인 여섯 명은 의기투합해 공항을 이리저리 다니며 보상이라던가 나머지 절차를 알아보고 다녔다. 그 과정에서 터키어와 영어, 한국어를 두루 잘하는 터키 아가씨가 큰 역할을 했다. 데님 원단 회사에서 일한다는 이 아가씨는 서울에 유학한 적도 있고 한 달에 한 번꼴로 서울로 출장을 다녀간다고 했다. 길고 지루한 협의 절차가 끝나고 호텔에 도착한 시간이 새벽 4시 경이었다. 호텔에서 잠을 청했지만 좀처럼 잠이 오지 않아 뒤척이다 일어났다. 다음 날은 호텔에서 점심까지 시간을 보내고 픽업하러 온 차를 타고 다시 공항으로 갔다.

힘들었던 시간을 함께했던 우리는 그새 동지애가 생겼는지 서로를 챙겨주고 있었다. 그리고 우리는 이런 인연 쉽지 않다며 한 달 뒤 서울에서 만나 식사를 하기도 했다. 우리가 인천공항에 도착한 것은 아침, 입국 절차를 마치고 가방을 찾기 위해 기다렸으나 어쩐지 내 가방이 보이지 않았다. 컨베이어에서 주인을 기다리던 가방들이 거의 없어질 때쯤 직원이 먼저 와 말을 걸었다. 내 가방이 아직 도착하지 않았다는 것이다. 그는 가방이 도착하는 대로 집으로 보내 주겠다고 말했다. 이 여행은 도대체 언제 끝이 나려나….

가방도 없이 홀가분하게 집으로 가는 길에 이렇게 짐이 없는 홀가분한 여행도 좋을 것 같다고 생각했다. 집으로 돌아온 나는 길고 긴 잠에 빠져들었다. 다음 날 누군가 벨을 누를 때까지…. 생각보다 빨리 가방이 도착했다. 이제 이 긴 여행도 마침표를 찍어야겠다.

가지 못한 길은 꿈이 되고

초판 1쇄 인쇄 · 2023년 1월 25일
초판 1쇄 발행 · 2023년 2월 1일

지은이 · 장시우
펴낸이 · 천정한
펴낸곳 · 도서출판 정한책방

출판등록 · 2019년 4월 10일 제2019－000037호
주소 · (서울본사) 서울 은평구 은평로3길 34-2
(충북지사) 충북 괴산군 청천면 청천10길 4
전화 · 070－7724－4005
팩스 · 02－6971－8784
블로그 · http://blog.naver.com/junghanbooks
이메일 · junghanbooks@naver.com

ISBN 979-11-87685-94-4 03810